中国政府出版品国际营销平台精选图书·文学书系　　　王昕朋 主编

似水流年是一个人所有的一切

Lost Time Is All Possession of a Man

于一爽 著

中国言实出版社

图书在版编目（CIP）数据

似水流年是一个人所有的一切 / 于一爽著 . -- 北京：
中国言实出版社 , 2021.1
（中国政府出版品国际营销平台精选图书·文学书系 /
王昕朋主编）
ISBN 978-7-5171-3629-3

Ⅰ . ①似… Ⅱ . ①于… Ⅲ . ①短篇小说—小说集—
中国—当代 Ⅳ . ① I247.7

中国版本图书馆 CIP 数据核字（2020）第 259697 号

出 版 人　王昕朋
责任编辑　张国旗　李昌鹏
责任校对　宫媛媛

出版发行　**中国言实出版社**
　　　　　地　址：北京市朝阳区北苑路 180 号加利大厦 5 号楼 105 室
　　　　　邮　编：100101
　　　　　编辑部：北京市海淀区花园路 6 号院 B 座 6 层
　　　　　邮　编：100088
　　　　　电　话：64924853（总编室）　64924716（发行部）
　　　　　网　址：www.zgyscbs.cn
　　　　　E-mail：zgyscbs@263.net

经　　销　新华书店
印　　刷　北京中科印刷有限公司
版　　次　2021 年 1 月第 1 版　　2021 年 1 月第 1 次印刷
规　　格　880 毫米 × 1230 毫米　1/32　11.625 印张
字　　数　231 千字
定　　价　58.00 元　　ISBN 978-7-5171-3629-3

有风骨讲美学接通全球

——"中国政府出版品国际营销平台精选图书·文学书系"总序

王昕朋

中国言实出版社是国务院研究室主管主办的国家级出版单位，出版定位是：主要出版党和国家重大政策的研究成果以及相关的辅导读物。1995 年成立以来，我们一直坚持这一出版定位，围绕党和国家中心工作开展出版活动，因而，国内外读者很少见到由中国言实出版社出版的文学类图书。但是，近几年文学界对中国言实出版社已不陌生。这源于出版理念的一次变革。习近平总书记在文艺工作座谈会上的重要讲话指出："一部小说，一篇散文，一首诗，一幅画，一张照片，一部电影，一部电视剧，一曲音乐，都能给外国人了解中国提供一个独特的视角，都能以各自的魅力去吸引人、感染人、打动人。"这给了我们启示、启迪，文学也是讲好中国故事、传播中国好声音的重要途径。所以，我们也用心、用功、用力打造文学板块，并将它推向世界。2018年8月，由中国言实出版社出版的李春雷报告文学作品《朋友——习近平与贾大山交往纪事》获第七届鲁迅文学奖，同时入选"丝路书香"出版工程在国外出版，于是文学界发现，中国言实出版社在文学出版领域同样有不俗的表现。中国言实出版社的文学图书品种少而精，中国文学的声音在通过中国言实出版社持续传播到海外，承载着文化和文学信息的《温文尔雅》翻译成英文、日文、俄文、德文、法文、意大利文、西班牙文、葡萄牙文、阿拉伯文等多种语言向全球推介，英文版、中文繁体版荣获第十三届"输出版引进版优秀图书"奖，长篇小说《京西胭脂铺》一举登榜"中国图书世界馆藏影响力图书20强"。付秀莹、金仁顺、乔叶、魏微、滕肖澜、叶弥、戴来、阿袁等8位"当代中国最具实力女作家"的作品集同时推出，之所以在名称中冠以"中国"二字，是出于对外推介的考量，其中付秀莹、魏微、戴来等人的小说集后来入选"经典中国"项目在美国出版，产生良好反响。

近年来，中国言实出版社加快国际出版步伐，与英、美、日等多家国外出版单位建立战略合作关系，近百名当代中青年作家的作品陆续推介到美国纽约、日本东京、德国法兰克福等多个国际书展，被多个国家的图书馆收藏，图书受到国外图书界关注，连续6年入选中国图书世界馆藏影响力百强出版单位。2015年经财政部批准立项，中国言实出版社建设并主办中国政府出版品国际营销平台，为推动"文化走出去"提供支持。2020年，有感于体量庞大的中国当代文学无法快捷地被全球关注所带来的传播学遗憾，有感于年度文学选本出版周期较长，有感于众多具有潜力、实力、影响力的青年作家的作品没有很好的对外传播渠道，中国言实出版社整合资源，决定专门为中国政府出版品国际营销平台的文学板块打造出一种比年度选本出版周期短、对当代文学创作反应更为灵敏的季度文学选本。《中国当代文学选本》应运而生，书名由王蒙题写，选稿编委梁鸿鹰、李少君、王干、付秀莹、古耜皆为业内名家行家，所选作品为国内新近发表的文质兼美的力作。作为一种有公信力的季度文学选本，《中国当代文学选本》因"让国外读者快捷阅读当代中国文学精品"的窗口作用，以及"为中国作家走向世界铺筑交流合作桥梁"的桥梁作用，受到作家、汉学家、国内外读者一致好评。《中国当代文学选本》传播中国声音，讲述中国故事，产生良好社会效益。有鉴于此，中国言实出版社决定打造这套"中国政府出版品国际营销平台精选图书·文学书系"。

出版社并不承担培养作家的使命，但是这套"中国政府出版品国际营销平台精选图书·文学书系"的入选作品多是出自青年作家之手，原因在于，我们始终关注着中国当代文学最具活力与实力的鲜活部分，求取风骨与审美的统一，始终在精心遴选极具当代性的中国文学好声音，始终把推动中国当代文学与全球接通作为出版人的责任，这套"中国政府出版品国际营销平台精选图书·文学书系"的入选作家和作品便是如此。有风骨、讲美学，是选取这套丛书的思考维度。"有风骨"是要对民族精神有所反映，要为人民而文学，要关怀民生，帮助读者把无病呻吟、凌空蹈虚的作品以独特筛选眼光来淘汰掉；而"讲美学"是指中国言实出版社遴选书稿时看重作品的文本质量，内容和形式互为表里，是为美。美为作品飞向全世界插上翅膀，中国言实出版社人始终认为，美是全人类可通融的共同语言，有风骨、讲美学才能接通全球，成为文学精品。这些优秀作品里，都跳动着时代的脉搏，展现着当代中国日新月异的面貌，蕴含着深厚的文化自信。出版是文学生产的终端，对于中国言实出版社而言是文学传播的开始。中国言实出版社将始终秉持"好作品主义"，重视名家不薄新人，盘点、整合中国文学资源，积极开展对外译介和推广工作，自觉地将有风骨、讲美学的文学精品作为永不改变的出版追求。

2020 年 12 月

目 录
CONTENTS

001/西出阳关无故人

042/生活别爆炸

099/玩　具

133/小马的左手

173/三　人　食

193/带零层的公寓

238/死亡总是发生在一切之前

255/一个话题的诞生

289/无意义之旅

320/表妹、刘典和外星飞船

350/酒　店

西出阳关无故人

1

　　我在西北的时候，准确地说是甘肃，搭过一辆车，一辆吉普，我对车一窍不通，只是上面写了 Jeep。那辆车开始并不愿意搭我。我拿着钱，我是一个礼貌的人，我想不出他拒绝我的理由，我甚至愿意多给他一些钱。当我有这种想法的时候，也不知道我在哪儿，甘肃太大了，我要尽快到达 G 市——已经没有其他的交通方式了，我上车的时候是早晨九点，或者不到九点，但是快接近九点了——因为杨元要死了。

　　杨元要死的消息是于梅告诉我的。于梅昨天告诉我的时候，我买了飞机票，飞机一下就到了 L 市，但是我再也找不到一辆车开往 G 市。我早早睡下又早早起来，去了便捷酒店旁边的车站，去往 G 的汽车每周只有一天不发，就是我到的这一天，我想——杨元真够倒霉的。于是我必须打车前往。我都没有打听价钱，这种事还由得我吗？我拦了几辆车，都被拒绝了，他们都没有理由的拒绝，这让我对 L 市的印象大打折扣（虽然之前也没什么印象），我想我以后都不会再来了。而以前也没有来过，我只知道，我的朋友杨元住在离 L 市还有不到一千公里的 G 市，于梅嫁给杨元之后也搬来了 G 市。虽然在我看来，这对于梅算不了什么，因为她原来生活的城市大概也是这样，他们至少不需要再逃离北上广。只有我毕业之后从家乡来到京市让他们十分佩服，觉得我要闯出一番天地。三个人一起在兰大念书的时候，他们就觉得我是三个人里面最有可能混出来的，虽然我也一直不明白什么叫混出来，大概就是来到一座大城市，然后过蚂蚁一样的生活吧。还有比蚂蚁更小的东西吧，我想，那就是过那种东西一样的生活。

那天早晨就是这样，我打了快一个小时的车，都没有一辆车愿意拉我到 G 市。我在手机上又查了地图，我确定真的存在这样的地方，但我需要不断放大才可以看清，或者说，看清的时候，我的眼睛已经有些疼了，做我们这一行的问题就是眼睛都会完蛋得快。我甚至有些后悔请了两天的假。这意味着我有一整个周末都要加班了。就在这个时候，何言发邮件给我，他想知道我在哪儿。我说还在一个十字路口，我向四周望了望，这真的是一个很像十字路口的十字路口，好像此地就是为十字路口这样的字眼而生。我都不曾跟何言说过这么确定的话，一个绝对意义上的十字路口。横平竖直。太阳已经很高了，地面被清晨的工人打扫得看不见一张纸，甚至连一片树叶都没有，我很好奇，他们是怎么办到的。这里是 L 市的九月份，热得很。何言又发了一封邮件说：快去快回。

这四个字让我十分恼火，我不知道是因为打不到车还是地面太干净的缘故，我想找一片树叶或者一颗石子狠狠地踢远，但都找不到。在京市，九月依然炎热，但你会知道，那是最后的炎热，而在这里，太阳在头顶照着，街上白花花的，没有一丝风，人也很少，尤其在这样一个理论的上班高峰，出租车也很少，连黑车都很少。我背着一个包，既不轻也不重，但我知道我的背上有一个包。就是这样的情况，何言还敢发这样的字，这就是让我恼火的全部原因，他不相信我和杨元没有谈过恋爱吗？大学四年，杨元只爱于梅，于梅只爱杨元，他们就像所有人祝福但没有人真的想要的那种关系一样，毕业，结婚，从一座小城市来到另外一座小城市，毫无怨言，如果不是死亡来得太早，他们大概会一直这么生活下去。

我甚至产生了一丝想法，也许他们太幸福了，所以杨元必须死。接下来我的想法就过于猥琐了，我想，还好我不幸福。

要求人类必须幸福成了最大的诅咒。

可我不想再跟何言说什么，也许原来我会说——如果我和杨元好过，他就去死。可是眼下，他真的要死了，我就再也不能这么说了。我一直以为白血病是电视剧里的情节，可是身高一米九的杨元忽然就得病了，忽然就要死了。很快很快。我甚至想有时间把那些电视剧都拿出来看看，然后证明他们并没有那么通俗。

就在这个时候，又有一辆车开到我面前，因为是红灯，他不得不停下来，我把手机塞到裤兜，拉门就上，我想过——如果拉不开门，就绝不再拉第二下，也不敲窗户，也不笑。如果拉开门，就像此刻一样，我就这么心安理得地坐在了副驾上。而且要笑。这是一辆很大的Jeep，我没有着急看开车人，而是看了一眼后座，确定自己没有坐到后面是正确的（什么事情我都要比较一番），后面堆了一些杂物，我把书包也当杂物扔了过去，然后才用准备好的笑对着开车人，就在这个时候，一踩油门，红灯变绿灯，汽车已经快速远离了这个十字路口。我的笑容被甩到了后面那个永恒的十字路口。

开车人看不出年龄，大概是在L市生活太久的缘故，很干燥。除非你喜欢这个城市的男人，否则你不会喜欢他。开车人的水杯很大，大概是他一天的饮水量。像一个长颈鹿。开车人手上戴着一块手表，我忽然想到一个比喻，保护友情就应该像表壳保护机芯一样。

我拿出手机，给开车人指G市，可是指得很不清楚，要一直放大屏幕才行，中间还闪退了两次，还有一封何言的邮件蹦出来，是一个毫无意义的笑脸，我们的车停在路口刚过去的地方，打着双闪。

G市吧，不去。我还没有把手机完全弄好，开车人说，说的时候看着前方，好像在告诉我，你会自己开车门，因为你知道门在哪儿，你会自己下去，因为你有腿。

我继续弄手机，G市就像消失了一样，于是我打开手机相册，里面有一些我的自拍，有一些我跟何言在一起的照片，自拍比跟何言在一起的时候更漂亮，也离我本人的真实形象更远。可我喜欢这些自拍，让人自我感觉不错。我翻了一小会儿，找到一张照片，然后指给开车人说：他快死了，带我去G市吧。

这是一张杨元和于梅结婚时候发给我的照片，大概是两三年前，也可能是四五年前，看上去像是一万年前，我记不清楚了。他们两个人没什么朋友，在那样一个小城市生活更没什么新朋友，所以结婚的时候没办酒席，只是告诉我一声，还发了几张照片给我，看上去正像结婚照应该有的样子。就是说两个人都傻乎乎的。结婚照背后是一幅假的风景画。色彩斑斓的秋林和映在湖中的倒影，画面中间还有一群鸟在飞，两个人就站在中间。

开车人瞟了一眼手机，只是轻轻地瞟了一眼，我不确定，他到底是在瞟手机，还是瞟了我，我快速看了一眼自己的衣服，扣子系得整整齐齐（我想到何言说的在西北经常有女孩单独消失），于是重新把笑拿出来，因为我不是一个没事就笑的人。何况现在遇上了这种局面，别指望我能自然地笑出来。

开车人说，我们开到那边，时间不短。

这句话的意思就是，我们开到那边，他没准就死了。

我马上说，所以，快上路吧。

开车人说：两千。

我想讨价还价，但又觉得现在不是时机。我转身拿出一千给开车人，说：剩下的到了地方给你，身上没有这么多钱了。

我把这句话说出来的时候觉得自己很机灵，一方面，要是路上处得不错，也许到时候可以便宜点儿，另一方面，不必让这个开车人觉得自己很有钱，这就是出门之前，何言一直叮嘱我的安全问题。在何言看来，我要去的地方充满了不安全因素（或者说，只要我不在他身边，就充满了不安全因素）。可是想到我的好朋友都要死了，我还计较这千儿八百，我又把手机里杨元的照片拿出来，认真地看了看。

我把手机放大，把于梅已经挤出了照片外面，我用手指摸了摸杨元，摸了摸他挺拔的鼻子，他有个大鼻子，有个大个子，穿了西装，整个人看上去松松垮垮的。我真不敢相信，他就要死了。我这样想的时候，耳边响起嘀嗒嘀嗒的声音，就像是杨元的倒计时。

想到昨天于梅发邮件告诉我的时候，我说，怎么才告诉我呢？

言外之意，我算是你们两个人的朋友了吧，至少是杨元的朋友，我感觉自己的情感简直被欺骗了。

虽然毕业五年了，他们留在一个小地方，杨元在一份和文物有关的刊物工作，于梅做的大概也是类似的工作，我没有仔细问过，没有这个心情。或者她在这期间换了一两次，但是杨元一直在那样一份刊物，我忘记了刊物的名字，因为真的没有人会看。杨元曾经在邮件里和我说过，他喜欢这个工作。他没有说爱，他只是说喜欢，就算是喜欢，我觉得也很夸张了。我想连杨元自己都不觉得有人会看，他只是觉得有件事情做，这是他唯一可以养活自己的一件事，我觉得他太懒了。

杨元偶尔一年一两次出差来北京，我们会见面，多数时候，我和杨元更像网友，但我们只喜欢写电子邮件。或者说，是他决定的。我和杨元说过，也可以给我发微信语音，可是他说：没什么可说的，就给你写吧。而且我知道于梅也一定知道，我们一直保持着这样的关系。我想过，这是我保持时间很长的一段关系，我不知道说纯洁的是否合适，但是显然超越这种关系就会改变很多事实。而且一旦改变就是死路一条。我想自己真是中了头彩。

说起来挺奇怪，我和杨元就算很久不见，一见面还是依然如故，这就是大家说的怀旧吧。杨元喜欢怀旧，尤其在唱歌的时候，我说，你总是唱我姑妈那代人的歌。而且他最喜欢那种有独白的歌，就像在读诗。所以每次在北京，我都请他去唱歌，在 KTV。杨元戴着眼镜，眼镜上布满了天花板的光线，他喜欢用大拇指和食指往上托眼镜（他的眼镜好像有些松），每次看见他这个动作，我都觉得他这个人迟早有一天会受不了。但受不了什么，我也不知道。记得上次他在 KTV，喝了点酒，他把演唱的动作搞得很夸张。我也照例给了他不少欢叫声和掌声。后来唱累了，他就开始睡，他一直枕着我的胳膊，我的胳膊麻得不行。可我想，就让他这么枕一会儿吧。醒来之后，他看着我，好像很陌生，然后说出了一句很惊世骇俗的话：曹盼，你这个胸是真的还是假的？

2

开车人的车开得很快，我没有问他姓什么。目前来看他是一个无害的开车人。我看了看安全带，觉得很脏，没有系，开车人看了我一眼，也没有提醒我系的意思。因为我总会想到一种场面：出了交通事故，安全带像一个绳索一样，把人变成两半。我宁可从车里飞出去，也不变成两半。

在跟何言同居的两年中，这些都是我们吵架的导火线，在何言的车上，我总是系着安全带，这样就不用吵架了，何言也不用摆出一张挺难看的脸。我想，如果自己被勒成两半，只可能是在何言的车上。这些场面总是越想越真实。或者说，我每次构建起来的安全感在何言的车上都会坍塌。

开车人很沉默，商量好了钱，也拿到了一半的钱，就再没什么可说的了。路就在那儿，一直往前开吧。但我还是很奇怪，为什么大家都不愿意去 G 市。为什么 G 市在地图上那么小。为什么我的朋友要生活在那里。为什么我从没爱过自己的朋友，那种真正的爱情。世间是不是存在那种真正的爱情。为什么何言要让自己系安全带。为什么地球是圆的？

我有很多问题，越想越困，我想睡一会儿，我起得太早，但是我不敢睡，我不敢在陌生人的车上睡，我只敢在何言的车上睡。

我就这么一直盯着前面，并不和开车人说话，因为就算碰见挺爱说话的开车人，我也不会愿意跟他们说什么，所以我对这个开车人多少有些好感，沉默之美。更别说他肯停车带自己走。

没多长时间，车就开出了 L 市。

这个城市真小啊，我不由发出这种感叹，我打开手机看了看，有老板发来的信息，问我是不是快回来了，我放下手机，有一种绝望的心情，我觉得老板疯了，这个世界疯了，自己才走。老板发了两条信息，第二条是说项目通过了，意思是，接下来，大家都该忙起来了。我想给于梅发条信息，告诉她自己已经上路，可是打出来之后又觉得"上路"两个字不好听，于是什么也没有发，塞上耳机。我想，这就算是旅游了吧，我要好好看看沿途的风景。大概我以后都不想在旅游了。

我的云音乐里正在放《九月》，这正符合此刻。我不喜欢海子，也不喜欢周云蓬，可是两个人在一起，就不能不让我喜欢，或者说，不能不让此刻的我喜欢了。歌词里唱啊：目击众神死亡的草原上野花一片……只身打马过草原……

我很困，真的觉得眼前走过来一匹马。一片又大又白的马。看着马的形象，我打了瞌睡。

3

就在这个时候，开车人忽然伸手过来帮我把窗户摇下来一点，我吓了一跳，但是很快意识到他只是想让风吹进来，离开城市越远空气越好，从一个城市到另一个城市，要经过大片的荒漠，而中间都不会再有其他的城市出现。除非是海市蜃楼。我打开手机的邮箱，忽然有一种冲动，想重新看看杨元写给我的那些邮件。

在外人看来，杨元一定是一个很不着边际的人，大学四年他都这样，有些荒唐，大概只有我愿意和他有些来往。

开车人一直不说话，但是此时此刻，我倒是希望他能和我聊聊杨元。就像一个陌生人那样随便问问我，要死的人是谁呢。

杨元的邮件很不连贯，有时候也问到何言。都是问我怎么还不结婚，有时候他会周期性地胡说八道，我想可能和这里的气候有关，寒冷而偏僻的祖国内陆，什么也不能生长。我才来了几个小时，就已经感觉很不一样了。

有时候他在邮件里会说：结婚挺好的。这样才能理解孤独，好像他的每件事都会指向孤独，让我觉得他这个人有些重复。

有时候他会说：你就别结婚了。

还有一次他一定是喝了酒，和我说：你就别结婚了，等我离婚，我们结婚，但是谁都不告诉，你也不说，我也不说。

我如今还记得自己看到这封简短的邮件的心情，是一个没有风的夜晚。我和做电影的同事在京市一个十分高档的酒吧也喝多了，因为是别人买单，我可以常来的机会不多，甚至说，有些不知所措，我就这么喝多了，然后是叮的一声。

我所有的邮件都有提醒，因为我不喜欢因为看不见邮件，然后接到老板电话提醒我看邮件，那简直是在提醒我自己正在过蚂蚁一样的生活。我不懂杨元为什么发这种邮件，大概是因为在上一封邮件中我和他抱怨过我跟何言的关系。

于是我在邮件里和他说：婚姻让所有女人都变成一种女人。我还发了一个俏皮的表情，我觉得自己虽然还没有结婚，但正在变成那样的女人。

另外我知道一个道理：敏感的人一旦痛苦起来，都不是常人所能体会的。所以有时候隔着邮件我虽然也受不了杨元那份婆婆妈妈的样子和反复无常。但我不能伤害他，所以我从来不问他确定的事情。我们只需要保持愉快的邮件来往。我想，我多数时候都这样想——我是了解杨元的，至少是和我写邮件时候的杨元。但我并不知道他的老婆于梅是什么样的女人。

因为我和于梅的联系就简单直接得多，简直是没有联系。大学四年，我和于梅住在一个寝室，因为寝室另外的两个人总是不住在这里，所以多数时候只有我们两个人。我也是这么认识的杨元。杨元是考古系。我和于梅是中文系。杨元也是考古系最后一个学生。第二年，这个专业就停止招生了。想想，杨元这算不算倒霉呢？

大学四年，于梅从来没停止过在外面当家教，杨元总是闷头写作，也没人知道在写什么。在我和他刚认识的一两年，我觉得他是个挺奇怪的人，也没什么意思。

毕业之后，他说他要做一份不和人接触的工作，他和于梅结婚了，于梅怀孕了，又流产了，之后都再也没听他们说过生孩子的事儿。是啊，反正又不是没机会。

杨元有一次在邮件里和我说，你可以生个孩子。

他这封邮件也到来得莫名其妙。关于他的生活，关于我的生活，都有很多矛盾的说法。但我慢慢掌握了阅读他的习惯。我看了看窗外，继续看手机，我想从最近的一封开始读起。

4

最近的一封是一个月前，之后大概因为生病就没有了，通常我们一两周会有一封邮件。但其实也没有这个规律。目前来看这成了我生活中抒情的部分。

这段时间没有之前那么孤独了，杨元在最后一封邮件里说，然后他告诉了我一些他最近在看的图书和电影、音乐。

总之我想在那样的小城市，如果没有图书电影音乐，他一定更觉得孤独了，但是我们说的可能还不是一种孤独。

看着外面的大片的土地，我很后悔，没有在他健康的时候问问他，G 市有什么意思呢？

此时此刻，我也只能将这种话问问开车人了。

开车人看着前方说，你说有意思就有意思。

我觉得他这个回答没意思极了。让我刚刚对他建立起来的一点好感又归零了。开车人就是开车人，我发出这种感慨之后忽然想笑，但是啊，你说有意思就有意思，你说没意思就没意思，大概只有杨元这种人活得这么丧。

大学四年，就看不出他有什么高兴的事儿，与此同时，也看不出他有什么不高兴的事儿。于梅狂爱他，连我在内都不知道爱他什么，杨元对我也不错，就是这样，难怪他说，没什么意思。

每次他在邮件里和我说孤独的时候，我都不知道说什么，我想，他不是有于梅吗。邮件里的杨元和现实很不像，总是滔滔不绝。邮件里比他一辈子说的话都多。

杨元从来没和我说过他的那本刊物，好像他就是一个没工作的人。最多说一些奇谈怪论。在这种地方，人会保留孩子般的目光。杨元就有孩子般的目光。他也不怎么和我说 G 市，好像生活在哪儿对他都只是一种背景，而与他无关。问到我的时候，也从来不问我具体的事情，尤其是工作，他知道我是做电影的，只有一次，我说，我们周围人，大概就是指那些中文系的同学，除了你和于梅，还有几个不联系的，大概都在做电影了吧，接着我还在邮件里写了几个哈哈，哈哈，然后接着写，所有人都做电影了，电影得烂到什么样了。我还告诉杨元，我现在最怕别人和我说的四个字就是——内容为王。有时候我会在邮件里很刻薄，或者说，很多时候因为这些话我都不知道生活中和谁讲。我在邮件里告诉杨元：很多电影我都不知道在讲什么，就是在犯傻 × 吧。我也经常觉得自己做的这份工作没意义，但是这能养我。我总不能让何言养我吧。更搞笑的是，何言也是做电影的，有时候我和他睡觉，就觉得是在和同行睡觉，和甲方睡和乙方睡，这种感受让我觉得爱情只是顺便的。更痛苦的是，这个工作环境给予我跟何言的不会是别的东西，只能是随波逐流，人要永远保持尖锐太难了，就算保持住了，最多被同行说——气质真不一样啊，那无非等于告诉你自己和他们不是一类人。也许一切都是想掩盖那些实实在在得不到的东西。

每次我和他在邮件里抱怨工作，他总是轻描淡写地说一句——为稻粱谋吧。

可惜杨元不和我说工作，不然我想，无论他说什么，我都会鼓励他吧。有时候我很奇怪，这种鼓励为什么不是来自于梅。好像很多东西都错位了。就像无论何言做什么，我都在否定他。我从内心已经不相信这一切，我甚至希望有别的女人可以替代我，去安慰安慰何言。让他也像其他男人一样从我这里得到鼓励，就像一阵微风吹过自己。

5

跟杨元的邮件源自大学，那个时候于梅总是外出当家教挣钱，我一点儿都不怀疑两个人的生活费都是于梅挣的。有一次于梅去远方助教，从那个时候我便开始和杨元联系，主要是于梅让我帮忙照顾他（怎么有些乘人之危的意思？）。

可是大学的时候，邮件很少，那之后，我有一次很天真地把自己和杨元发邮件的事情告诉当时的男朋友，我们为此大吵一架。因为我知道，我和杨元并不是这样的关系，如果我真的遇见一个想睡我而我也想睡他的人，我会变得不可思议地洒脱。

但是很多邮件我们却写得很不洒脱。当然，邮件写得多了，我慢慢开始有了一点不道德的感觉，而我的生活需要靠这一点点感觉维持。这种感觉忽隐忽现，我并不觉得有什么错。

大学毕业之后，我跟杨元的邮件联系开始变得多了起来。有一段时间我得了失眠症，我工作的一部分就是让作者把写得不错的小说改改，变成电影的语言，其实就是让这些小说和社会对话，说得更直接一点，就是拥抱社会，因为不拥抱社会已经不被允许了，当我清醒的时候我就觉得，这真他妈的无聊。这种无聊大概就是我得失眠症的原因。那段时间，我也总是在和杨元的邮件里写"他妈的"。只是从杨元的嘴里永远别想听到这三个字。他的脏话就是沉默不语。

我看着窗外想——从此以后，我再也不用给谁写邮件啦，他也终于被这个世界抛了出去。可是他怎么得了这么贵的病啊？于梅要挣多少钱才行啊？虽然杨元身体上的毛病一直挺多的。可都不会死，一个人得了小病还得大病，太多此一举了，比如他患有痔疮，他经常觉得自己是造血机器。我不知道他为什么在邮件里和我说这些，于是我就说，我也是造血机器。每个女人都是，他说不一样，他大概想说的是孤独吧。那些毫不具备审美层面的孤独。

脚气的事情也是杨元在邮件里告诉我的，这是我和他的友情中很日常的部分。但我觉得他真的说得太多了，就算不知道他有脚气，我和他也是朋友，杨元就是那种走在街上你不会仔细看，也许接触久了会觉得有点儿不一样，可是这种不一样，就算没有，也不让你的人生感到缺失了什么。他们可能会被一些小小的顽疾困扰，比如脚气啊，也可能是口臭、阳痿。

但是关于阳痿这件事我实在就不熟了。于梅从来没有像我其他的女朋友一样，和我讲过他们的性生活。也许于梅不算是我的女朋友吧。我处处提到于梅，仅仅是不想让我和杨元的关系成了没有源头的水。虽然于梅不说，可我总觉得他们并不经常做爱，于梅不难看，可是是那种容易叫人紧张的女孩儿。另外，结婚那么多年还经常做爱才离奇呢。就像我跟何言，有时候觉得再不那么千篇一律地来一下，实在是有点儿不好意思啊。但我跟何言在一起才两年，人生有多少两年呢？另外，有时候觉得阳痿这些事情，还挺有一些悲壮的色彩呢，就像教堂中天空的穹顶，冰川的顶部放射着一道又一道耀眼的光芒之类的。

车继续往前开，我继续看杨元发来的邮件，有时候也不是看，只是回忆，很多我会永远地记在心中。记得有一次我和他说，你知道那种绝望吗？我跟何言再也不想吵了，以后他说什么，我就都说好，不管我是不是认为好，如果他想让我吃什么，我就吃，因为我不想因为不吃再争吵了，就算我吐出来我也要先吃下去，我们的生活就是我当着他的面把一个东西吃下去再背着他吐出来。已经没有信任了，只有遵守，连遵守都算不上，只有好，这就是生活。

那封邮件的最后，我还写了这么五个字——这就是生活。

也许杨元比我更了解生活，他一定觉得我在和他搞笑。那封邮件里，他就和我说了一个简单得不能再简单的事实——别再吵了。

杨元说到自己的邮件总是长篇大论，说到我的时候总是寥寥几个字，这也让我觉得他有点儿自私，但有时候我也想，我为什么不能有一个自私的朋友呢？

我用手拨着车里那个会摇头晃脑的小人儿。我想，这就是生活。

我就这样一封接一封地往下看，但这并不是我们的全部邮件，说起来有些遗憾。这个过程中我删过很多次，有些是因为邮箱满了，我当时以为我们会一直联系下去，直到死亡将我们分开（现在看真是这样啊）。还有一两次是我和杨元吵架，其实谈不上吵架，只是我无处发泄的情绪发泄到了一个允许发泄的人身上（他真可怜）。我早就忘了跟何言吵过多少次架了，那简直就是我们生活的全部。我再一次暗示自己，我是绝对不会嫁给何言的（好像不经常这样暗示，就会不小心嫁给她一样）。

想到结婚这种事情，我忽然做出了一个举动，我把杨元的结婚照也删了，我想，是这些结婚照把他害了。

有时候心情真是难以描述。

天上有鸟叫，可是又看不见它在哪儿。当你失去了一个朋友的时候总不能没有一点感触吧？删掉结婚照之后，我忽然感觉他将从我的生活中消失了，这是多么搞笑，他又没和我结婚。

想起杨元上次来北京正好赶上大雾什么都看不清，我还和他说——这可不是什么好兆头，杨元当时那副表情好像在说——他一出生，就没什么好兆头。

这种话从他嘴里说出来，会让人感到大地在微微震颤。

分别的时候我请他常来，我说不要总写邮件，我经常写邮件的时候要拼命回忆你的样子。

他说，有的是机会，我们都还在这世上活好多年。

我记不清他说的是活，还是混，应该是混，混好多年。

想到这些往事，我觉得，全让他说中了。可我一点儿都不想哭，眼泪应该留给那些认为哭有价值的人，杨元是绝对不会认为我的眼泪有什么价值的。我叹了口气。我不是一个喜欢叹气的人。那样让我一生挣不到钱，我被自己的叹气吓了一跳。然后我又叹了口气，告诉自己这是可以控制的。我还伸了个懒腰，虽然我一直不懂那些每天起床伸懒腰的人在拥抱什么。

后来，我觉得我可能睡了一会儿，还做了一个梦呢，或者只是打个盹，梦里，我和杨元的邮件被一个外星人劫持了。

梦里其他的东西我都忘了，醒来我想，外星人一定会觉得我们一起生活了多年，虽然并不，我不知道为什么会有一个无聊的外星人劫持两个地球人的邮件呢。除非这里面有让地球延续下去的密码。我摸了摸自己的后脑勺，想到延续，这两个生物学上的字，觉得难过极了。出发之前，我刚剪短了头发。后脑勺薄薄的，看上去就像一个随时可以被人敲碎的蛋壳，我摸着自己的后脑勺，忽然使劲捶打它，好像要把它真的敲碎一样。

车继续往前开，我觉得有些不舒服，但这里并不是高原，我觉得头晕得像一列火车正从自己的左耳朵呼啸着跑到自己的右耳朵，然后再从右边跑回左边，寒冷渗进肺腑，云层之上，充沛的光洒向半完成的白色山丘（我看所有的景色都像半完成）。看上去像面粉掉进了金子里面，我想，好浪费啊。

我继续看，我们的很多邮件都是他鼓励我写点东西，因为他知道我写过一点东西。他说他也在写东西，我问他考古的事情，他什么都不说，只有一次告诉我，恐龙统治了地球几千万年呢，后来我在邮件里问他写什么呢，他含糊其词，大概是本没人能看到的遁世之作。

还有一次，他在邮件里说他要不吃肉了。我问为什么。他说，你有没有想过，肉可能是你前世的姑妈？我跟杨元说，一点儿意义都没有。我又说，杨元，你还这么年轻，你看看我们周围的人都在奋斗，你先别这么变态。姑妈？这种事情你是怎么想出来的呢，真是让人佩服（反语）。

他在邮件里说变态？他好像是在跟我说，你懂什么是变态吗？

他说他要做一个考古哲学。

我问那是什么。

他说你知道哲学这个东西越具体就越没有生命力。

我被他说得感觉自己智商很低，而且我不爱他，不然我一定觉得他是个挺有吸引力的男人。女人不都是喜欢智商比自己高的男人嘛。

杨元在邮件里和我说：一个人怎么能不庸庸碌碌地活着。

我鼓励他说，幻想和惊喜可能就隐藏在这个过程中（其实这种话我自己说出来都不相信）。

其实我是在鼓励我自己，要是谈庸庸碌碌，杨元啊，你能谈过我吗？我就是庸庸碌碌本人。

听他这么说我觉得很难过，我想他应该做点儿什么，也让于梅活得好点儿。虽然在这个城市生活成本很低，也不应该通过写作寻找什么意义，但，这些邮件让我觉得杨元已经走得很远了，透彻只能毁了他。我还在邮件里和他说：像我这样的真的是没时间写了，写了还要隐姓埋名，不然一定被同事笑话。傻不傻啊。做电影的人都很自卑，因为接触的钱太多，可是又不像做金融的，因为自卑所以生怕被人骗，被人觉得傻。就拿我这家小小的公司来说，没有定位，老板是卖情趣用品起家的。问老板做什么片子，他说挣钱的就行，大概就是可以让他在资本市场买空卖空的。然后又总是和我说，帮忙啦。可你知道，我最讨厌别人还要我工作的时候和我说帮忙啦，只要一帮忙，我立刻就觉得自己不值钱了，我宁可帮一个乞丐的忙都不愿意帮这个忙。千万别和我谈什么境界。

就算真有超越时代的思想，但不会有超越时代的行为，杨元在邮件里和我说：自己没什么梦想，连梦想都是一种机器设定。他也不想让谁活得好点儿。甚至有一次在邮件里他和我说，于梅为什么就不能离开自己呢？

其实很多时候我也不愿意回复他的邮件，觉得他就像一座移动的毒品加工场。

天空真蓝啊，我看着窗外想，无论过程怎么样，我总觉得杨元的内心也存在这么一片蓝色。而并不应该是一座从里到外的毒品加工场。

6

忽然变天了，乌云就像熔化的铅块。低沉的雷声从远处滚过来。但我没有和开车人说慢点开。四周都是稀疏的岩石和灰白的灌木丛，这一切给我的就是无边的空旷还有一丝的不安，再也没有什么灵感了，有时候是鱼鳞状的薄云在天空中，我想到一件小事，杨元曾经管我借过五万块钱，我给了他两万，还说不用还了，这种话我不会和别人讲，我和杨元讲，是因为他一定会还我，他也知道，不给更多，是因为我也有点为难。九月，是秋天了，在秋天的柔风和阳光中，我不知道为什么想起来的是这种事，杨元要死了，一直活得怪穷的，不是挣不到钱，是根本不想挣钱，杨元的来生就变成这些荒漠上的沙子算了，连太阳都不需要。

我问开车人还要多久，他说早呢。

老板的信息又来了，还是和我说通过的那个项目的后续安排，大概是让我合理把握内容生产，既要有点社会性，也要有点人性。要拍出中国好莱坞的感觉。我看着这条信息，忽然想笑。这一切在京市理所当然的，可在这里显得如此怪异，因为在京市所有都是扭曲的，所以就看不出扭曲了。老板还说，但是要贴近日常生活。我一直不懂什么叫日常生活。大概，就是指那些平庸无聊的一天又一天吧。我想，太空中又没有红绿灯，为什么不撞向地球呢？留着地球上的人做这些匪夷所思的东西是为了什么呢？我老板从来不拍什么爱情题材，他说是兽性。一个人谈恋爱了，就是兽性大发。还说，不能有自杀，自杀不好过审。老板信息说了不少，我很潇洒地回了一个 OK，我看着外面，有时候觉得树不是绿色的，是紫色的，云不是白色的，是黄色的，五颜六色地拥挤在一起像是在逃难。看着这些云和树，真是让人百感交集。生活变得越来越不可爱，不欢乐，也不善良。

7

要不要转转？开车人说。

我说，直接去吧。

他说，你来的这个季节不好。

我都不知道回答什么，好像我有闲情逸致一样，我用手机照了照自己的脸，一点没错，谁都能看出这是一个一夜没睡的人。

汽车高速行驶在笔直的公路上，我想，没有比这条公路更好的景色了，路在前方交会，但是开到前方的时候，又分开了，仅仅是一种视觉上的效果，有一些略微的起伏，两边是荒芜的戈壁滩。生长着一些杂草，骆驼刺和红柳，我想，我还没来过这些地方呢，不过也没什么的，我没来过的地方太多了，不如都不去，去一个只会增加另外几个的遗憾，远处是山脉，我也叫不出是什么山脉，我也不想问开车人，这些都是我必然会忘记的，青灰色的山体上面覆盖着雪，山体上什么都不能生长，我想何言说的是对的，快去快回，那个城市，除了有腐败，什么都没有。是啊，如果不是杨元在这个地方，我不会产生一丝关联，就像一只蚂蚁怎么会跟外星人产生关联一样，天很蓝，一切看上去都很和善，我不知道为什么我会觉得和善。就算在生活中，我都不常见我觉得和善的人，我想，这是一个很高的评价吧，离开京市那么远了，我想感激点儿什么，我闭上眼睛，使劲嗅着空气中的味道。当我忽然睁开眼睛的时候，开车人正在看我，但并没有吓到我。

看着这样的景色，真觉得自己白活。在我看来，只有两种人不算白活：一种是穷人乍富；一种就是杨元，和一张桌子椅子都可能心灵相通。像自己这样从早忙到晚的就是白活。

开车人都没有问我做什么的，这让我感觉被善待了。

他问要不要听他讲点儿什么。

我说，如果我需要，我问你。

可我没什么想问的，我闭上眼睛想，如果不开车，是不是就可以骑着马在这里奔跑了。

我之所以觉得这样很有诗意，是因为我并不会骑马。何况歌词里面唱的只身打马过草原。

忽然有一股风。

我马上给于梅打电话，不知道为什么，我觉得杨元死了，当然在西北，这只是一股很普通的风，就是风嘛，旋风，带着沙尘，没有停留，很快地就像和我们开车相反的方向奔去了，很短的一瞬间，残余的沙粒像细碎的小冰雹拍打着车身，开车人就像这种事情每天要经历二三十次一样，继续往前走，路边有时候会有一些残破的房子，房子旁边会有几棵树，看上去就像我们的车开远之后马上会消失一样。

我觉得这不错，我自言自语。

开车人说，我可没这种感觉。

风过去之后，前面就是一个加油站，开车人从刚才开始就话多了起来。

他说，能不能等他半个小时，最多一个小时。

我有点儿不高兴，一个小时和半个小时还差了半个小时呢。

我说来不及了吧。

他说车得休息休息，另外，还得处理处理事情。

我不懂他的休息休息和处理处理到底几个意思，停车的地方可以加油，我下车小便，走到卫生间门口就跑回来了，我想找个没人的地方随便解决，旁边有一个小卖部，里面的货架很大很高，放满了方便面，这让我在一瞬间产生了一种很恐怖的感觉，旁边还有个小旅馆，从字面上已经看不出名字了，好像是金盆洗什么房，金盆洗手？我觉得不可能，金盆洗脚？我想了想，觉得可能是个洗脚房吧，我不好意思催开车人了，太阳照在头顶上，我想我遇到的这种事，不能不满意，这种时候不满意还不知道出什么事儿。我买了个方便面（因为也没有别的东西），蹲在路边吃起来，我想，杨元，如果你死了我还没赶过去，我真的没什么办法了，加油站旁边还有一个猪棚，有人家，我想到一个事情，人的近亲是猪。

我没有去过杨元的家，他在邮件里给我写过，可是连不成整体。他说自己养过几只小动物都死了，他说不养了，自己克小动物。他说自己的墙上总是挂着那种可以一页一页撕下来的日历。

蝙蝠发情的时候脉搏一秒钟会跳一千多下，当我在等开车人的时候我有一点紧张，但也紧张不过一只蝙蝠。我很累，我连胳膊都抬不起来了，好像是一条大象的腿。有时候两个人之间会忽然冻出一条冰河，连一个简单的开车人我都不了解，每天走在京市，觉得周围的人全是企鹅。而我并不了解真正的人。这样想。眼前活生生的忽然变成了悲凉至极，冰河也在拓宽。四周全变成了流动的色块。

是呀，活着不需要目的，有时候连死都不需要目的，金盆洗脚屋，呵呵，只有到了这种地方才觉得是达到目的了吧。

我打开手机看了看，连信号都没有了，而且上车就要充电了，所以我连杨元的邮件也不能再看了。

我看着面条一根一根膨胀，我无事可做，专心致志地吃起面条，我觉得挺好吃。

我想，开车人，此时此刻，在性交吧。我把方便面的汤也都喝了，何言从不让我喝汤，他说有塑化剂，他有很多常识，可这对我们的关系一点儿帮助都没有，我就像在报复何言一样，喝得干干净净，可我想不出来，他有什么好报复的。

我不知道下一次路过加油站或者洗脚房是几点，没准我们就还能路过，我想，我得多吃点儿，于是，我又吃了一碗，和刚才不一样的口味。

吃方便面的时候我想，杨元如果也吃两盒，一定是一模一样的口味，他就是这种人。如果他死了，如果说有什么可惜的，就是没吃过什么好东西吧。吃东西对他来讲就是活受罪。

果然一个小时还过了一会儿，开车人出来了，还吹着口哨。我把两盒方便面在沙地上踢得远远的，开车人什么都没说，后面还跟了一个女人，我说，一会儿，开快点儿吧。

我又说，我要充电。

女人想找我握手，可只递给了我几个手指头。她的胸也大得不得了，我想问她，是真的还是假的。我想摸摸是不是也特别软。就像一个大白馒头。但我们两个人仅仅是交叉过去，什么都没做。

女人上车之前在加油站的水池冲了冲自己的脚，我忽然想到跟何言每次做爱之后，我都要洗上一会儿。好像要把我们的孩子冲进下水道一样。

上车之后开车人把广播打开，广播里面的声音变了，好像有一个传教士在说话，但我不知道她说的是什么，而且还有一个悲伤的事情，我忽然发现——那个女人是个瞎眼女人，瞎了一只眼睛。

如果她不瞎，大概不会难看。瞎眼女人和我说，不然我们两个换位下置，我去前面陪他说说话。

看得出来，开车人已经很累了，又刚射精。我们已经开出了八九个小时。

就在这个时候，我收到于梅的邮件，她说杨元昏迷了。

我盯着看了很久，就把这封邮件删掉。删掉邮件的心情就像自己从山坡上叽里咕噜地滚下去一样，和一个嫖客一个小姐去看一个昏迷的人，我觉得我都在这种处境了，还是理解不了杨元说的孤独。

天彻底黑了。

车里特别冷，还有几个小时，太阳就升起来了。就像太阳升起来太阳落下去一样，我愿意相信，我和杨元之间的友情一开始就是确定的。

开车人把广播打开，广播里说，有一个疯子从医院里面逃了出来。我很想让他再调回刚才传教士的频道，但我想，那是错误的。这片土地上怎么会有传教士？

我们三个人坐在车里，竟然没有一个人关于疯子这个事情发表一点看法。

瞎眼女人坐到前面之后并不说话，但好像坐在那里就是一种补偿。她也不打听我。我忽然对瞎眼女人产生了好感，她不是一般的小姐，她是一个有修养的小姐，我接下来产生了更不切实际的想法，我应该把她带到我的朋友面前，以我对杨元的了解，他一定还不知道真正的小姐是怎么回事儿。

我觉得很不可思议，我竟然看不出她的年龄，大概是因为人们说，眼睛是心灵的窗户，我看不到她的眼睛，也看不到她的心灵，只有心灵会暴露一个人的年龄吧。她看上去就像十九岁，或者九十岁。或者说，少了一只眼睛后对很多事物的理解增强。我想到，杨元的眼睛很亮，不像生活在西北的人，倒是像生活在海边的人。进而我又想到杨元的手。杨元的手看上去半透明的，我觉得这是没怎么进化好的结果，他的五官组合在一起都不错，可是单独看都不怎么样。这可能是这个人身上唯一有点儿趣儿的地方。有时候他的手晃来晃去就像一只透明的鱼。看上去很脆弱。

这样想的时候我把自己的眼睛也闭上了。我觉得非常疲惫。

又过了一会儿，何言的信息过来了。问我到哪儿啦。他用的是"啦"不是"了"，就像在跟我示好。然后又发了我几个他在美国看的房子的图片，在这个时候发过来真的不合适。何言最大的追求就是去美国，不是其他任何国家，如果把京市的房子卖了，他们就能在美国的郊区买一套房子，然后死在美国。

何言说惶惶不可终日，我想，他错了，他还以为自己能躲开什么。

我没有给他回信息，我们之间，他总是问我，到哪儿了、吃了吗这些，好像生活除了到哪儿了、吃了吗就没有别的什么。或者说这也是我们同居几年，我亲手造成的结果。无论他问什么，我都不想说。当我想说点儿什么的时候，我就给杨元写邮件。

也存在那样的时刻，我就觉得自己有点儿对不起于梅。当我觉得自己对不起她的时候，我甚至都快忘了她长什么样子。

8

月亮孤零零地悬着。有一条路，我们就是顺着这条路上来了，在夜色中，这条路就像从很远的地方爬过来，这条路自己长了手长了脚。我们的车看上去和四周很不协调，切出了荒寂的一角。我想，假如人类世世代代向往飞翔，是否有一天会真的飞起来，假如人类真的厌恶自己，是否有一天就会从头到脚融化。

瞎眼女人忽然开始和我想说点儿什么。她问我去了哪儿。

我说哪儿都没去呢。

我忽然又问是不是阳关很有名。

瞎眼女人说一个小土堆。

我说你去过。

瞎眼女人说眼睛不瞎的时候。

我想问你的眼睛什么时候瞎的。但我当然不会这么无礼。

我不再和她说什么，继续删杨元的邮件。删掉了邮件之后，再也不会有不祥的预感折磨着我了。所有的预感都很可怕，是因为它没有发生。我保留的部分只是想再读下，然后再删掉，反正最终的结果都是删掉。我不会让离开我的人有一丝一毫的痕迹在我的生活中。比如杨元在一封邮件里面写——他要靠什么也不做来消耗一生。人要是没了目标，每天都很充实。

瞎眼女人这个时候忽然又说，要死的人是你初恋？我想，这你都知道了。

我摆了摆手，我自己都有些吃惊，好像要急于撇清和杨元的关系。他怎么会是我初恋呢？我初恋是个高富帅，我开玩笑说，我接着又讲了一句更粗俗的话，我说，不找高富帅我找什么呢，对吧，哈哈。

瞎眼女人也哈哈两下，但是比我妩媚一百倍，和这样的女人在一起，就是觉得自己连性别都被剥夺了，反正她很聪明，一定知道我只是开玩笑。另外我不知道他们（瞎眼女人和开车人）在第一次做爱的时候，是不是就已经瞎了，还是那之后才瞎的，是不是因为这个瞎的呢，也许这些都不存在。但看上去他们是老情人了。

从我的后座看上去，瞎眼女人最喜欢抱着自己的肩，她穿着薄毛衣，头发很长，有时候还有刺啦刺啦的静电，偶尔回头的时候会发现皮肤白皙，和这个地区的男人很不一样。看久了，会觉得这是一尊快融化的雕像。或者是，有一半已经开始融化了。听着这些刺啦刺啦的静电，我都会产生一种不切实际的联想，当一个人想做点儿什么的时候，缠在你身上的电网就开始工作。所以事实上，人，什么都不能干。

开车人胡子拉碴的。胡子拉碴是我想象的，一天过去的，男人的胡子应该都长出来了。这至少证明他是一个还活着的男人。瞎眼女人给他披上了一件军大衣。

我问他们两个人，但我不知道具体应该问谁，我说，在这样的地方，你们相信什么？

瞎眼女人说，没有，但我愿意说有。

为什么？我问。

为了让自己看上去善良一点儿。瞎眼女人说。

我看着瞎眼女人，我觉得可真不一般，何况还瞎了一只眼睛。凭她这样的智商，在京市，也不会给自己饿死，真是个淫荡又深刻的瞎子啊！

我忽然想起何言给我讲过的一个事情，他说他的一个朋友，也是在外地，但不一定是在西北。也是在路边，这样漫漫长途的某个停靠点，找了一个女人，之后，女人还免费请他吃了碗炒面。

何言这样给我讲的时候，我一点都不怀疑他说的朋友也许就是他自己，因为如果是他，我想，他至少活着的时候碰上了古往今来的一种情谊，那是什么，我说不清楚，可能就是一碗绝世无双的炒面吧。

也不知道何言这会儿在干什么呢。

瞎眼女人的脸上有几颗痣，就像几颗小星星。

我知道有一种小姐可以多给点儿钱带出来，不光和你性交，还可以和你吃饭看电影，就像谈恋爱一样，我想，自己真是大开眼界了。但我并不知道她怎么看我，或者说，理解我。

又过了一会儿，瞎眼女人问，你能看到星座吗？

我说，我能看到星星。

她指了一个给我，说，那是巨蟹座，是我的星座。

我说，那我也是巨蟹座，我还哈哈笑了两下。

她说，就是在黑暗中闪闪发光的星座。

我说，这不都在闪闪发光吗？

我又说，那狮子座呢？这是杨元的星座。

杨元总说自己不像狮子座，我觉得这也有可能，人生什么错都有可能，比如你妈妈把你出生日期记错了，比如你不是你妈妈生的，在医院的时候手上的号码看错了，比如，你不是你妈妈和你爸爸生的，这种事儿，谁也说不好哟。

我问瞎眼女人你怎么知道那是狮子座那是巨蟹座。

她说，这不是有层次的排列吗？

我又看了半天，脖子酸得不行。

我说，看不出来。

9

因为我是真的什么都没有看出来。在城市生活太久，夜晚不是这样的，夜晚被城市的光源充斥，以为星星就长那样，这里不一样，流星一会儿一颗，就像许愿不要钱一样，可我不知道许什么愿，我总不能说别让杨元死吧，这已经不可能了，我无非请求他再多呼吸一会儿。我还想祈祷让我跟何言不要再争吵，平静地生活下去，但我想，这也不可能。如果所有的愿望都能实现，这个瞎眼女人为什么还在这当小姐呢，我这样想的时候，她瞥了我一眼，我双手合十，把食指翘了起来，闭着眼睛，我顺着我食指的方向想，多么浩瀚啊，没有被污染过的银河从一个天边流向了另一个天边，于是我马上在心中默念，那就别让杨元受罪了吧。我想我这样的祈求方式并不对，但我不想停下来，我又开始滔滔不绝地说，希望不要在我们做朋友的这些年中，他因为我不快乐过。

当我睁开眼睛的时候，瞎眼女人正在用她那只不瞎的眼睛看我，她的眼睛亮得很，就像一个小星星，我忽然得出一种结论，也许开车人爱她呢，万一呢，看她那只仅存的亮晶晶的眼睛，是多么享受啊，但我想，瞎眼女人一定没有用享受的心情再看我，我已经多少知道了我是从事什么的，也许就是她心中的那种有些文化的人，我刚才闭着眼睛，双手合十，一定是在做一些病态的抒情，她冲我咧咧嘴。我没有反应，我尴尬地说，你知道，我们离这些星星有多远吗？

瞎眼女人说，看得见摸不着。

我说，最近的也要五光年。但是在我们的思维里，他就是此刻的星星。我接着说，就是随便一个星星的光发出来，我们也要五年之后才能接受到。我们现在看到的都是五年之前。

其实我对天文一窍不通，这些理论全是杨元在邮件里给我写的，我想，他也是从什么地方抄来的吧，有一段时间我们总是聊星星。好像我们特别了解星星一样。还有一次他说他正在编的考古刊物上有一篇文章，就是关于古代人对星星的研究，特别有意思，可是到底怎么有意思，他也没说，我想，他不是故意不说，而是推断出来就是说了我也不懂，他的推断没错，我只能记住一些简单的原理，比如五光年，世界就是靠原理运转的，只要知道，没人在乎现在的你，只有你自己在乎自己，连没有被污染的星星都不在乎你，当它想在乎点儿什么的时候，已经是五年之后了，时间是奔流不息的，五年会发生很多转变。

瞎眼女人看着我，好像在提醒我：我光靠一只眼睛就比你了解更多生活是怎么回事儿，我不知道什么太阳绕着地球转、地球绕着银河转，可我知道生活就是这么回事儿。

开车人继续开车没有看星星，他一直调着广播，发出刺刺啦啦的声音，就像在和外星人接信号，开车人并不傻，我想，他一定知道，这里是不会有什么信号的。但他并不能停止这样的动作。

前面就是阳关了，开车人又开了一小段路之后把车停下来，他点了一根烟。还问我抽不抽，好像我们已经相处了不止一天，而且就要这么相处下去了。他给瞎眼女人拿出来一根，他不需要问什么，他们知根知底。

这里看日出不错，开车人说，就像太阳升起来是他安排的一样，好像因为他占用了我的时间，于是我的朋友快死了，他去性交的时候我的朋友快死了，所以非要送我一点儿什么一样。

我说不用了，我想，他在搞笑吧。我可不想做这种交换，不然杨元听见了，非得气得活过来，再说了，我也不想看什么日出，太阳每天都升起来，每天也都落下去，周而复始，每天都发生的事情有什么好看的呢，怎么没人看每天大小便呢，别和我说什么新的一天这种鬼话。

我说，不看日出了，带我去看看阳关吧。

不知道为什么，我忽然觉得我见不到活着的杨元了。

开车人说，不去看朋友了？

我说，来不及了。

开车人说，那可进不去。

我说，那就不进去。

开车人摇头，我想，他是不是要钱。

我有钱，可我不想给他了，没有什么原因，就是不想给他了。

你就带我们去吧，瞎眼女人说。

开车人说，明天我就把你和她都一块儿送回去。

我多送你几个小时，瞎眼女人说。

我觉得自己被赏赐了，望了望头顶的银河，是呀，银河绕着什么转呢，大概就是靠这种善良吧。

开车人说，有一条路，可以远远看，近处就要你自己爬，可就是个土坡。

走吧，我说。

别的地方不去了？开车人问我。

我说，不去了。

他说，确定不去看朋友了？

我说，去阳关吧。

10

杨元有一次在邮件里和我说，生活如此具体，以至于人们每天所做的都差不多。是什么魔力促使这些人如此一致地去从事这些事情呢？

我在邮件里和他说，这还不简单吗，你不是明知故问吗，你担心自己变成他们，仅此而已。

另外，我怀疑有一句实话杨元没有告诉我，就是本质上，他是什么都不想做的。不是被某种崇高的力量驱使，可能仅仅就是懒。

我想，于梅是冒了很大风险嫁给他的。

于梅有一段时间开了网店，我不能笑话别人，可我总觉得网店这种事情是让不怕麻烦的人去做的。如果没钱就不应该做生意，小生意挣不到钱，大生意和小生意的复杂过程差不多，大生意需要更多钱，可是有了钱，谁还做生意呢？所以我觉得于梅就是瞎折腾。

杨元也从来不和我说什么新闻，只要是别人关心的，他一律不关心，我和杨元说，这在国外就算反社会人格了吧？他一向温文尔雅，有时候喝多了，我想是喝多了，他会在邮件里和我说，我最烦社会了，我觉得他说的一点儿都没错，社会也烦他。

他还不如这个开车人，或者这个瞎眼女人活的具体呢。想到这些的时候，我忽然想号啕大哭。我用衣服捂住自己的嘴。

何言的信息又过来了，他在信息里问了一句让我更郁闷的话，他说，喜欢那的人吗？我想，何言的脑袋真是是花生米之类的东西，干吗要喜欢呢，人又不是甘肃特产。

我给何言发了条信息，我说我是不是老了。

他说不要总想老了，你怎么不想想汽车变旧了呢。他又说，自己最近想换一辆汽车，他这辆车已经开了太多年。

有些生活就像是无期徒刑，有这样的广告吗？朋友，想体验无期徒刑吗？来结婚吧。唯一能让这种无期徒刑有点新意的就是拼命挣钱，买一辆车，再换一辆车。我对何言这些移民和买车的事情缺乏足够放大耐心。而他还以为这些事情可以让他变得不那么小市民。

何言最怕的就是我和他变成小市民，我问他什么是小市民，他说志明和春娇就是，这个解释倒是颇为新鲜。我觉得当个小市民不错。何言说话的声音像一个东北大炖菜，我觉得他生下来就不能改变小市民的属性了。何况他还是做电影的，这都是离小市民最近的行业，当你做了电影这个行业，你就几乎找不到比做电影更没意思的行业了。我有时候都想为这个行业的人祈祷。做电影久了人很干燥，比大便干燥还干燥。

我想到了一些可爱的职业，比如在这个地方当一个孤独的牧羊人，可是一路上我连一只羊都没看见。我再次闭上眼睛，人有时候能做的就是闭上眼睛。闭上眼睛之后会无端地听到来自天边潮水一般的声响。我想到一些抒情的时刻，比如杨元偶尔会在邮件里告诉我：今天的云彩很漂亮，就像圣诞老人的胡子挤在了一起。

我追问他会不会过圣诞节，要不要来北京过，他就不说什么了。避开这些具体的问题，然后又会在邮件里和我说些没头没脑的话，比如，科学破坏了人类的幻想，科学再这么搞下去，人类就完蛋了。

有时候我觉得，杨元就像穿越非洲大草原的角马一样，但他并不是在奔跑。只是慢慢悠悠地走着，等着被狮子一口吃掉。

就在这个时候，于梅的信息过来，说，杨元走了。我不敢打开车窗，我觉得星星会噼里啪啦掉进来。

我们就这样开到了阳关。

11

我一点都不失望，因为它就是一个小土坡，正像别人描述的一样。往上面爬的时候几乎没有路。

白天的时候是绿色的，开车人说。

我一个人下车，开车人没有跟过来，瞎眼女人跟了过来，我和瞎眼女人说，你等我吧。

她说，我比你熟。

于是，我们就顺着往上走，想想，这个场面多荒诞，几乎没有路，我很担心踩下去的地方是一些深洞。我用手机照着，前面就是一块儿突兀的石头，四周用栏杆围了起来，就算是白天，我想也不会有什么人来。

玉门关就不一样了，瞎眼女人说，人多着呢。

我想，关我什么事？

到了，我说。

我说得很无力，好像是我骗我自己来一样。

我打算绕着石头，或者说是土堆，走走，我不知道这算石头还是土堆。

我和瞎眼女人说，那你在这里等我一下，我看看，就下来。我想，大概也看不了多久，我也不想酝酿什么情绪。

小心，瞎眼女人说。

我说好，我又说，我两只眼睛好着呢。

12

当我绕到后面的时候，四周的一切都消失了，没有声音，我想，这下安全了，于是，我蹲下来，我已经哭不出来了。

我想到那首诗，"劝君更尽一杯酒，西出阳关无故人"，我想，你们都翻译错了，因为正确的意思是，去死吧。正常的一生才两三万天。杨元大概活了一万多天。

说出来没人相信，流星依然到处都是，比刚才路上还要多，但我也一直不明白流星这种东西到底是怎么回事儿，更不明白有人冲它许愿到底是要干吗，我忽然在这片土地上打起滚来，我平时并不常做这种事情，于是我就真的打起滚来，我一边打滚一边笑，我不知道有什么可笑的，我也不知道得白血病疼不疼，应该挺疼的吧。他们夫妻真够倒霉的，我想，当然，也不是最倒霉，比如，他们并没有孩子。就像京市人说的：生孩子还不如买房呢。难怪有人说，生孩子是新社会的"四大恶"之一。另外的"四大恶"还有交朋友，这些奇谈怪论也是我在朋友圈看到的。朋友圈里说，朋友这种事真的很难，富人和富人是不能当朋友的，因为之间只有利益；穷人和穷人也是当不了朋友的，因为根本禁不起利益的考验；至于穷人和富人之间，想想，这算是一种朋友关系吗？

就在这个时候，电话响了，是于梅，于梅在对面喂喂了几声。我没有再说话，我想，以后我和她的联系也不会有了。电话挂断之后，于梅又很快给我发了条信息，我很奇怪，她在这种情况下还能想到我，是于梅用杨元的号发来的，于梅在信息里说，你不用感觉抱歉。

我想喊出来，反正四周这么空旷，会把我的声音全部吸进去，就像在京市，我们经常要消磨掉夜晚去的那些KTV，每一间和每一间都不打扰，多亏了这些吸音的墙壁。这是人类多么好的发明啊。那些声音被吸进去之后去了哪儿？会不会回到过去，比如回到很多年前？上学的那个时候，杨元最喜欢骑着一辆快散架的自行车在校园溜达。我到现在都很奇怪，他是怎么一直保持那辆自行车没散架的。而且总是跑不完气。他骑自行车的咔咔的声音一会儿近，一会儿远，我忽然尖叫了一声。

这个地方没有人，也许有外星人吧，他们可能会听到一声压抑的尖叫，在暗淡哑然的夜晚。

我擦了擦眼睛，又看了看于梅的信息，没错，她写的就是抱歉，和前面一个字之间还有一个停顿，不是难过，不是不安，也不是别的什么，就是抱歉。

虽然我也不知道自己有什么可抱歉的。看着远处的山，我想，杨元终于得救了。也许已经变成了某种巨大的爬行动物随着日出即将出现在天边。此时此刻，这个土坡后面简直成了地球上最黑暗的地方，有一种叫人心醉神迷的美。远处传来瞎眼女人的声音，她在喊我回去，我忽然有了在劫难逃的感觉。

生活别爆炸

1

吕在给贾约发短信，内容是，贾约，老时间、老地方，没问题吧，叫上小黄。

贾约说没问题吧。

贾约的"吧"并不表示不确定，反而表示的是确定，既然已经叫上小黄了，所以老时间、老地点肯定不是约会这类事情。吕在和贾约是朋友，可是朋友这两个字从有了朋友圈之后就很少被在他们之间用来使用了，怎么说呢，他们算不上多熟，一个月见一次，最近见得比较多，也有互相欣赏的地方，有些时候会有幻觉，以为是一类人，但是贾约心里想的是，怎么会是一类人呢，自己比吕在庸俗多了。庸俗的意思就是，自己比吕在有钱吧。大概因为这种关系，吕在每次给贾约发短信都要写上贾约，好像很害怕对方不是她本人一样。

小黄是贾约的摄影师。英文名字叫 Yellow。而且很喜欢贾约叫他 Yellow。但贾约一次都没叫过。贾约最喜欢叫他 Hey（这不也是英文嘛）。小黄还没毕业。大四或者大三，贾约不关心。对贾约来说，找个实习生比找个摄影师便宜多了。她当然不是为了替公司省钱。她只是不想因为钱的事儿找老板。事实上是，她不想因为任何事儿找老板。虽然老板对自己已经够意思了（这是老板的原话，贾约一直也没明白也不打算明白够意思到底是什么意思）。她喜欢自己被无视，说是混吃等死也行吧。

可如果说真的是混吃等死，那她现在和吕在做的事情实在太认真了。或者说，并不能让她觉得自己真的是在混吃等死，这让她有一种自我欺骗的感觉。

贾约只是想不明白，为什么小黄从著名的 B 大毕业，要来这里实习。有时候想到这种情况，她就会想：这个国家完蛋了。当然，她也只是随便想想在自己的头脑中，她可不会把这种话说出来，说出来又有什么好处呢？

他们在做一个系列访谈，贾约去负责拍摄、剪辑成一个小短片，最后是在自己打工的网站上放一放，至于有多少人会看，她可说不好，或者说，她可不必把内心的想法告诉吕在：怎么会有人看呢？她太知道大家爱看什么了。念新闻系的老师说得对，新闻就是人把狗咬了这种事情。她毕业已经十年了，大家还是爱看这种事情，她觉得那是因为狗还没有多到把人咬死的地步。至于他们眼下做的这件小事。贾约，吕在，所有人心里都没数，可这不是最可怕的，最可怕的是他们都有表达意见的权利，这让他们的事情从一开始就显得四分五裂。贾约在一家网站负责一个小中心，这个网站在她看来十分三流，但是得到比付出多，她也懒得辞职。如果说她有什么管理办法的话，就是坚决独裁，绝不民主。虽然事实上也没有什么非她管理不可的事。只是所有的事情都她一个人决定，这让她有一种不安不踏实的感觉。

吕在在一家出版社，用他自己的话说，他去之后加速了出版社的灭亡（倒闭）。出一些他自己根本不会看的书——一些关于法律普及的书，用他的原话说，除了犯罪，他已经没什么需要再被普及的了。曾经有一次贾约问过他：那不是看看正好吗？吕在说：我做的书都是重大刑事犯罪，除了死刑，最好的就是无期。贾约说：没劲，就是还想活着呗。贾约又说：那给我带两本。吕在说：你想犯罪啊。

当然，贾约并不打算犯罪，至少是目前来看。她才三十岁，以后的事情，谁都说不好。每一天都不一样嘛。

没有一个杀人犯从子宫爬出来之后就说我要杀人。好像他们生出来的使命就是要杀人一样。

有时候贾约想：看看那些婴儿，有时候会原谅那些成人，因为他们都曾经是婴儿。然后就都长成（至少是绝大部分）让你特别想杀死的成人，这个过程中也不知道发生了什么。

阻碍贾约和吕在成为一类人的原因还有一个，贾约戒酒了。吕在一周会喝多八天到九天不等，因为对于喝多的人，谁在乎一周有几天。上帝说七天就一定七天吗？这才是独裁。喝多之后的吕在依然能去上班，反正也是出一些他根本不会看的书，喝多总比杀人要好不是吗？通常来讲，吕在一周会留给自己半天的时间用来做一些他觉得有价值的事情。并且目前来看，这个有价值的事就是这件事了。

　　吕在虽然多数时间都不清醒，可是做起事情比一般人都要挑剔。或者说，认真。贾约觉得"认真"两个字更准确，但是吕在说这两个字太虚妄。贾约想：他应该改名叫吕妄。

　　或者可能就是挑剔吧，贾约想：这一切仅仅是因为自己对朋友很宽容。

　　某种程度上可以说，吕在的人生什么都有，有工作有老婆有孩子，应该还有五险一金，而且听说还有一些爱情（这些应该就算通常意义上的什么都有吧）。他们一起合作的事情就是关于爱情和死亡的访谈。

　　贾约三十岁，而立之年，吕在的年龄有些尴尬，四十四岁马上就四十五岁。有的组织定义四十四岁是青年，四十五岁是中年，可吕在怎么看都是一个老年人，这么说并不是他长得多老，如果可以选择，贾约宁愿自己有多一些时间是老年，而不是青年和中年，老年更天真，并且因为天真，有了更多的品质。贾约觉得自己对吕在的评价不算低，这也让她觉得吕在打算做的事情一定不会差，至于能有多好，这个说不准，木桶里的水不流出来是因为最低的那块木板决定的，她忽然想到这些乏味至极的观点。

贾约对这个访谈感兴趣多少有些私心，如果完全从工作角度出发对她来说是不可能的，因为她并不是一个工作狂。她喜欢自己的体重永远保持两位数，哪怕九十九斤和一百斤根本没人注意到，她希望每次剪发之后的一两天不用总想裹着被单出门，她最爱吃像肥肉一样的生鱼片放在米饭上，就像把梁朝伟或者谁放在米饭上一样，让她在吃的时候有性欲，当然，在真正应该有性欲的时候，她也希望自己还残存一些。她愿意住打开窗户外面景色很好的房子，而不只是房子怎么样。所以没有一件事和工作有关。诸如此类。这让她多少觉得自己还是一个普通女性。

只是，她和丈夫正在分居。

她想：这是生活再考验自己吧。

只是夜深人静的时候，她会对着镜子看着自己的正面，背面，左面，右面，然后感慨：何苦呢？

或者说其实她想的是：我操，何苦呢？这已经不是第一次了，结婚两年，分居五次，很多事情，她怎么都想不清楚，大概是因为这个原因，三个月前吕在在一次饭桌上和贾约说起自己这个有价值的事的时候，贾约就答应了。贾约当时也喝多了，贾约喝多的次数是吕在的十分之一或者更少，因为最近三个月都在分居，所以完全没有后顾之忧，每次贾约分居都以三个月为期限，因为所有的房子都是要三个月付租金。如果三个月还想不清楚的事情，大概也不必再想了。

　　就算贾约不喝多，她也会答应吕在，因为在别人看来，这也是一件有价值的事。就这样持续了三个月，每周找一天，趁着吕在清醒的时候（虽然吕在的口头禅是：自己不喝的时候比喝的时候还晕），他们进行一次小小的访谈。关于爱情和死亡。今天是最后一次。

　　拍摄的这一天正好是清明节，没有下雨，路上的人很多（没准还有些鬼呢）。

　　贾约之前问吕在：改一天行不行？

　　吕在给贾约回的短信是：老王只有今天有空。

　　吕在整个人好像停留在了2000年前后，钟情于短信，贾约的短信里除了他的，就是建设银行、招商银行这一类的。

　　于是贾约只能回：好吧。虽然她对老王一点也不感兴趣，她也可以出于不感兴趣否定，但是她不愿意否定。老王是一个有名又不十分有名的作家。至于为什么非要找有名又不十分有名，并非因为吕在对事情的选择有什么私人的理由，因为那么有名的人根本就不会来，在公众面前暴露隐私有什么用呢？而要一点名都没有又让贾约很难交代。可即使这样，尴尬的地方依然存在，有名又不十分有名的人常常会提出一个问题，虽然他们提的时候也一直在考虑用什么样的方式不会显得太直接，因为他们经常会问：有车马费吗？

　　自然是没有了，看看这个单位用的实习摄影师就可以说明问题了。在贾约来看，这就是一个低层次的项目，既不能给公司挣钱，也就不要再给公司赔钱了。

所以最后请来的大多是朋友，或者朋友的朋友，贾约想：这就算是帮忙了吧。

朋友有朋友的好处，就像坏处也是显而易见一样。那种无处不在的认同感让她觉得恶心。何况话题是爱情和死亡。用吕在的话说：操他妈的，什么都不可信，只有爱情和死亡。虽然贾约清楚，在这个地球上，有为数不少的人并不靠爱情活着和死去。

爱情贾约当然相信，贾约还不打算像那些过尽千帆皆不是的女人一样蔑视爱情，再说了，贾约觉得自己根本不具备蔑视的资格。贾约被蔑视还差不多。简直不是蔑视了，应该是碾压。

吕在一共要拍十二个人。他是一个做事很认真的人，连十二这个简单的数字都想了很长时间，最后还是贾约说服他：就十二吧，耶稣死之前还和十二个人吃了一顿饭呢。咱们最后也一起吃一顿饭。

其实如果他说随便一个数字，贾约都可以说服他。无论他说什么，贾约都给他答案，贾约最擅长的就是给出答案。她在单位每天的工作也大抵如此。给出答案就意味着责任。这也是她之所以还有一份工资拿的原因。其实给出答案并不难，只要别想着什么都有。

是啊，贾约想：人啊，不就是一个什么都想有的可怜虫吗？偶然得到的会幻想再次得到，而还傻乎乎地不知道好的事情往往不是开始，而是结束。面对必然失去的，也不能潇洒地来上一句：去他妈的。

贾约不明白老王为什么非要清明节这一天，也许是作家的习惯吧，她想：清明时节雨纷纷。也不错呢。就是搞不好要堵车。老王是他们访谈的最后一期，重要人物放在了最后，有点压轴的意思。所谓重要人物，就是微博粉丝最多的意思。

约的是下午一点，贾约出门的时候，不到十二点，他看了一眼老王的微博，有一千万粉丝，足足是自己的一千倍，可她觉得没什么，就像某些人比另外一些人多一些细胞而已。或者病毒。贾约泡了方便面，泡面的过程，她看着方便面包装袋后面的配料，大概有一千种，她想到自己吃了一千种化学制品，忽然产生了一种颠覆一切的想法：根本没有爱情，也根本没有死亡。她打算一会儿见到吕在的时候就把这一切都说出来。她也能预感到吕在一定会和自己辩论一番。

在厨房花了两分钟吃完之后，她给小黄发微信：你到了吗？她想到第一次拍摄的时候小黄就迟到了，自己冲他发了脾气，很有点领导的意思。

拍摄要提前架机器很多事情，一点钟的拍摄，小黄必须十二点半之前到。

贾约想着自己准时到就好了，因为去早了，她也不知道说什么。否则和吕在很可能会说：最近有没有喝酒啊？贾约虽然感觉自己戒酒了，但是偶尔喝，虽然偶尔喝，但是并不喜欢谈论，所有谈论的人都是撒娇派。

吃过泡面之后，房间中就全是味道了，这就是一千种化学制品的好处。这是一个她临时租来的大开间，躺到床上都可以闻到泡面，于是她真的在床上躺了几分钟，她不敢多躺，并不是因为迟到，她害怕一件事，这么躺下去，会有一个很现实的情况出现在脑海中，自己已经快一个月没有做爱了。和于努分开一个月了，她在床上伸展四肢，就像等着谁来抱抱自己。

当然，这是白日梦，没人会来抱抱自己，连鬼都没有。于是她穿上大衣，匆匆出门。四月，天空中飘柳絮了，看着这些柳絮，她会想到种子，她会想到生殖，她也知道最终一定会想到，自己已经快一个月没有做爱了。虽然这种事情在之前婚姻生活中每天都有，就像大家说的打卡一样没意思透了，可是一旦失去，这种失去就是这么的明确，贾约知道并不是因为多迷恋，她想人类太可悲了，看着街上的树，她想自己的愿望就是不做人，死亡就是一片树叶离开树枝。

另外，贾约承认自己是某一类很自私的人，如果别人有的，她一定要有（也许潜意识，她觉得全世界的女人此刻都在被抱抱呢），所以她会产生刚刚一瞬间的痛苦。尽管，眼下的现实是，她可以给陈又发条信息，甚至都不用多说，只要说：一起吃饭吗？她就可以结束这个现实。他们一定会在一起吃饭之后再一起去睡觉。虽然诗里说的是：一起吃饭的人并不一起睡觉。可是，贾约太了解陈又了。她只是不明白，自己为什么总是冒出一些诗意。诗意？呵呵！这两个字还属于她吗？她一边开车一边想：至少不属于现在的自己了。路上没有想象的堵车，可能是因为老地方是在东边的原因，而八宝山在西边。还有比死亡更诗意的吗？

贾约的车里常年开着 974，因为都是英文，她并不是很能听懂，也就不对自己构成干扰。但是偶尔会有中文，比如现在，主持人正在说京市某家五星级宾馆的卫生间英文单词拼错了。之后电台里奏起一支管弦乐曲，贾约理解不了这种旋律，就任它久久地飘荡在车里，就像有人在她的后座演奏，并且她还真回头看了一眼。她想：是自己太孤独了吧。但是什么都没有，只有窗外的云彩。她有一种感觉，自己会把这辆小汽车开到天上去。她还想：到底是爱过的人不在少数，还是有些人根本就没有爱过呢？

老地方就是 H 的酒吧，酒吧就叫 H 的酒吧，说是酒吧也不准确，里面没有灯红酒绿，看上去更像一个吃斋念佛的地方，容易叫人冷淡甚至是性冷淡。贾约想到自己的处境，是被动性冷淡，而不是主动性冷淡（不知道医学上是不是有这种区分），正在和丈夫分居，虽然可以给陈又约出来，并不缺乏这样的机会，甚至也不缺乏这样的心情和技术，但是不知道为什么，贾约就想让自己做一次好人，想到"好人"两个字，她又笑了，她想到自己上班的那家互联网公司，在业内最被人津津乐道的就是企业的好人文化。说津津乐道不准确，大概是种善良的安慰吧。

虽然，这个世界上，没有好人，只有生意。

这已经不是贾约第一次进这里了，但她预感这是最后一次，因为如果这个访谈结束，她要来的理由就不充分了。而不来的理由却很充分，她不喜欢这种冷淡的地方，她甚至想找机会问问酒吧的老板，也就是 H，你怎么就真的吃斋念佛呢。H 的真名叫吴华，可现在朋友里，没人管他叫吴华，吴华早就消失在灯红酒绿的过去，他现在成了一个受人尊重的人。至于什么叫尊重，贾约也不知道，大概就是没人想和他产生深刻的关联吧。这才叫好人，贾约又想到自己那样一些同事，那样一家公司，也说自己是好人文化，呵呵，果然呀，一切错误都是从语言的错误开始。

2

但我们在这篇小说中，下面如果涉及他，也姑且叫他吴华吧，因为写小说的我，并不认识什么 H，这只能让我觉得一篇发生在 21 世纪京市的故事中，跑进来一个卡夫卡的主人公。何况我认识 H 的时候，他真的叫吴华，喜欢酒喜欢肉，喜欢年轻貌美的姑娘，那些年，我正是那些年轻貌美的姑娘中的一个，既不比其他人更好，也不比其他人更坏，每天风驰电掣，从没想过有一天会靠写下别人的故事谋生，当然，这是我的事情，并不会在这篇故事中出现。让我继续来说贾约他们的事情。贾约是我的好朋友，或者说是好哥们儿，哥们儿就是用来指那些不会产生性欲的人和人的关联，并不局限于男男，也不能武断地说这样的关联就并不深刻。所以我对贾约，多少是十分了解的。

吴华，也是吕在的朋友了，并且贾约感觉，他们才是真正意义上的朋友，或者可以叫上一句老朋友，可能因为他们年龄差不多，都是青年结束进入中年。吴华没工作，没老婆，没孩子，没五险一金，但他并非一无所有，因为他很有钱，谁有钱还需要工作五险一金呢，对吧。而不管有没有钱，人都不需要老婆和孩子，贾约是结过婚的人，虽然还没有离婚，但是以后的事情她都说不好，但是她现在多少也有一些判断：结婚，就是找一个爱的人，然后再离婚吧。

　　这家不是吴华的第一个酒吧，因为是新开张，没有人，所以同意吕在一群人随时过来，唯一的要求就是访谈推出的时候做一个鸣谢。这对贾约不难，因为只要不是独家的鸣谢都不难，你写一万个都没人管，根本没人看，因此贾约才能很大方地说：没问题啊。她的口头禅有时候，或者说，很多时候，就是没问题，或者最多加个啊。因为她可不想别人继续问下去。所有的联系，她都喜欢文字，不喜欢说话，比如微信，人一说话就全都变得特别啰嗦。贾约总是得出这样的结论。

　　酒吧里，吴华总是留一个很高级的包间，一般是员工开会用的，但是总有一些不开会的时候，于是当成采访间。

　　包间有一排很阔气的书架，贾约每次去的时候都会随便抽出几本翻翻，都是和修行有关的，比如有一本书里写着：身处顺境不会获得逆境才有的体验。她放下之后想：这都是废话。自己一分钟能产生一百句，比放屁还多，这样的书无异于谋财害命。

吕在为人很客气，虽然和吴华是老朋友，那种可以拍着肩膀的老朋友，但他还是说了很多句哪天一起喝酒啊，仿佛一起烂醉，一起狂吐才是人世间最大的感情。后来说完之后，吕在忽然想起来，对了，原来你戒酒啦。

于是吴华说：没关系啊，我去买单。

看，他就是这样好的好人。

可是这样的好人，在京市的文化圈，总是被叫作没文化，因为有文化的人自然有资格吃别人布下的大餐，而没文化的人，只能买单，不然他们总得有点儿用处吧。

贾约看不上这一切，大概是因为她在互联网公司太久，内心深信：文化是最没用的，当然你也可以说，没用的就是好的，但这多少有些逞口舌之快。

无非就是一些边缘的文化还在尸位素餐。得过且过也可以算是一种痛快吧。

当然啦，说吴华没文化未免太欺负人，他也是80年代的大学生，80年代的好处就不必说了，因为已经被80年代的人说得太好，贾约想到自己读过的一本书80年代访谈录，她觉得没什么意思。她不喜欢互相抚摩。但她读的其他的书又太少，所以她对自己的这种觉得没什么意思的判断完全没信心。她想到自己现在临时租的房子，如果说有什么让她比较满意的地方，那就是：一本书都没有。虽然读书少让她缺乏自信，但她觉得这不是错，因为无论怎么样，自己都是一个缺乏自信的人，而如果说有什么人比贾约更没自信，那就是那些读过很多书还总是在书架面前照相的人了吧。陈又就是这样的人，他的朋友圈头像就是自己和书在一起，作为一个永恒的备胎，贾约颇为认真地想过，大概就是他这种傻里傻气的形象，让自己不愿意和他在一起，虽然他还有不少优点，但是这个缺点就像脸上一颗颜色鲜艳的痣，让人觉得他差一点就完美了。生活实在不应该这么害他。

　　到 H 的时候，已经一点过了十几分钟，另外的人都到了，但是这对贾约来讲，并不算迟到最离谱的一次，在贾约的理解里，我没什么值得等的，所以你们也不要等，既然你们不等，我为什么不能迟到，而她迟到之后，从不解释，这没什么好解释的不是吗？在她的朋友里，也真的没有人问过，好像她就是因为迟到已经很出名了一样。以至于贾约曾经设想过的一个迟到的理由总是没有机会说出口，如果有人问，她就打算说：刚去堕胎了。

　　因为她从来没有堕过胎，所以她觉得说说，怪好玩儿的。

　　她没有堕过胎的原因很简单，她也没有怀过孕，她没有想过怀孕，有时候，她会想当一个妈妈，这很符合她贪婪的性格，她什么都想体验，但她并没有因为爱，哪怕深爱一个男人，有过这种愿望，就算在婚姻中也是如此，她不知道是什么地方出了问题。生活中没有什么事情值得坚持，但是吃避孕药，她坚持了很多年，她不相信其他，她觉得自己是一个怀疑狂，她看见过那样的社会新闻，吃了避孕药还是怀孕了，她不知道这是为什么，也不知道这属于奖励还是惩罚。可是呢，她的生活中，什么意外都没有，除了今天出门前，新买的衬衫忽然掉了一个扣子，毫无征兆的，她嘀咕了一句，质量啊，就换了一件，她想：要不是自己聪明，一定就穿着这件出门了。虽然她不知道这和聪明有什么关系。只是这么多年，从工作之后，贾约一直觉得自己怪聪明的，大概是世界上有更多比她还傻的人吧。

　　另外值得一说的是，包间没有低消提供给大家。当然，既然这样，大家就更不能一分钱不花，所以每次贾约到了之后的第一件事，就是买几瓶婴儿肥，这也是酒吧里面最便宜的自酿啤酒。她看着自己的脸，觉得再这么喝下去，就真成婴儿肥了。说婴儿肥大概对自己太宽容了，就是肥。贾约总觉得自己胖，尤其是脸，因为脸全露在外面的缘故，其实她一点儿都不胖，她测过体脂，机器对她说：偏瘦。她从来没有信任过机器，因为她看不见机器的脸，于是她还是觉得自己挺胖，这种感觉，大概是生活不如意的表现吧。一般来说，她还会要点薯条，有时候要炸得粗的那种，有时候要炸得细的那种，听上去好像味道都不一样了。可是怎么会呢，难道还能吃出肉的味道吗？但是贾约从来不吃，就和刚才的原因一样，她知道自己这个年龄要是完全不注意，生活就也不会对她更好了。或者说，就算她注意，其实也不知道什么在前面等着自己，她想到的当然是这段婚姻。她不擅长经营，因为她根本上就讨厌"经营"这两个字，但是如果说，她为此前没有付出任何努力，那这种结论也太让人委屈了。

　　但是，又能怎么样呢，包间里有一个很大的窗户，她看着外面，得出这种悲伤之论。

另外，这个酒吧的音乐为什么不能是：没有音乐。她听见歌词里面有：如果你不能让我一个人待着。我会找一个能让我单独待着的人。

天上的云多了起来，看上去鼓鼓囊囊的。

吕在说开始吗，贾约还站在窗口欣赏外面的云，她说开始啊，她注意到吕在今天的帽子上有一些小圆点，贾约回忆，这次的小圆点好像不同于上次，看上去像一种霉斑。吕在喜欢戴帽子也喜欢把一条腿一直晃来晃去，像肉品加工厂的一条猪腿，可是又太瘦了，像是一条不合格的猪腿。贾约打算抽根烟再坐回去。烟还是陈又从机场捎回来的，陈又可以说是真正的摄影师，不同于小黄，总是跟着一些甲方在天上飞来飞去，很少在一个城市逗留，陈又比贾约小两岁，这在贾约看来，就是姐弟恋了，虽然他们还什么关系都没有，认识了很多年，上过床，不知道是不是爱过，后来贾约就嫁给了于努，嫁人之后，陈又说：你要离婚我就娶你。贾约呵呵笑，她觉得这个男人还太小，根本不知道自己在说什么，也可以说是自以为是吧。只是贾约想到自己目前的处境，觉得这多少有些温柔。她也一直没有机会问过对方，因为她觉得自己一定不想知道这些原因。贾约只是总存在一种幻觉：手机里有一个人，如果你需要，被抱一抱，或者过上一夜，那你告诉他就好了。甚至比丈夫年龄更小，身体更好，但是，贾约想：这有什么用呢？这和一个男人通常做的有什么区别。她进而想到：如果自己的丈夫是因为这样的原因，她一定不会责备。可他们的原因，要比这复杂更多。或者说，她不是对别人有什么不满意，而是从根本上不满意自己，看不起自己，看不起作为妻子的自己，想到这些，或者继续想下去，都让她觉得受不了。就像远处天空的云，像棉絮一样拥挤在一起。

访谈通常会进行两个小时，有时候九十分钟就可以结束。一节课的时间，但，没有人真的觉得上了一节课，因为这个访谈总是抵达一个奇异的点，就是什么都不解决，这是贾约早就想到的了。但她不知道问题出在了哪儿，虽然她也不觉得这是问题，也许起点错了，也许终点错了，也许什么都没错，正确和正确的区别总是大于正确和错误，她感觉这和自己的婚姻差不多，现在来看，每件事，她都会想到自己的婚姻，这才是最大的问题，她打算再抽一根。烟盒里还剩两根了，她觉得撑不起来两个小时。连九十分钟都很难。这让人感觉一种赤贫。

通常访谈都是在下午三四点进行，之后就正好是晚饭时间，他们就去旁边吃一点，喝一点。但是因为老王今天不会去吃饭，所以就改成了一点，贾约觉得，怎么样都行。如果是其他访谈，她大可不必过来，正像她自己以为的这样，她在一家三流互联网公司负责一个小中心，这个中心每天都产生各种各样的访谈，她看都不看。她承认，这是责任心的问题。但她身上的问题太多了，她不可能每一件都重视。只是，她总觉得，和吕在一块儿，会聊点儿不一样的，因为吕在不专业。因为不专业，所以搞不好他比所有人都专业呢，专业就会产生捷径，捷径可以产生确定，而确定意味着新的庸俗。从某种意义上来说，贾约觉得自己已经够庸俗的了。她还需要一点儿别的什么让自己不疯。想到这些的时候，短信响了，如果有短信，一定是父母，他们还不习惯用微信，贾约觉得这挺好，有种逆潮流而动的先锋感，短信是爸爸的，爸爸问，于努什么时候回国呀？因为分居的事情，贾约一直瞒着家里，她清楚得很，瞒着只有瞒着一种压力，但是说出来，就有乘以十倍、百倍的压力，妈妈的身体又不好，每天最喜欢的事情就是去医院，总是不相信一家医院的检查然后去另一家，贾约知道，自己的怀疑症只能来自妈妈。这让她无话可说。如果自己有孩子，怀疑症一定会一代一代传下去了，就像传家宝。不相信是一种巨大的痛苦，不是不想，而是不能，就像她根本不相信自己和于努的婚姻会有什么想象力一样。每一件具体的事情都能让她跌入巨大的陷阱。虽然那样的事情在地球上每天都在发生。于是贾约回短信给爸爸说：快了。她又看了看上次的短信，回得也是快了。她觉得爸爸一定不会不知道，只是不问，既然他不问，自己就不必说，诚实很多时候不是一个选项，诚实是一种宝贵的品德，但是为了很多事情，甚至是为了爱，人可以牺牲诚实。贾约想到一个笑话：婚姻和偷东西一样，要瞒得住……尽管她想，这仅仅是人的一种狡辩，来狡辩无奈的处境。想到这个笑话，她又给爸爸发了个笑脸，他们都那么老了，为什么不能让他们高兴一点儿呢？发完笑脸之后，就像搀扶了一个老奶奶过马路（无论她是否真的打算过马路），搀扶者的心情总是大好。除了怀疑症，贾约感觉自己最大的问题就是喜怒不定，比如现在，她就心情不错，而一分钟之前，她觉得烦极了。她想到自己上次做爱，还是和于努分开后，赶上她的生日，之后他们去开了房，那一刻也让她心情大好，甚至产生某种夸张的想法：为什么不能和前夫当情人呢？只是这样，多少有些费钱。

于努仅仅有着一份普通的工作和一份普通的收入，而且并没有给人一种会往上走的感觉，虽然这都不是贾约暂时离开他的原因，也不是过去很多次离开的原因。贾约离开的原因很复杂，但是也可以说很简单，她受不了自己，但她不能杀了自己，所以她要把自己和最重要的人分离，就像进行外科手术。陈又曾经给贾约出过一个测试，如果能复制一样东西，你最不想复制的是什么，贾约想都没想给到的答案是：自己。

陈又当时给她的回答是：我也是，接着发了一个叹号，然后又发我们是天生一对，接着又发了两个叹号。

这种简单让贾约感觉，自己不会和他在一起了。

很多年前，虽然做过爱，也不能否认喜欢的感觉，或者是，一瞬间的心动，两瞬间的心动。但是就像那些被清水洗过的内裤一样，痕迹全无。只是作为一个三十岁的女人，或者老女人（虽然现在社会已经对年龄很宽容了，可是走在街上不难发现，那些年轻的女孩就是更年轻，就像地球绕着太阳转，月亮有时候圆形有时候缺了一个角儿一样，这是再确定无疑的事实），有一个男孩儿还在自己身边，无论真情假意，都让贾约觉得自己并未完全贬值。反而给分居或者可能的离婚增加了一点谈判筹码呢。

　　贾约坐回位子，他们的访谈已经开始一会儿了。今天的访谈对象是老王，在京市，在中国，虽然喊上一句"老王"，一定会有成千上万的脑袋看你，可是都没有这个老王有名，他的微博就叫老王，如果别人再叫，一定就是盗版了。很多年前，贾约就认识老王，也许谈不上认识，见过，听说过，可是贾约的同事常常问她：认识老王吗？贾约就说：认识，不熟。可是"不熟"两个字从贾约嘴里说出来，等于是在肯定"认识"两个字，而之所以这么说，仅仅是出于她的谦虚罢了。虽然贾约看来，这种事，没什么谦虚的，她做了很多年的媒体，先是在报纸，后来在互联网，互联网让她认识到了媒体屁都不是，既然屁都不是，更要保持自尊，自尊大概就是当别人问到某个意见领袖的时候，贾约总是用她很温柔的声音说：认识，不熟。

　　就像她可以用很温柔的声音说出"傻 ×"两个字一样，所有的意见领袖在她看来都是傻 ×，如果不是自封的，并没有错，但不应该出来混吃混喝，如果是自封的，那和公开卖淫差不多。但贾约并不讨厌老王，也许谈不上喜欢，老王是个还没火就行将过气的作家，可是最近火了，因为京市电视台一档写作栏目，请了老王做嘉宾，因为工作的原因，贾约看过一两集，看着一个自己认识的人在电视上言不及义，她觉得有意思极了。恰恰是因为这些言不及义，让老王火了，每个人都能成名十五分钟是安迪沃霍尔半个世纪之前的神预言。是呀，就算是十五分钟，也够了。让老王那些很多年前写了就卖得不好的书全都重印了，虽然不知道这是不是一件好事，可是看见老王的时候，贾约的第一句话还是：你火了。

贾约说出来的时候漫不经心，就像他们昨天刚刚一起吃过饭，而且对这个世界都不再抱有希望，仅仅是无可奈何地又被推了上去而已。

老王是他的笔名，真名我想没人喜欢，因为除了酒吧老板吴华，作为写作者我也刚巧认识他，所以贾约给我讲起这件事的时候，我才可以记得如此清楚，就像很多作家的真名一样，从子宫出来的时候一定没打算当个作家，老王是河北人，真名钟地鲜，他后来走上写作的道路，觉得这个名字有招摇撞骗之嫌，地鲜，或者说，容易叫人想到地三鲜这类吃的，于是自己就叫老王了，没人知道为什么姓王，他爸爸又不姓王。那个时候全国还没有那么多关于老王的笑话，比如你家隔壁和你老婆睡觉的一定叫老王。甚至可以说，这个名字看上去更有招摇撞骗之嫌，但是，他就这么决定了。

老王专门写长篇，因为他有一个很混蛋的理论（是的，我管这个理论称之为混蛋，有时候混蛋的人不一定说出混蛋的话，而不混蛋的人也不一定说不出混蛋的话）：人生没有长篇怎么得了。

虽然我也不得不靠写作为生，可我并不觉得人生没有写作怎么得了，长篇，呵呵，滚。

言归正传，继续说火了之后的老王。

虽然他有很多理论混蛋得很，但并非一个坏人，因为一个人很难偶尔犯混蛋的时候又是一个坏人。

坐在她对面的贾约想：既然认识，就祝他好吧。

但老王并不在意自己是不是真的火了，他做了个表情，但就像什么都没有做一样，之所以这么说，是因为贾约感觉：他在勾引自己。

然后贾约又喝了一大口婴儿肥，她承认，是不能被满足的性需求，让自己疯了。

贾约就这样端详着老王想：除了是一个暂时的名人，他简直具备了一切老作家的特点，贾约管所有60年代末70年代初出生的作家都叫老作家，而更老的，她根本不关心，至于80年代、90年代，在贾约看来，根本就没有作家。因为这是一个作家被当成浮云的年代。所以虽然我和贾约是朋友、是哥们儿，可是我出的书，她一定一本都没有看过我发誓。因为我送过她一本，而我去她家，那一本书就完好无损地带着塑料膜躺在一堆杂志中，就像还在安全套中一样安全，但这并未影响我和贾约的关系，因为就算她看了，又能说明什么问题呢，说明她认识一个连浮云都不如的女作家，那，还是算了吧。有时候我想：能让我和贾约成为朋友的原因十分简单：情路坎坷。而且并不完全觉得是灾难，反而觉得是一笔宝贵的财富，因为我们都不愿意把自己的生活描述得更惨，于是生出不少自欺欺人的经验之谈呢。因为关于她和于努，我了解得太多了。

说回老作家群有什么共同特点吧，贾约看着老王，觉得他具有某种代表性。第一，就是都不年轻了，虽然在这样的年龄，

也并非有多老，可是作家天生并不靠脸吃饭，这多少源于某种
迫不得已。就像女作家也大多如此，所以文学圈总是对那些长
得不太难看的女作家有一种很肮脏的粗暴的单一的结论：卖 ×
的吧。

　　第二呢，贾约又喝了一口想：就是写的全是苦难，好像活
着就是来受苦的。虽然贾约承认自己没读过什么书，但是她见
过不少老作家，每张脸上都写着：苦难。

　　这让贾约心情不好，觉得人生不过几十年，真是的。

　　贾约还有第三点、第四点，她正在想着，小黄过来和她说：
今天不能拖，带子不够。

　　贾约才回过神，本来想骂他：为什么不做好准备呢？但是
后来又想，他结束之后还要绕过半个京市去公司还机器，想到
这些，贾约决定对他好一点儿，因为自己能做的实在有限。比
如说，有一些能拿车马费的活动，就尽量让他去，但是京市堵
车严重，堪称世界第一。有时候，车马费也就真成车马费了。
这也让贾约感觉：媒体是夕阳产业了。至于什么是朝阳产业，
她说不清楚，她说不清楚的事情，大多都是觉得和自己没什么
关，她只会做这一件事，然后等着末位淘汰。

3

　　包间安静下来，贾约把手机调成了飞行模式，她喜欢调成
飞行模式，有一种自己在空中的感觉，地上的事，人间的事，

都再也和她无关了。调成飞行模式之前，他又检查了一遍，老板没有找自己，她松了一口气，同事有找她的，但她打算置之不理，很多事情就是这样，你什么都不做，它也自然就解决了，就像感冒药仅仅是一个阴谋一样，所有的感冒都是一周之后自愈。但她也多少有些小小的失望，除了几条工作的信息，没有于努的也没有陈又的，她觉得自己毫无退路，现在必须开始工作了，她放下手机，喝了一口酒，这一杯已经快见底了，她听见吕在用很小的声音问：你觉得自己还会谈恋爱吗？

贾约自己把录音笔又往吕在的方向挪了挪。虽然有小黄的机器，她还是有一个备用，她觉得：这也是怀疑症的原因。

小黄衣服上写着一排字：亲我的屁股。

贾约没懂这句话什么意思。但是这种事情她也管不着。如果年轻几岁，她也愿意穿着这样的衣服行走。

当然，是用英文写的。

吕在的声音很小，这是与生俱来的，但是放在男人身上，不知道是不是一个优点，也许会吸引那些有特殊爱好的女人吧，贾约想。她想到于努，想到陈又，他们的声音都比吕在大很多分贝，有一种赢了贾约的感觉。

你觉得自己还会谈恋爱吗？这是每一次的第一个问题。贾约在她的同事里听不见这样的问题，这样的问题太日常，这正是吕在的不专业，贾约自己被这种不专业吸引。她甚至问过自己：贾约，你还会谈恋爱吗？可这种问题一旦说出来，答案就跑远了。

她也曾经把这个题目或者类似的题目问过于努，她忘了是在什么样的时间、什么样的地点，以什么样的心情。于努的回答是呵呵。时过境迁，她只记住这个呵呵。真是一个永恒的呵呵啊，她想。

　　至于为什么是这个问题，她曾问过吕在，吕在说：这被过度渲染了，就像他准备的另一个问题一样：你害怕死亡吗？这是被过度回避了。（顺便说一句，他们的访谈只有这两个问题，一个关于渲染，一个关于回避）但就是这么两个简单的问题，都不能让他们走下去，更别提走出去了。每次都是无解。

　　至于其他的问题，贾约一点儿都不关心，因为也不让你关心，关心也没用。而这些问题看上去不礼貌，生活中也很难张口，那就趁着这个机会问一问，这些都是贾约当时在选题会上提出来的理由。老板不置可否，她还记得那种表情，大概是说：没什么大意思，但也不是一点儿意思没有，没必要让你不做，那你就去做吧。

　　事实上，那种表情让贾约觉得被羞辱了，但她还记得自己当时的反应，或者说，对羞辱的反应很奇怪，她对老板列举了一大串名人，虽然她明白得很，这些人十有八九约不来。并且她还把未来的视频渲染得很别出心裁，好像一家互联网公司很缺少一个艺术片一样。

　　此时此刻，老王并没有像刚才进来的时候一样看她。老王低着头，因为吕在的问题已经像一支箭，开弓没有回头啊，是呀，老王，你还会谈恋爱吗？看着低头的老王，贾约也不想刻薄了，她甚至觉得老王此刻和自己有些相似，至于到底什么地方相似，她也说不好。包间中，桌子和椅子都是铁艺的。金属花卉。这个季节坐有些冷，贾约滚圆的屁股滑到了椅子的一个边缘。这种沉默让她坐立不安。

老王最喜欢的动作就是用一只手捏着另外一只手上的一颗肉瘤，贾约看过一眼就不想再看第二眼。老王声音粗得像一把锉刀。也许这会让一部分女人痴迷。但是贾约知道自己绝不属于这一部分女人。关于这个问题老王只回答了一句：那你能先开始下一个问题吗？

吕在问：那你有什么喜欢的小说吗？

贾约又想笑了，问一个作家喜欢其他什么作品，这太具体了。

老王又开始思考，又开始低着头，这让贾约正好可以看见他头顶秃了一小块，但是并不明显，可以说，如果不是低着头没有人会注意，贾约想，这也许是老作家们的第三个共同之处。也是苦难的证明。

霍乱时期的爱情，老王忽然说，菲尔米娜和医生，菲尔米娜和浪子，能想象的生活和不能想象的生活。

爱情可以共时吗？吕在说。

贾约补充道：就是同时。

之后她喝了一大口，她觉得多此一举，她起身，拍了拍小黄，然后去前台又要了两杯。她想：一杯给自己，一杯随便给谁，既然是随便给谁，那很可能还是自己。因此有一种赚了的感觉。

在前台的时候，她看见吴华正和服务生说话。服务生看上去是一个十八九岁的女孩儿。有时候年轻女孩儿就像一块儿透明水果糖一样可爱，给人一种除了年轻，而且是非常年轻，之外一无是处的感觉，可单这一条就已经击败一切。贾约没有马上过去打招呼，她拐到卫生间，她喝了很多酒，但是没有小便的感觉，这让她感觉自己很胖，她看着镜子里，不长不短的头发，用手捋了几下，要是有梳子就好了她想。值得一提的是，她还看见一颗假牙，不知道是谁的，她想拿走。她甚至想到，会不会是老王的，但这种栽赃毫无道理。她又想到老王的润发油，今天一定是打扮过的。可是涂得有些多，给人一种会渗到脑子里面的感觉。她走出卫生间，吴华看上去要交代的事情还没有完，女孩旁边又来了一个女孩，看上去也不会超过二十岁，贾约直接回到包间，她正好听见了一句话，老王说：倾听你内心，就已经排他性了。

大概还是刚才的话题。

贾约没想到老王最喜欢的是马尔克斯，但贾约想到了一点，他一定最喜欢的是外国人。现在来看，是一个死了的外国人。贾约没看过老王的作品，她看过马尔克斯，她觉得挺好看的，或者说，她觉得正是自己这种人应该觉得好看的那种：没有太多的文学修养，可是对付周围的环境绰绰有余，贾约对自己的理解很充分，生活里容易伤春悲秋，充满了小资产阶级情绪，喜欢drama（戏剧）。贾约是北京人，北京话说，就是一个大丧逼。

丧啊，她想。就像浪子老了，看着菲尔米娜下垂的乳房，还要说：自己一直在等她用一个处男之身。而并非年轻的容颜。

这算"杯具"吗？贾约问（而且她这样问出来的时候，想到的是，文字稿出来，一定是"杯具"，而不是"悲剧"，她觉得这个时代已经没有"悲剧"了，只有"杯具"）。

老王抬头看贾约，贾约觉得他在审视自己不长不短的头发。

老王说：虽然是两种爱情，但其实是排他的。是一种。

贾约没听懂。

老王接着说，所以你刚才出去的时候，吕在问我，就回到最开始那个话题了，我觉得自己还会恋爱吗，我就和他说的意思是，要是和浪子的就不会了，和医生的，也许吧。

可你是个男的，贾约说。

你看过我写的《雪豹》吗？贾约既没有点头也没有摇头。

老王说：里面我就变成了一个女人，或者说，有点儿向马尔克斯致敬的意思。

那我去买来看看。贾约随口说。

你买不到。老王说，但是呢，我可以给你找找。

贾约笑了笑，但是又觉得不用太过分，这件事，没什么值得感激的。

吕在说，那他们这种爱情也是另外一种意义上的电光石火，家破人亡，阴阳两隔的结局吧。

什么意思啊？老王问。

吕在说，反正好的爱情就全是这种结局吧。

因为吕在就是这样的思维，所有好的东西在他看来都是这样的结局。

老王抽了根烟说，我觉得你这有点儿太概括。

他点烟的时候，小黄咳嗽两声，贾约伸出两个手指盖在嘴上，她和小黄往外走。

到了门口，贾约把自己埋在又红又软的大沙发里。

红色沙发旁边是一个水池子，看上去像个傻孩子的眼睛。

怎么不养两条鱼，贾约总是随便想到这些。这可比里面的铁的舒服多了。她一边想一边抠着手上的倒刺，直到流出血。酒吧墙上挂着画家甲乙丙丁的一些画。这是一个画家。而不是四个画家。并且贾约也认识，说来可笑，这个画家没事儿总是给贾约发一些挑逗性的信息，可贾约搞不清楚他到底要干吗。他的画既不好也不坏，这就是最大的坏。

这个时间，酒吧的人很少，是呀，谁会愿意在清明节出来喝上一杯呢？

贾约看到唯一的一个女人正在画眉毛。她啤酒上面的泡沫都没了，泡沫旁边是一张挺胖的脸，好像是在等什么人，贾约看了看啤酒又看了看她的眉毛。颜色有些像。

贾约重新转向小黄问：你不是抽吗？

小黄说：我不喜欢闻这种烟。

贾约拿出自己的Lucky，这个呢？

小黄抻出一根，贾约给他点上，顺便又给自己点上。点上之后，两个人往外走。白天的景色总是和夜晚不一样。

你经常来酒吧吗？贾约问，他们虽然当了三个月的同事，可是彼此并不了解，因为贾约看来，没有了解的必要，三个月一过，小黄就必须走，这就是实习生的期限，在这家公司两年不到三年的时间里，贾约已经送走几十个实习生，虽然每一个，进来的时候，她都曾认真对待，可是时间长了，也就什么都不记得了。她的当务之急是下周就要重新发招聘简历，五一节前，小黄就要走了。想到这些，她又仔细看了看小黄，真年轻啊，她不由得在内心发出这种感慨，比陈又还年轻，酒吧里这个时候传来女服务员的笑声，贾约隔着落地玻璃看了一眼，她忽然感觉，这个世界被年轻包围了。她不知道比自己大九岁的丈夫会不会也有同样的感慨。她使劲抽了两口，她要尽快回到包间，那里有两个老人，让她有一种自己依然被宠爱的感觉。

贾老师，我是不是必须走？烟快抽完的时候，小黄忽然问，在单位，所有的人都叫她贾老师。也有人叫她贾总，她觉得这未免太夸张。

我也想给你留下来，可是真的没有名额了。贾约说。她自己知道，这句话她对几十个人说过，其实名额是可以争取的，可是她不想为了任何事找老板，她只想得过且过，并且她看了看小黄想：他没有好到非留下来不可。于是她接着说：这有什么好，为什么非留下来不可呢。这样问过之后，她又点了一根。

我觉得跟着你挺好。小黄说。

贾约笑了一下，这个笑没有任何含义，她把刚点的烟在地上踩灭说：我也不一定干多久呢。

小黄说：是吧。

这需要一个调酒师，贾约对小黄说，我还想过在二十四小时便利店当一个店员。

可是贾约刚把这句话说出来又觉得不妥，于是马上说：因为夜里可以看鬼买酒啊。然后还哈哈笑了两声，她觉得今天的笑话不错。

可是小黄一点儿没笑，看上去怪没礼貌的，于是贾约问他，有没有女朋友（或者男朋友）。

小黄点头。

贾约又问：住在一起吗？因为她多少能知道一些现在的大学，她进而想到自己上大学的十年前。可真遥远啊。

小黄把抽得很短的烟头往远处的墙上一扔说：这种事就像吃汉堡包一样。

贾约想：是吧，大概对他们来讲，爱情和性，同居，甚至和未来的婚姻，都是吃汉堡包一样，是一件简单而且愉快的事情。小黄说完就往回走，机器还架在里面，看着走在前面的人，贾约忽然羡慕或者说嫉妒起来这个轻松的背影，他真的轻松吗？她没有把握。可她知道，汉堡包，这个比喻，多美好呀。

她打算今天结束之后就去吃一个汉堡包，一个真正的汉堡包。或者吃两个，她幻想自己也还充满希望。

走在前面的小黄忽然回头问贾约：对了，你会在这条胡同里迷路吗？他这样问的时候，头戴式耳机像扣了两瓣西瓜皮在耳朵上。

为什么这么问？贾约反问。

因为我来了这么多次，我今天又迷路。

京市太大了，对吗？

那可说不好，小黄说，我先进去了。

4

贾约打算再待一会儿。这是一条古老的胡同，酒吧通常都愿意在这里，很能吸引一些怀旧的人。胡同没有改造，还有晾衣绳在迎风摆动。上面挂了一些花格衬衫。贾约她想起自己小时候：院子里也是同样的场景。甚至会挂一些大裤衩，她那个时候最喜欢把头埋在衣服里使劲闻肥皂的味道，把脸贴在上面，很潮湿。阳光从另外一面透出来。贾约看着燃烧的香烟，就像宇宙在爆炸。她想：那个时候总是过得很慢。她还看见远处有一个老头儿和一个老太太，贾约忽然产生一种不切实际的想法，也许他们是一对老情人，而并不是一般意义上的夫妻，因为夫妻就是这样，想到时日无多，谁愿意继续浪费在家里呢？但是如果他们做了一辈子情人都不能在一起，这是最大的爱还是不爱。贾约想到这些理论的时候，正好从胡同口走过来一个人问路，贾约想都没想就给他朝相反的方向指了一下。至于为什么，她也不知道，也许是因为她不讨厌这个人，然后想等他走回来吧。

可是等了很半天，那个人都没有走回来。

头顶有一个无人机，发出嗡嗡嗡嗡的声音。

早晚有一天都掉下来，贾约冒出这句话的时候，自己想：反正上面也没有人。

重新走进酒吧的时候，吴华正好迎面走过来，这次，他们非打招呼不可了。

上次你没来？吴华问。吴华指的上次就是采访他的那次，因为想到用了他酒吧很长时间，觉得应该给他一个机会，更何况，他也是一个有故事的人啊。

痛经，贾约说，说完自己哈哈大笑，无论发生什么，她的理由都是痛经，或者是堕胎。虽然，她还不知道痛经到底有多痛，可她想，反正只是随便说说，因为真的，谁会无聊到关心她是不是痛到要把子宫拿出来当球踢呢？

果然吴华没有继续问下去，贾约想：也许这正说明了一个好人的体面。于是贾约也打算体面一把，她说，访谈我看了，以后要找你多做呢。

吴华摆摆手，以他的经验，一定猜得到，贾约只是体面一把。

于是两个人忽然哈哈大笑。

贾约说，一会儿过来吧。反正你都认识，老王什么的。

吴华说，你们先忙着。

重新回到包间的时候，小黄正在用力嚼一颗口香糖。耳机线混乱地缠在一起挂在脖子上。贾约冲他指了指四周，想让他多拍些空镜，于是小黄对着墙角的一株仙人掌拍了起来。很半天之后才把镜头重新转过来，贾约觉得他拍了太长时间，虽然他说出了汉堡包这种比喻，可也只是个挺普通的"95后"。自己不能把他留下来并不是自己的错。

他们已经聊到死亡了，贾约出去了十几分钟，知道错过了很多，或者说，什么都没错过。她拿出手机看了一下，有几个工作的事情，批考勤、批报销，有个加班一百小时的，她想了想写了同意。还有个餐费五千块钱的，她想了想也写了同意。她很清楚，五千块钱肯定是和家里人大吃大喝了，一百个小时，是住在公司了吧，呵呵，她觉得，挺有意思的，难怪这些人一事无成，而且最重要的是，他们知道她一定会写同意的。因为贾约真的很懒。她并不想和一事无成的人斤斤计较，也不觉得自己做的事情会是压死公司的最后一根稻草。之外还有几篇要让她审的稿子，她光看看题目就够了，她不明白为什么，每件事都要得出一个政治正确的结论，或者是政治不正确的结论，但，那无疑是一种卖弄。为什么就不能好好说话呢？

另外，还有一条信息她非回不可了，于努问她：明天晚上要不要去 blue，有演出。blue 是世界上最著名的甚至可以说唯一的爵士餐吧厂牌，可以听爵士乐，可以当酒吧，可以当餐厅，一般是六点半开始，吃到七点半，然后爵士乐表演，持续一两个小时，像电影中的棉花俱乐部，充满了中产阶级趣味。可是贾约怎么都想不明白，自己和于努怎么成了中产阶级，她绝对不算是，起码有一个亿，这种资产阶级的小目标才可以算，可是他们两个人的车和房加起来虽然也值几千万，但是有价无市，甚至可以说正在通货膨胀，那么谁会卖掉自己的车和房呢？所以他们更像是一无所有，可他们比一无所有的人更害怕失去。虽然这些从来都没有出现在贾约关于离婚的设想中，不是不重要，而是因为她的内心已经容纳不了这么多的变量了。她只想考虑爱。可，只是爱，这一件事，就让她经常想，如果爱的尽头是不爱，她希望这些尽头快点到来。于是贾约给于努回复说：去。

她回复得很简练，她不想让他产生错觉和误会。至于自己为什么去，她也说不清楚，她想有更多机会了解自己的丈夫，哪怕在分别的时候，也尤其是在分别的时候，因为总有一些感受是在两个人日复一日的生活中不会出现的。

而且，她喜欢 blue，她在日本的时候去过，那样的氛围会给人一种意识：生活都是假的。你也便不必认真。

不知道为什么，把电话重新调成飞行模式之前，她去看了看陈又的朋友圈，她从不看朋友圈，除非她想起谁，就像此刻，她忽然想起陈又，他在干吗呢？

所以就是你说的，老王重复道，怎么理解死亡才能怎么理解爱情。

吕在说，所以你怎么理解死亡？

老王说，一般到了我这种年龄，或者说，我们这种年龄，已经不想对死亡有什么了解了。

贾约把手机放回去，她觉得这句话很像出自作家之口，或者说，某一类作家之口。

老王又说，天地不仁啊。

吕在说，什么意思？

贾约很喜欢吕在一直问什么意思、什么意思，因为在她做了十年的媒体，访谈最重要的就是不断追问，不断破坏，甚至不断激怒，而不是认同。如果仅仅是认同，为什么不一起去开房互相抚摩呢？是吧？

这多少也挑起了贾约加入谈话的热情，其实每次，她都很少说话，她觉得，自己只要过来就好了。过来就会让人觉得事情很重要，以此掩盖并没有那么重要的现实。

我也觉得是，贾约说，活着的人就好好活着吧，别操心死了的事。

可你还小，老王说，你也就三十几岁吧？

老王这句话说出来的效果，自然十分不好，因为贾约才三十岁，她又不想说话了，她很敏感，甚至觉得称不上年轻貌美的姑娘没什么资格说话，说话是为了被人重视，一个平庸的人有什么被人重视的条件呢？

吕在又补了一刀，小贾是很年轻的，比咱们两个哈。

贾约尴尬地笑了笑，她拿出手机给陈又发信息说：你在哪儿？

无论哪一次，她抛给陈又都是很简单的几个问题，比如你在哪儿。

我就讲这么一个典故吧，老王接着说，老王之所以在电视上火了一把，也得益于他这么多知识，这在一般作家中并不常见。因为知识和创作并没有什么必然的关联。如果你在电视上见过老王，会觉得他更像一个行走的图书馆，甚至有些夸夸其谈，也许她真的应该和一座图书馆结婚，不然那也不用现在都结不成婚。老王的典故是这样的：

舜问尧：天王之用心如何？尧说了五件事，其中有一件是苦死者。老王接着说，我就简单解释解释吧：我们这里几个人？一二三四，四个人啊。（贾约想：这还用数数？）要是有一天，忽然，有一个人没了，那我们，就把他的椅子，给他多留一会儿。

虽然贾约最讨厌"典故"两个字，她觉得全是中国文化的糟粕。可她觉得至少这一个挺有意思，

就是说，死的人不想死，那我们就把他的椅子给他多留一会儿。是这个意思吧？吕在问。

老王笑而不答。看上去挺神秘，可是贾约觉得：装神弄鬼。

吕在接着说，我要是死了，你们就给我唱歌。

老王说，那你和庄子一样啦。

所以也许接下来他真的可以聊聊鬼神论了，可这就和出发点相去甚远，于是贾约说，老王啊，不然你聊聊鬼神，贾约之所以这么说，是因为他相信，老王一定不会再聊下去。

于是老王说，孔子对鬼神的态度是敬而远之的。未能事人，焉能事鬼，哈？

尤其他嘴里冒出"哈"的时候，贾约生理上很不舒服，她不知道怎么回事儿，反正一定不能是怀孕。老王接着说：墨子也说嘛，你不能说没见到的就不存在啦。

吕在问，不知道的事情，等于发生还是没发生？

老王重新低下头，贾约又看到那一小块儿秃顶，老王提起头之后和吕在对着笑，他们心照不宣，贾约想：应该三个人一起笑，难道大家说的不是一件事情吗？

老王接着说，他似乎不乐意停下来，因为这正是他擅长的，作为一个公众人物，谈论知识或者说炫耀知识总比炫耀自己要安全有趣，他说，你知道，孔子有一个学生叫宰我……

忽然，摄影机后面的小黄哈哈大笑。

贾约看了他一眼，他还是忍不住笑。

怎么了？吕在问。

小黄说，宰我，哈哈，哈哈，

贾约觉得很尴尬，为了缓解这种尴尬，她干脆说了一件更尴尬的事情，她说：有一年，诗人北岛去你们学校，就是著名的 B 大。说到 B 大的时候，老王抬头看了一眼小黄，仿佛不相信他是一个学子，贾约接着说：然后，下面有一个学生问，那，南岛呢？

可是这回，小黄一点儿都没笑，大概是因为他听过一模一样的故事，或者是，他故意给贾约难堪。

大概就在这个时候，吴华进来了，看来，他真的是一个好人。

生死善恶都在一个世界吧。看见吴华之后，老王问，什么时候开始信佛？

钱挣够了之后。吴华说。

多少算够？

没够。

哈哈……

这个房间中，老王和吴华算是成功人士了，所以他们当然有资格哈哈一笑。或者说哈哈一笑泯恩仇。他们甚至连招呼都不用打，成功和成功就这么互相认出了彼此，这让吕在尤其是贾约有些为难。

我是没见过什么钱，于是吕在忽然说。他这么说让人觉得很心酸，并不是因为他真的没什么钱，而是他不应该觉得别人也像他一样这么理解一些事。好像这些事真的不重要一样。他太单纯了，单纯没什么好处，贾约想，于是贾约说，也有钱做不了的，我认识一个人，前一天刚体检完都正常，第二天就忽然病倒了，现在还躺在医院里，ICU 维持。花了一百万了吧，最后就是人财两空。

老王说，我现在，就觉得自己率领一个器官大队长征，不知道还走多远。

吕在说，长征不长征我不想，我就是受不了体检，上次过去的女医生，趁我没注意就把我裤子扒了，小黄又哈哈大笑。

贾约说，吕在，那你就下次硬了再进去。

因为贾约和吕在太熟了，她并不觉得这样有什么不妥，老王扶了扶金丝眼镜，好像觉得很不妥的样子。

吴华说，你们聊吧，我就打个招呼，一会儿去另外一个店转转。

是呀，谈到这样的话题，难道他还不应该消失吗？

大概这样吧，那天的访谈就是这么结束的，因为贾约很多时候都不在场，所以她能转述给我的也十分有限，或者说，那些没意思的部分，她已经帮我过滤了。

结束之后，是喝酒，喝酒之后，是喝多（如果不喝多为什么不喝可乐呢，这是很多酒鬼的名言），那天后面的事情是：贾约手机没电了，她现在只用手机支付，所以是吕在付的钱，虽然他没什么钱，可他是个男人。之后，吕在把发票拿给贾约，关于他们十二次的访谈，贾约手里有一沓发票，很多都是几块钱几块钱组成的，这让她觉得挺搞笑。贾约想的是：项目结束之后，一起走项目报销。那天，他们喝多的原因很简单，因为吕在要早走，回家看孩子，于是加快了喝酒的速度。

贾约那天也喝多了，小脑袋里想的全是爱情，对比死亡，她自然更关心爱情，她酒后吐真言说：爱情这种事全在于你怎么看他？

吕在很认真地问，怎么看呢？

贾约说，只能用一种方式看他，诅咒他。

说完她在饭桌上哈哈大笑，因为她连诅咒是什么都不知道。吕在的双臂叠在桌子上，看上去真的很认真，可不知道他认真听这些干吗？反正他都有孩子了，他还敢想东想西？

我们讨论的又不是扔一个破沙发。对吧，我们这个访谈还是挺有价值的吧？吕在问。

贾约干了一杯酒，表示有价值，因为吕在就是这样的人，虽然一周中的多数时间并不清醒，可是，从不像别人一样糊弄事儿，每一次访谈之前他都做很多功课，所以这个访谈进行得并不快，比如这一次，老王的全部作品，包括在狗屁电视上的狗屁讲话，吕在都看了。贾约觉得，固然这样不错，可终归是因为事情不多吧。而每次采访之后，当他们两个人或者还有其他人在一起喝酒的时候，吕在总是不断地问，今天聊得还行吧？每一次的访谈都是吕在亲自整理。吕在总说，我就想做点儿事。有时候还会说，今天那个问题问得好，这个问题问得不好。他也总是把希望放在下一次。隔着醉意，看着他那么认真，贾约觉得怪难受的。

饭馆开始有苍蝇蚊子了，吕在本来打算把它们打走，后来想了想，只是吹了一口气。

他那天穿了一件西服，紧绷在身上，吹的时候西服就更紧了，身上的肋骨像一排一排小栅栏，到处都是明显的折痕。西服不属于他。贾约喝多了一直用手揪他的衣服，想给揪平，可是她揪住的地方被揉成更皱的一团团了。离得近了，才发现，吕在的皮肤像一些风干的肉干。西服大概是他特意准备的吧，毕竟老王是个挺有名的人，吕在的眼睛里有一个黑点，就像浮在酱料里的黑豆。裤子和鞋中间总是裸露着一块脚踝。看上去有点儿时髦。看着吕在这么喝，贾约觉得他就坐在一条正在下沉的船里，下沉的速度很慢，大概还需要几十年。可这种气氛就像太阳落山前的一个小时。于是这种气氛也要持续几十年。贾约想：虽然我们的那些话题没有什么实质性帮助，但是我们努力了。

你以后还爱吗？吕在问贾约。大概是因为最后一次，他觉得她应该认真地回答一次。

贾约内心想的是：坚韧不拔是一种素养。人不应该再去追逐爱情。但是她知道这种素养并不属于自己，而她总还是希望爱上什么人或者被什么人爱上。除非去死，她才会不能再爱，她想：也许这就是爱和死的关联吧。

但是，她竟然没有把这些说出口，她只是说，以后的事情，留给以后再说吧。

这样的回答很叫人沮丧，于是吕在说，我不像你这么想。

吕在这样说的时候，贾约想到一句名言（大概是名言吧）：如果钉子已经够结实，就坚决不用再多捶它一下。说得是顺其自然。但是她没有说，接下来就是沉默，这种沉默像无穷无尽的记忆，死死地包围住他们。看着吕在，贾约忽然想起于努脖子附近的皮肤，因为里面血液的流动，摸上去很暖。她不明白为什么，自己有时候要那样伤害他，就像很多女人一样，打碎男人的天真和善良。既然头顶就是安全的天空，为什么人和人不能互相理解地在一起？

5

贾约喝多了，因为喝了一种没有喝过的啤酒。她只是看着两个美女在雪山上，于是指着广告说，来这个，尝尝。

她还没去过雪山呢。

真正的雪山应该没有人。

她去过的到处是人。

她想过，要是死了就埋在雪山上，白白的，软软的，有金色的阳光照下来，想想都不愿意活了，于是她问吕在，你要死了怎么办？

她这样问的时候，吕在正靠在门框上，想去推开，看上去他推了半个世纪那么久，于是贾约过去和她一起推，门并不沉，也因此，贾约可以很清楚听见吕在说的：我要死了，那我就当自己根本没出生过。反正我就知道一点，相信人死了还有灵魂，才是彻底的存在主义者。贾约觉得这句话十分玄妙，甚至想发条朋友圈。吕在出去解手，贾约看见门外远处有一个正在打电话的人，并且时不时回过头看她。那个人长了一个鸡脑袋。贾约觉得她并没有在打电话。忽然有一种不祥之兆。贾约也想小便了，于是蹲在马路对面的一个阴影里，蹲下来之后没有解裤子，仅仅是蹲着，蹲着给于努发了一条短信，短信的内容很荒诞，八个字：我和别人在一起了。最后是一个句号。表示陈述这样一个事实，而且并不惊讶。

贾约不知道，自己为什么要告诉于努这样一个并不存在的事实，仅仅是因为喝多了吗？就算是喝多了，这种事也不会被原谅，她可能不想要退路了。这全部退路都让她煎熬。

也或许，这才是一个分居的女人可以享有的不多的优越的条件，她知道，这仅仅是自取其辱的撒娇，无论如何，于努还爱着她。至少把她当成一个妻子那样地爱着她。一种比爱还深沉的情谊。

小饭馆只有他们一桌，老板娘并不急于关门，吃的很一般，因为，谁关心吃什么呢？

贾约喝多了之后一直靠在小黄的肩膀上，因为小黄说要晚一点不堵车再去还机器。这种姿势在平时上班的时候是绝对不可以的，贾约甚至产生一种错觉，自己有钱，有权力，可以随便找个比自己小十岁的男孩子靠一下，威风威风。

喝多之后的贾约还想到很多没有连续的情景：她想到，自己采访过一次北岛，北岛已经从我不相信，变成了我相信鸡汤，她想起和于努去日本的 blue，路过了小津安二郎的墓地，于努非要去看看，她一个人等在远处，感受着吹过来的凉风，正像现在一样。

总之，并没有很晚，贾约就回到自己租来的房间，方便面的味道没有散去，她打开窗户，也借此醒醒酒。她看了手机，有一个陈又下午发给她的短信问她在哪里，后来晚一些又发了一遍。

傻子，贾约想，想约炮儿，没门儿。

其间，贾约还去马桶吐了一次，吐出几根比较完整的四季豆，看着这些，贾约觉得有点儿像吕在，都是长条形状的。她忽然得出这种酒后狂言，知道一件事和感受到一件事，是很不一样的，人最终活的是一个感受而不是知道，老王就是知道派，简直就是傻 × 派。头晕目眩中，她看着自己什么都没有的房间，虽然在那些反消费主义者看来，所有不是必需的都是多余的，可，那人和动物有什么区别，除非你就是要和动物没区别，贾约觉得不能再欺骗自己了。她又给于努发了短信：我想回家。

于努很快回了一条：喝酒了吧？

两个人都没有提之前的那条短信，大概这就是共同生活带来的默契和绝对的乏味。

她睁着眼睛不敢睡过去，她想到一个笑话，于是在房间中尴尬地笑了起来，这个笑话说，如果今天过得不错，明天也一定过得不错，因为，今天和明天之间只隔着一个睡眠。

贾约想：编这个笑话的人为什么不去死呢，除非他没睡过觉，哈哈。

她看着自己越来越胀的胸，觉得什么都控制不了了。而不能控制的，都不属于她。或者说，她刚要控制，原本属于她的就跑别处去了。

当然，这都是两年之前了，也就是 2015 年，下面写写我自己。

首先像读者报告一件不好的事情，两年之后，吕在自杀了，也就是说在你们看到这篇文章的时候，他已经自杀了，并不是每个自杀的人都给人预示。有人说，他自杀前的一周还活得好好的，但什么叫活得好好的，我也不清楚，另外关于什么样的方式，我并不知道也不希望知道，因为那一定会让我产生不愉快的联想。这一切，我想我都不必多问，我只是多少会觉得他有些自私。吕在的追悼会我参加了，去了很多人，看得出来他生前人缘很好，可吕在一直活得挺穷，这让他的追悼会也十分简朴。他的女儿比我第一次见也是唯一一次见大了很多，在我看来，已经到了那种出门会有小男孩儿喜欢的年龄。我想起吕在活着的时候，那个时候他刚有了孩子，他说，看她一出生我就觉得自己都可以死了。他还说，原来觉得世界洪水滔天都不关我事，现在还是希望这个世界越来越好吧。

他的老婆我得说，哭成了一个傻×，虽然很多人揣测过，他们的感情生活并不如意，是呀，否则谁会去想把爱情弄个明白呢？

我和吕在的关系怎么说呢，我们互相欣赏，我说的是那种真正的欣赏，这在世间并不常见，通常要靠某种运气。我既然选择了这一行，就总是有一些运气认识一些形形色色的人，虽然也同时失去了另外一些运气。可我从来不相信那种鬼话：失去的就是好的。也许呢，我对吕在的欣赏更多一些，他几乎不说别人的坏话，也几乎不说别人的好话，单这一条，就实属难得。我希望在所有的关系中，做付出更多的那个人，这让我觉得无怨无悔。但我想：他大概也是欣赏我的吧，至少他喜欢我的小说，他曾在很多场合公开这么说过，而这种评价他并没有给予过其他人，虽然他出的全是一些别人看都不看的法律书籍，可他曾经也是一个文学青年，然后走到了文学中年这一步，可是这一篇我还没来得及给他看。如果还有机会给他看，我一定会问他：一个活了很久的人自杀，为什么那些悲欣交集的日子不能让你撑到自然死亡？

6

那天追悼会现场，我从最外圈走到最里圈，便匆匆离开，在外面的时候，我碰见贾约，这纯属偶然但是可能性很高。我和贾约已经不像两年前那么亲近了，因为两年的时间啊，可以发生很多的事情。让我来简单回顾一下，首先是，贾约终于没有离婚，因为她无处可去，她所有的怀疑都是真诚的，但也同时都是软弱的。而我也结婚了，可是我承认，我并不幸福。幸福在哪里呢？而且，承认这个事实之后，我反而变得心安理得，人就是不能什么都有。我有了一个孩子，也是女儿，长得像我，谈不上难看，大概以后也会经历不少生活的折磨，然后从这种折磨中理解男人也理解自己，这不是坏事。贾约一直没有孩子，可是再要的话年龄就太大了，所以她也许早就下定了决心。于是，我也自然不便再和她提起孩子的事情。

贾约比两年前胖了一些，我想体重一定超过了三位数，但是并不难看，给人一种性生活很和谐的感觉，因为我知道这两年，于努挣了不少钱，赶上了创业的风口，虽然贾约过去总是和我说，她跟于努的问题都不是这些问题，可是钱能解决的事情总好过钱不能解决的事情不是吗？而我的生活一如既往，嫁给了一个同行，过得心安理得可是也没什么前途，孩子是唯一的乐趣。自然我们就不常联系了，我想，这多亏了贾约的善良，我会被她衬托得并不好，除了多出来的孩子。

我想过会在这里见到贾约，也是四月，想起两年前的四月，她给我讲他们的访谈，她给我讲她自己的生活，诗人说：四月很残忍。可我想，并不，看着生活得不错的贾约，看着死去的吕在，我忽然觉得，生活挺好。如果说有什么事物称得上残忍，那就是花瓣离开花朵吧。人，不值一提。

我掏出一根烟给贾约，她说不抽了。

我说你又不生孩子，她听到这句之后做了一个意义不明的表情。

我说我们好久没见了。

她说是啊。

我说以后有空去我家吧，我搬家了，京市越来越大，我住得远了，也就不常进城。

进城？贾约笑了笑，她一笑有两道法令纹，她自己很不喜欢，说都笑老了，可我觉得这反而让她看上去运气不差。不是有句俗话吗：喜欢笑的女人运气总不会太差。

但其实呢，这种俗话都是废话，运气太差的女人哪儿还有时间和你笑。对不对？

其实我就不怎么喜欢笑，因为我是真的怕老。我比贾约大五岁。认识她十年了，那个时候她才二十二三，在报社管我约稿，我当时也才不到三十岁，刚刚从我喜欢的中心位置退出来——那些日复一日夜复一夜的盛宴，可我并不沮丧，我以为，这并不是被抛弃，而是一种选择。但是现在，时过境迁，我得承认，那就是一种被抛弃。

是呀，我接着说，进城嘛，就是七环之内。

于是我们两个人哈哈大笑，觉得世界的变化真快。但，忽然又不笑了。在吕在的死亡上，这不合适。

她说，有空还是请我喝酒吧。

我说我不喝酒了。

她说她也不喝。

我说那喝什么。

她说咱俩真是没得混了。

我说有空带我去吴华的酒吧看看吧。

她问哪一家。

我说那家啊，你们常去的。说到"你们"两个字的时候，我忽然觉得吕在就站在旁边，一个一米七出头的人，因为瘦得过分，反而并不让人觉得矮，喜欢佝偻着后背，无论站在哪儿，都让人看上去像一个稳定而又不安的点。一个绝对的点。看了一下时间，我想：吕在已经飞到太空了。

但，我并没有将这句话说出来，我继续和贾约说：就是你说让你性冷淡的那家。

哦，贾约忽然想起来了，又连续发出几个"哦"字，就差再拍拍手了。

好像性冷淡已经离他远去也飞到太空了吧。

她说，早就关门了。

我没哦。我没说"可惜"两个字，我也没再提别的建议。因为我大概想到了：虽然这个世界上还有成千上万的酒吧，但好像没有一家比这一家更让我们觉得应该走进去，然后脱掉外套，随便找一个位子，干上一杯，一醉方休。

但事实上，我也不觉得沮丧，可以叫我沮丧的事情少之又少，如今。

最后，我说，回头约。

她也说，回头约。

我说，走了。

她也说，走了。

我说，再见。

她也说，再见。

于是我们就真的再见了，好像两个复读机在告别，什么时候真的再见呢，我没有把握，只要她不死，我们就总有机会不是吗？

或者，我不死。

7

那之后，我就往外走，我抓紧要回家冲个澡，换一身干干净净的衣服，然后去幼儿园接孩子，路上的时候，我忽然产生一种冲动，我要再去把他们的访谈看一看，虽然这并非第一次，但，只能说，物是人非吧。

至于这个故事中的其他几个人，比如年纪轻轻的陈又，我一点儿也不清楚，我想，他就是那种必然会出现，也必然会离开的人。这种必然让一切看上去十分美好。路上，又到了飘柳絮的季节，有人管这叫四月的雪，我想，那一定是对生活、对自己都还算满意的人编出来的。我就这么走了很长一段路，其实我并不着急去幼儿园，我只是想离开一个地方。路上，我觉得自己的脚很轻，就像另外一个人在走，时空也发生了变形，甚至我幻想吕在就轻轻松松地跟在我的旁边，不说话，也不呼吸，也当然不觉得害怕。一个人就是一个宇宙，而这个宇宙虽然沉寂了，但是存在，所有曾经产生过的波粒都消失在风中了。但这样不是很美好吗？因为如果没有这一切，活着的人和死了的人就真的没有关联了。想到这些，我甚至颇为轻松地哼起了一些小调。

那天回家之后，我把他们的访谈真的找了出来，孩子已经上床睡觉了，四周很安静，丈夫正好出差，我打开贾约工作的那家网站，贾约升了职，已经不做具体的事情了，我替朋友高兴，虽然我不明白像她这样一个人怎么会升职。大概是她那套管理哲学起了点作用。这些人算不如天算的事情都应该叫哲学。

网站改版过很多次，过去的访谈频道经过两年，已经不存在了，我又输入一些关键词，已经没有逻辑可循，只有零星几篇，我想，这就是吕在的正事吧，怪可惜的。访谈里时不时地跳出一些滋阴壮阳的广告，我想：不管人类发展成什么样，男的都永远需要壮阳，女的都永远需要滋阴，有一天反过来，或许人类还有点儿希望。

我翻到的第一篇就是老王那篇，老王经过了两年，又重新变得默默无闻，但我们也不再联系，因为我年龄大了，对男人没有吸引力了，我清楚得很，另外我想，这对老王多少不是个坏事情，而且，他也开始写起了短篇，还有一些不长不短的东西，我还在一些刊物上面，读过他的几篇算不上小说的东西，大概就是人到中年之后的一些随想吧。也多少会涉及一些死亡和爱情。我想那句话是对的：永远不要下结论，一切都为时尚早。

这篇访谈好像和我第一次看的时候不太一样了，对了，顺便说一句，他们要剪的短片到最后并没有做，也就是说，小黄拍的那些东西就是白拍了，也不知道现在素材去了哪儿，我不应该关心这些，但我想，如果下次见到贾约，我可以建议她，把素材导出来，给吕在的家人寄过去。当然，我也只是这么想想，很多事情到了应该做的时候我总是打退堂鼓。文字访谈被编辑加了很多小标题，大概是必须如此，我不相信贾约对内容的判断这么粗暴，而且全无用处，小标题下面是这个访谈的海报。我不知道海报是谁设计的，看上去不怎么样，是一个半遮半掩的窗帘，含义不明，如果包装一下，也许效果会不一样。访谈后面还配了几张照片，照得很随意，大概只是为了某种留存，而不是为了欣赏，照片里，吕在的这个眼神，我之前见过，不止一次，但从没想着要去理解。可惜以后也没有理解的可能了。我看了看写字台上我自己在楼下小推车上买的百合花，已经开败了，我想：要是我可以理解就好了。

这个时候，孩子哭了，我过去又抱了她一小会儿，重新回来的时候，屏幕黑了，我没有再打开看，夜里一点，我把书房的灯关掉，就像我说的，我住在离城市很远的地方，因为便宜，所以房子很大，我和丈夫各有一间书房、一间卧室，这也让我们两个养成了经常各睡各的，想做爱的时候就做爱，然后再各睡各的，总之结局是各睡各的。我觉得这不错。书房的灯关掉之后，大房子里就一点儿光都没有了，我想，佛教说的人死如灯灭啊，我不知道是不是有轮回，有彼岸，因为我，没死过。我也不知道是不是有此岸。我只是想，住在这么一个遥远的地方，我连乡愿都模糊了。我忽然想到老王访谈里说的那些轮回。

他说西汉佛教传入之后才有了那种轮回的说法吧。《论语》里面也有这种说法，孔子所有的观点都是生是基础。吕在访谈中和老王反驳过，吕在说：那岂不是很无情？老王说：这是一个规律。并没有特别强调"无情"。无情只是你感觉到的。

这句话对于吕在的提问简直是一个终结。

我歇了一会儿眼睛，打开灯，接着往前看，顺序很乱，有几段挺有意思，我很奇怪，怎么当年看的时候没有记住，大概当年，我并不关心别人，而现在，我很贪婪地想从别人的死亡里面得到一点儿什么。或者说是好处吧。

他们这个访谈的系列叫"生死恋"，一定是贾约为了流量考虑的，如果我没有想到更好的题目，那这篇文章也暂定这个吧，以此纪念我的朋友，吕在。另外，如果读到这篇小说的人，谁读过他出的那些关于法律的书，也许可以和我交流一下，我想：这也许是了解吕在的另外一个方面。

之后，我又随便翻到了几篇有意思的地方，我觉得吕在做到了，这个访谈不能说毫无意义。

比如里面有一段儿，采访对象是一个摇滚歌手。我和他还有过一些莫名其妙的暧昧，大概我那些年爱慕虚荣，喜欢被风流的男人追逐。

吕在说，你怎么理解婚姻？

歌手说，婚姻在中国就是政治。（歌手因为没文化，总是说出这些没文化的句子）

吕在说，你怎么看离婚？

歌手说，离婚现在和谈恋爱分个手差不多了。

吕在说，那你怎么理解结婚？

歌手说，谈观点还是谈事？（歌手因为职业喜欢明码标价）

吕在补充道，夹叙夹议吧。

吕在说，死呢，你怎么理解？

歌手没说话。

吕在说，变老呢？

歌手说，想到这个，有点儿颓。

吕在说，看见女的还心动吗？

歌手说，什么叫心动？

吕在说，就是本能。

歌手说，本能还是有点儿吧，但是说，喜欢？爱上？这个，有点儿难了，非常难了。

吕在说，你有刻骨铭心的爱情吗？

歌手想了半天。

吕在说，刻骨铭心你还要想半天啊？然后又问，你嫖娼吗？

歌手还是想了半天说嫖娼，就是谁都不拿对方当人那种关系感觉，特别操蛋。

吕在说，觉得全世界就咱们这儿最浪，上到官员，下到农民工。你有婚外情吗？

歌手说，婚外情也可能别人在婚姻里面吧，然后又说，这段可别播啊。

吕在说，你男小三啊？

于是吕在又说，你被捉奸过吗？

歌手说，捉奸的人，哪儿来的道德优越感呢，是吧？（听上去像被捉过，我又想起和他短暂的交往）

吕在说，你想过从事这个色情业吗？

歌手说，我没这个姿色，也没这个理想。

吕在说，理想都萎缩成这种个人兴趣了哈。在当代，爱能还能唤起类似宗教的情感吗？

歌手说，我就听说天主教简直就是鸡奸犯聚集的地方。

吕在说，你对我们的访谈有什么建议吗？

歌手说，别谈爱情了，要是我爸给我射到墙上多好，我们就不在这儿了，哈。

吕在说，你怎么理解这个时代？

歌手说，这是最好的，也是最坏的。（读书太少）

吕在说，狄更斯说一句话的背景很复杂，拿过来瞎用，已经意义不大。

吕在说，最后再问你一遍吧，不问不死心，你以后还谈恋爱吗？

歌手说，我操。

访谈结尾还有一段吕在的结语和贾约的插话。

吕在的结语大概是这个样子的，隐私是一种力量，隐私力。所以捉奸是不对的，顺应内心也可能是一种坏事，但是我有我的理由，我会觉得很庄严和正确，是一种力量，所以人还是要顺应内心，既然人性是复杂的，那就不要去探讨人性。克制不了的事情，就别克制了。云云。

贾约的插话是问吕在你和歌手怎么认识的。吕在说，发小，他当时奔着我们班一个女孩儿去的，后来女孩儿没戏，我们几十年之后在这谈论爱情和死亡，太不可思议了。

歌手也在旁白哈哈大笑。

我还看了一期，这一期当时没有看过，是艺术家末末，两年前，他还并不被允许公开谈论。有一些凌乱的观点，觉得挺有意思，不妨也写在这里，可是现实生活中呢，我并不认识末末，所以我想，就算我觉得挺有意思，可是很快也将什么都不是。

比如他说什么是死亡呢：整个宇宙的绝大部分都是死亡。现在很多宇宙理论都可以代替来世的思维。他对死亡的恐惧于是还不如对国庆的恐惧来得具体（这多少有些装了）。

比如他说什么叫恋爱呢？射精多少次吗？射精太多会把时空打乱吧！

　　我一边看一边笑起来，他们那会儿那么高兴，大概都忘了死了。

玩　具

1

　　黄棠又把故事讲了一遍：六岁的时候，六岁不到，在我大舅家拉肚子，当然，黄棠没说拉肚子，她知道我都很粗俗，如果提到拉肚子肯定会想到性交这种事。她尤其知道我会把所有事情都想到性交，就算看见头顶的星空也不例外，我就是这种货色。于是为了讲这个故事，她说：在卫生间，我在卫生间待了很久，到底多久这个谁也不知道，这时候突然我大舅也要进来，接着，他就敲门，一直敲门，他敲得很响，他好像知道我在里面一样，不然为什么敲得这么响？但是他怎么会知道我在里面呢？我就不敢开了，黄棠说。

当时我已经觉得这个故事没意思透了，一开始就没意思透了。可是我还在听。因为我知道她还要讲下去，而我必须听下去。

　　后来你猜发生了什么？黄棠问我。

　　我啊了一声，黄棠说，我就把纱窗给剪了，从纱窗里跳了出来。我又啊了一声，比上次轻，像是某种不易察觉的怪叫。黄棠把这个怪叫理解成我问为什么。这足以说明她是那种智商不怎么高的女人，这正和她的美貌相得益彰。如果不是因为她的美貌我为什么要在这听这个狗屎故事？

　　就是突然不好意思了，那么一下，突然，不好意思了。我就从纱窗逃走了。

　　她竟然用的是"逃"。我想。

　　后来大舅问是谁剪了纱窗，我都没有说，其实他早就知道了，但我就是不说，我不说他就不能证明。

　　后来呢？

　　没什么，修纱窗花了不少钱。

　　哪儿来的剪刀？我问。

　　剪刀？是啊。这我得好好想想。如果没有剪刀怎么办？可真是不敢想象。黄棠说着从烟盒里抖出一根，她说：火。

　　我说，你当年还挺身轻如燕。其实我想的是，她现在身体发育得更好了。

　　另外，至于黄棠为什么要讲这个故事，我怎么会知道，我很珍惜我们在一起的时间，可惜全让她给浪费了。想到这一点，我就又开始觉得她是那种待价而沽的傻女人，和全世界的傻女人都没有什么区别，喜欢给男人编故事。和全世界的女人都没有区别。

我们两个人此刻坐在楼梯口，我过来给她送钥匙。我们坐得很近，她竟然给我讲了个故事。天啊。我哪儿知道她还有个大舅？

2

事情是这样的，昨天黄棠突然觉得很冷就穿了我的大衣，我们一起走在京市的夜晚还有几个人，她顺手就把房间钥匙放在我的大衣口袋里，于是她昨天就不能进家门，去了杨亮家，今天我来给她送钥匙，像刚才这样傻乎乎地坐在楼梯口。她已经二十二岁了。我们认识不到一个月，不常见面，她只是昨天穿了我的大衣，我回家对着大衣打了一炮。现在过来给她送钥匙。

我只是一个给人送钥匙的男人。呵呵。

黄棠是杨亮的女朋友，杨亮是我的朋友，多亏他们不住在一起，因为说句公道话，杨亮确实是个傻×，我时常冒出一股解救黄棠的念头，但是黄棠又经常讲些没头没脑的故事，让我觉得她和傻×还真是天生一对。她长了个圆溜溜的胸，隔着衣服也能看出来，简直圆得有点儿不像话。

你老婆发现钥匙了吗？黄棠说。

我老婆？难道我有老婆吗？我怎么不知道我有老婆？我和她说。

杨亮说你有。她说。

杨亮哈哈笑。我说，没有，真没有。

黄棠说男人都没实话。

我想说，她这句还真是实话。

可是我说，我骗你有什么好处吗？于是我也抽了一根压惊。当然我确实骗了她。

我老婆一早起床因为发现一串钥匙跟我大吵大闹，惊人场面再次出现，我打了个哆嗦。她就像某种已经灭绝的亚洲动物整日游荡在我的四周。我不爱她。我怕她。

你跟杨亮还行吧？为了缓解亚洲动物在眼前随时爆炸的不适，我假惺惺地问。

你说咱俩谁和他比较熟？黄棠从楼梯口站起来问我。

我和杨亮很熟吗？我想。我想到他那张小鸟脸。如果生气的时候就是发疯的小鸟。尤其谈到独立电影的时候，他才二十几岁，脑袋保养得也像二十几岁，我想到他脑袋打开之后褶皱一定很少就狂笑不止。因为除了体力，我可不羡慕他。说他是我朋友，大概也算吧。朋友通常来说就是这么回事儿。不是和这个冒牌货做朋友就是和那个冒牌货做朋友。难道还指望我结交一两个高富帅？

既然钥匙已经送了，再聊下去也没什么意思，再说，跟一个女人有什么可聊的。我起身告辞。她问进屋喝酒吗。我问有什么酒。她说你都没拿酒。于是我就没进屋。黄棠也没有送我的意思。

回家之后我搞了苏珊。

3

我搞苏珊很来劲，一边上她一边对她说，艺术青年屌不屌啊？然后我掐住苏珊的脖子摇来摇去，我说可不要当愣头愣脑的姑娘让怪模怪样的艺术青年解闷儿。苏珊面无表情，于是我只能再次掐住她的脖子摇来摇去。

我和黄棠并不经常见面，有时候见面的理由也十分离奇。

有一次是她说家里蟑螂太多，让我去帮他灭蟑螂，我想我成了什么，那些修理水管的，最后和独自在家的女主人搞在一起的肌肉男？

我下意识看了看自己，没有肌肉，倒是有块扎扎实实的肚子。我深吸了一口气它就瘪进去一块，可是很快又会全部弹出来。我想这块肉少说也得八九斤。

于是我带着这块肚子和一瓶杀虫剂就出发了。虽然体态不佳，但我还是觉得自己十分色情。我要是再有套背带裤就更完美了。

因为黄棠是杨亮的女朋友。而杨亮是个艺术青年，艺术青年怎么会灭蟑螂呢？黄棠说，只要杨亮是爱我的，有一两只蟑螂又算什么？

于是我告诉她，如果你看见了一两只，理论上来说，你家已经有了一两百只。

　　她很吃惊，于是用了我一罐杀虫剂。

　　其实我也爱她。谁在乎她家有一百只还是两百只蟑螂呢？

　　当然，杨亮从来不认为自己是什么艺术青年，他说自己是艺术流氓。我说你这个傻 × 还当流氓呢？

　　因为我从来不懂什么艺术，所以我打心眼儿里厌恶这些人。但是生活在京市，如果不碰见一两个，都不知道拿什么打发时间。何况碰见一两个艺术青年的概率比碰见蟑螂还大一些。这种人见多了大约可以概括出他们的一些基本特征：一半以上都是当导演的。穷得只剩一个 5D，动不动就要去电影节。可坐在一块儿又从来不谈创作，喝酒。喝酒骂人，谁都骂，骂体制，骂完了又说体制是伪命题，不应该骂，不应该骂又接着骂，骂女人，因为是体制害他们操不到女人，最后干脆做隐士、做战士。绝对没有中间状态。

　　世界大抵如此。艺术越纯粹内心越狭窄。喜欢暴力，因为暴力是所有解决问题方法里面最快的。但是鬼才知道，这个世界上有什么问题需要他们出面解决。

　　所以每次杨亮跟我说自由的时候我知道他又蛋疼了，真希望他能对黄棠好点儿。

4

送钥匙事件之后，就又很长时间没见到黄棠了，我猜她家这回连蟑螂也没有了，天气慢慢转凉。当然，生活在杨亮嘴里有了另外一个版本，杨亮说他要远走高飞了，离开国家，我问他去哪儿，他一口气说了好多国家，我心想你丫地理还行啊。看来国外的傻×也是很多的，你们还搞上联盟了，竟然请你去创作。我说，带黄棠？他说带，随时可以舒服一下，我干笑了几声，想抽他。

所以当我在后来的日子里，偶尔回忆起黄棠的时候，我想她准是坐在中央公园的一间咖啡馆里，就像她希望的生活那样，吃着面包抹着黄油，厚厚的。搞不好已经变成了一个胖子。当然我并不了解她，偶尔回忆起也只是说，如果她认识的是我，而不是杨亮该有多好。那样我就可以人到中年，就像这个社会期待的那样，发展出一段体面的婚外恋，黄棠是挺粗俗的那种女人，这种粗俗主要表现在她热爱艺术这件事上。所以我想她如果有机会一定会坐在一间咖啡馆里吃着面包黄油。当然，这个世界总是依靠一些简单的规律运行，比如得不到的都是好的，尤其是朋友的女朋友，我总是这么想，所以我知道我也就是想想。反正他们大概已经到了纽约吧。

随着时间的推移，这种形象越来越模糊，愿望不断被日常生活取代，倒也活得忙忙碌碌。

5

就这样过了很久，两年之后的一天，突然收到黄棠的短信，我才知道她并没有远渡重洋，而是去了京市旁边的 X 市。那座小城市大概只有京市的九分之一。我想何苦。也许她从来就没有离开过这里更远。短信里她让我去看她的话剧，我说你拍话剧了，她说我骂她。

可我哪是看话剧的人，但我还是去了，在一间四壁都是白墙的房间，她整个人就像站在一个巨大的广场上，灯很亮，她认真得过了头儿。

她说了一句台词：你真无情！

她演得极差，只有这句台词是发自肺腑的。

那天话剧结束之后，大家又和小城市的青年聚会，大多是不知道生活是什么的艺术青年，我想黄棠真是混得越来越差了。我可不同情她。我只是想，我的机会越来越大了。甚至产生了某种落井下石的心情。当然杨亮不在。

可又感觉饭桌上坐的全是杨亮，侃侃而谈，其中有个人我印象蛮深，他说自己最近正在把苏东坡诗词改成 rap。他一边说一边用手用脚表演，像某种类人猿非常生动活泼。我真想劝他多读点儿书。但是我不想让这帮人说我倚老卖老。

黄棠坐在我旁边，我们两年没见了，都不知道应该聊点儿什么。难道我问她为什么去搞艺术或者像电视剧里一样来上一句：你过得好不好？

我不会这样为难她。

类人猿还在说 rap。

黄棠坐在我旁边，听着，频频点头，我想，她可还真是一点长进都没有。一点长进都没有，什么都相信，对长进都失去了力量，这可真够美的。此时，后面的电视上正在放新闻。

我以为自己听错了，在这样一个特殊的场合，我想这座小城市还真是无奇不有。于是我特意把头扭过去看，《新闻联播》就要结束了。混合着银幕外面的艺术青年，这个世界怎么了？

再后来类人猿又突发奇想，说要把毛主席的《论持久战》也改成 rap。于是很多人笑。黄棠也笑，一直笑，好像真的十分可笑一样。于是我端起一杯酒。有那么一刻，我就已经不打算再追随艺术了。

后来我跟黄棠说，再喝多点儿就更可笑了。

于是我们真的一起又喝了几杯。

这期间不断有人过来碰杯，过来一个导演，我们曾经在京市见过，如果他不认识杨亮才算奇怪呢。于是她问黄棠，杨亮呢？（他倒把我想的问了出来）黄棠说，死了。我知道"死了"是一种形容词。于是我说，杨亮不是移民了吗？

导演说，移民？移民门槛太低也是不好的。美国人民艺术修养都降低了。

我说，那不正适合杨亮吗？

导演又拍了拍我的肩膀说，不过也别老说美国人民，咱们这儿的人民不光艺术修养不高，还都病了，搞艺术的时间长了都养一身坏毛病。

我说我看你身体还行。可能就是肾不太好。

接着，导演开始喋喋不休。他来的时候已经喝多了。他说：肾还行，别的地方都病了，你说这事还真对，我们这代人都病得不轻。我最近在研究这事呢，病因你得找一下。头疼医头，脚疼医脚，这是西医疗法，不行。中医疗法也不行，现代人很迷信中医，但是我就不迷信。

他讲了一番很奇特的言论，我猜他可能傻了。黄棠这会儿早就把脑袋扭过去抽烟了，像她这么傻的姑娘都听不下去，这个导演一定已经病入膏肓了。

我想我可以和她单独聊会儿了。我也希望快点离开这些虚实交织的饭局。

对比其他人，我显得太具体。

我们终于出来了。

6

我和黄棠走到外面之后，她还是笑，四周已经没有人说话了，可她还是笑，大概是得了抑郁症。和杨亮在一起太久一定会得抑郁症，我又像几年前一样有了拯救她的愿望，她的胸还是那么圆溜溜，这会儿是冬天，胸在毛衣里看上去绒绒的。我把双手插在兜里跟她一直往前走。

果然，她说自己去做过抑郁症检查了。

她连说这句话的时候都笑，我知道她没骗我。我想到一种只会笑的充气娃娃。

得了病的黄棠更性感了。我当时真想抱住这个"充气娃娃"。我隔着裤兜用手捏了捏自己的大腿，我跟自己说：醒醒吧。

当然我没问她是不是因为杨亮，我可不想知道这种事。

然后我说了一些配合治疗的话，说完之后我竟然想把自己的整个拳头塞进这张臭嘴里。

再后来我跟黄棠说，话剧挺好的。

不过我就是随便说说，我可真怕她接着问哪儿好。那样一来我一句都说不出。

她说打算把酒戒了，我想可是这不是刚喝完吗？她说那是因为你来了。又说，原来太敏感，以后不打算这么干了。她说自己要结婚了。

接着，她扩了扩胸，这个举动非常突然，她问我，听说戒酒之后胸都会变小？

我说，根据某些数据，中国女性的胸是和体重成正比的。

她说，那你看我变瘦了吗？接着，她又做了两个扩胸运动。我知道，她要再这么不管不顾地做下去我就完蛋了。我们已经离饭馆越来越远。

她说现在是 B，问我好吗。

我说好。

她说好？

我说刚刚好。

她说要是 C 呢。

我说，刚刚好。

这个世界就是这样，如果她是 A，也刚刚好，因为她是黄棠。当然，我不知道她为什么要跟我说这些。

就这样，我陪她走了很久，很无聊，就像我听她讲那个六岁的故事一样无聊，或者去帮她灭蟑螂，这一切都无聊死了。我想黄棠可能是真的抑郁了，人都傻了很多，她搞不清楚我从京市开车两个小时过来是为了做什么，她在短信里告诉我，好久没联系了，我说是啊，我想，有些事情会变化，有些事情不会变化。我突然想到苏珊，我知道，除了苏珊，这个世界上我谁也控制不了。我既不能提出要求也不能无视这种局面，最后我跟黄棠说，结婚要叫我哦。我对自己竟然说出"哦"字的轻浮举动很是吃惊。

她说那可不一定，然后又哈哈大笑。

我问她为什么结婚。

她说想不开。

接着是很长时间的沉默，因为这不像她说的，像三年前她说的。如果你问一个抑郁的人为什么结婚，她应该说因为想死。无论你问她什么，她都应该说，因为想死。就算你问她为什么和一个男人走在这条没有尽头的路上，她也会说，因为想死。

他们应该无时无刻不这样去想而且随时可以这样去做。

7

既然说到三年前，那就来说三年前，其实不到三年，大概两年多，我们刚认识，我想睡她，没睡成，一来二去，倒成了大家通常意义上的朋友，还交心呢。虽然并不经常见面，甚至也不太经常见面了，可是每次见面的时候她都相信一件事，那就是我不会伤害她。想到这种局面我就痛心疾首。严重程度不亚于宣布我是一个阳痿的男人。我吸了一根烟，有人说，对自己感到失望的时候，只要吸一根烟。我猜说出这种话的人一定不懂什么叫失望。他们大概只是想吸烟。我又吸了一根。

黄棠用手捋了捋头发，我们之间没什么可说的了。我说我骗了你。我是有老婆的，只是我实在想不出来让她如何出场，我的老婆像某种亚洲动物。

叫人失望的是，黄棠对我有老婆这件事无动于衷。其实我很想征求一下黄棠对结婚这种事的看法。另外，我想，如果再有机会上床的话，我们这就算是婚外情了吧？反正我也不关心她到底嫁给谁。我想，嫁给谁都会离婚。除非她的老公也是某种亚洲动物，每天在她身边缓慢地散发臭味，让她欲罢不能。

自然，那天话剧之后很长时间我们又失去了联系，我重新回到京市。

8

那以后，也不知道她是不是结婚了，既然她没叫我那也挺好。我省了钱。如果每一个我想搞没搞到的女人婚礼我都要出席的话，那我只能管亚洲动物借钱生活了。

不过，我还是希望她抑郁症可以好起来。但如果好不起来我也一点儿办法没有。因为如果她不好起来，她准会找我诉苦。我就是这种人，从为她灭蟑螂的那天开始就成了这种人。只是我不知道为什么关于杨亮她不和我说两句实话。但我也就是这么想想，我跟自己说：别不争气了。

京市离 X 市只需要两个小时或者更快一些，如果我愿意的话，我可以去看她。可我一次都没有看过她。我这样想过，但是我懒。反正大家都忙。搞不好她也正忙着治疗呢。

再说我还有苏珊。

亚洲动物依旧每天在我身边缓慢地散发臭味。无论如何，这也算是一种家庭。

9

之后大概又过了不到一年，接到黄棠短信，她说要来京市做个手术。我松了一口气，因为如果是流产这种小手术就不用来京市了。

而且我真害怕她突发奇想说什么王羞，不然你帮我养孩子吧这种话。

我叫王羞。我自己都没有孩子。

我想，如果她这么说我会这么做吗？

我警告自己，不会。

但我还是不想让她这么说，因为我总是觉得她不可能再对我之外的人提出这种无理的要求。如果我拒绝她就等于所有人都拒绝了她。全世界都拒绝了，整个宇宙都拒绝她了。

可她还是来做了流产手术。

我去车站接她。见面的时候她很虚弱，我想她的婚后生活可真不怎么样，主要是婚后性生活可真不怎么样。我竟然想起一句"人无千日好，花无百日红"。这样想着，我突然更爱她了。无缘无故的爱，无缘无故的相识，以及未来。

她说做过了在X。但总觉得屋子里有个孩子走来走去。又说肚子里也有个孩子走来走去。她描述得很生动，搞得我也很害怕，我不知道自己怕什么，我问她在京市还有别的熟人吗。她说有，停了一会儿又说，就是你，王羞。

在车上，她告诉我她离婚了。我问抑郁症怎么样了，她说就那样。我没问她为什么离婚。我倒是有点儿羡慕她。

是我陪她去的医院。

医生说子宫没刮干净。重新再刮一次。

黄棠被推进手术室的时候问我胎儿会不会疼。我想到在科教频道看到的一些粉红色的肉体被层层剥落的画面，就去卫生间吐了，我的亚洲动物从没有怀过孕。这种事儿我可没经验。

手术之后黄棠很快被赶出医院，她脸色苍白看上去需要人爱。于是我只能让她住在了我的工作室里。

那你呢？她问我。

这也是黄棠第一次来我的工作室，我想她以后恐怕也没有这种机会了，除非再来京市做一次手术。工作室是我可以生活的唯一地方。另外，我想，她可能也从来都不知道我到底是做什么的。杨亮一定没有客观地介绍过我。

10

接下来的几天里，我让她睡在工作室的里屋，我睡在外屋。我问她好了之后还回 X 吗，她说那边生活便宜一些。我想，说的也是。

那几天，她一直坐在轮椅里，我推着她在我的工作室走了一圈，感觉走过了春夏秋冬。

我真恨自己到现在都一事无成。

可是她看着那些雕塑作品说，真美。

我说美吗？谁给钱给谁做。

我知道，你最讨厌艺术了。黄棠说。

我说，嗯。

可她为什么不问一句我是不是也讨厌她呢，那样一来，我就有机会正视自己的内心。

后来我们又走了一圈，把刚才的作品又看了一遍。她还是说真美。然后她突然问我，王羞，你还记得杨亮吗？

我说嗯。

黄棠说，孩子是杨亮的。

我说嗯。然后我问她喝水吗。

在厨房，我捏烂了一个纸杯子，如果是个玻璃杯，我也会捏碎，而且更响亮。

于是我只能又拿了一个新的纸杯子给她倒了热水。

11

那几天，她都睡在里屋，每天晚上我都清楚听见门闩的声音。于是我隔着门跟她说睡吧。我想她真是多此一举，难道我会强奸一个下面刚刚用勺刮过的可怜女人？我甚至想让家里的勺都消失。

于是那几个夜晚，苏珊自然成了我的陪伴。我的宇宙无敌超级美少女苏珊。这已经不是第一次了，这么多年来，总是如此。通常我只是温柔地对待她。但是现在，我竟然开始抽打她，责备她，质问她，我对苏珊说，你到底为几个男人堕过胎？你是不是很爽？

黄棠已经在另外一个屋睡着了吧？

而我的夜晚才刚刚开始。

我强暴了苏珊。

亲她的胸，亲得太使劲，就会瘪进去一块，我说你怎么瘪了，你这个假玩意儿。然后我又更使劲地亲她。我说你的舌头呢。然后又撕掉我从亚洲动物那偷来的裤衩。开始在她身上努力耕耘。就像对待一片贫瘠的土地。我一边做一边喊叫，声音凄惨，我以为这种声音是从苏珊嘴里发出来的，于是突然捂住她的嘴，我说，你还叫？是不是叫很爽？闭嘴。闭上你这张只嘴。而此刻，苏珊的嘴张成圆形。规规矩矩的圆形，十分鲜艳。无论如何都闭不上。这个洞吃惊地张着。看上去并不深刻而是十分痛苦。说不出一个字。爱我吗？爱吗？我问苏珊。爱。我听见她说爱。接下来因为我太过用力，她的假头套也掉了下来，如今只剩一个光滑的脑壳。这种感觉糟糕极了。我甚至想到我毫无信仰的前半生，想到还要再活这么多年，想到我不被任何人保佑。很快我就结束了。

　　接下来要做的事情很简单，我要去卫生间洗洗，路过卫生间就会路过黄棠的屋。我一点儿力气都没有了，屋子里安静极了，我想她睡觉怎么可以这么安静呢。如果女人有极轻的鼾声也是可爱的。不要像那只亚洲动物。但是她竟然什么都没有，她会不会死了？我甚至飘过这种念头。而我也没打算进去。这并不仅仅是因为缺乏愿望。

　　因为黄棠用过卫生间，马桶垫盖了下来，不知道为什么，我竟然坐了上去，但是一点儿也不暖和，我什么都感觉不到，我只能看到自己的肚子拥挤地堆积在一起，我想我总有一天会习惯这样，但我现在还尿得出来，我尿了很长时间。然后我就飞快地回到外屋，因为我什么都没穿，我可不想让她看见，如果她突然醒来的话，会看见我像一只开过膛的金枪鱼。

重新躺在床上之后很久我都无法入睡，我开始玩味起自己和自己的无能。黄棠离我只有十几米，就算她现在是一个倒霉的女人我也可以让她倒霉得更彻底一些。我可以说那是因为爱她。我盯住高悬的天花板，她的长相就出现在天花板上，我盯住光秃的墙壁，她的长相就出现在墙壁上。黄棠的忧郁气质真是让人害怕，因为当一个人一旦具备了这种气质之后，她就会用来伤害你，而且她无意伤害你。她连笑都是忧郁的。

这也是我第一次在自己的工作室觉得害怕，我害怕有人敲门，这种害怕混合着兴奋，变成一种捉摸不定的恐惧，我多么希望她来敲门啊。控制恐惧的方式很简单就是再打一炮，我又把苏珊从抽屉里拿了出来。

因为担心被人听见，所以并没有持续很久。

那之后，我给苏珊穿上内裤，之前是一条红色的，现在变成了绿色的，蕾丝边儿，缝合处已经开线了。亚洲动物有很多蕾丝边儿内裤，苏珊穿着都很大，如果她随便走动就会掉下来，可是她从来不随便走动，这种事真是完美，然后我又给她戴上头发，可是我觉得有什么地方不对，于是拿剪刀给她换了个发型，她就变成了黄棠，我吓了一跳，给她扔到抽屉里去了。

12

　　之后我慢慢平静下来，想着黄棠就睡在我的抽屉里，又想到了很多，想到了曾经看过的科教频道，流产的婴儿都是脑袋最后被吸出来。因为脑袋太大。只能切成碎片。我想着黄棠，他们交织在一起，还有我新接的建筑项目，要在这座城市的中心树立起一只亚洲动物迎接运动会，我想到了家里那只真正的亚洲动物，我想到我们当年似是而非的恋爱，我想到苏珊，我想到圣母马利亚。这样想着想着，我睡着了。我知道，如果我还不能睡着，我这一生就再也睡不着了。

　　我很怀念我的圣母马利亚。

13

　　2003 年，非典。街上的人少得可怜，可怜的几个人扛着一箱一箱的矿泉水低头往家走，走得十分匆忙，看上去十分滑稽。整个城市笼罩在一种大难临头的气氛里。倒也让人感觉到某种美妙。空气很热。我的胯下持续冒汗，这让我产生了某种性冲动，那一年我有了第一个娃娃：圣母马利亚。只是后来的事情并非如我所愿，圣母马利亚被亚洲动物发现之后就从二十二层"自杀"了，我现在都能想起来圣母马利亚躺在小区楼下的花园了，四周郁郁葱葱，来了很多人，她实在太美了，就是传说中的尤物。可是我们只恩爱了三四回，圣母马利亚没有流血，于是有些人捂住小孩儿的眼睛，可是圣母马利亚的眼睛还是睁着，比往常还大，她很结实，我挤开人群看了她一眼，我希望她也看我一眼，但是她没有，她的眼睛直直地盯住天空，天空是灰色的，工业社会的颗粒物悬浮在四周以及头顶，我在心里狠狠地说了一句"婊子"，我知道她都不打算跟我做一场告别。可还没等我给她捡回去，她就被一只狗飞快地叼走了。还有我给她买的钻石耳环。十几块。多亏她没有体温和心跳。不然一定非常疼。

听说科学已经研究出了有体温和心跳的娃娃，可当年的我只想尖叫。我想起人类历史上第一个充气娃娃叫"南极一号"。这个世界怎么了？在这样演下去就会把自己给骗了。

那一年，无所事事，全民都在抗击"非典"，为了纪念圣母马利亚，我为她开了一个博客。我总是把我的心情写在上面。我和杨亮就是在博客上认识的。他很长时间都以为自己在和一个人间尤物对话。后来我们见面，他真是失望透了。这是我第一次也是唯——次对他感到抱歉。我们认识了很多年之后，我才认识了黄棠。我还认识杨亮的其他女朋友，我几乎每一个都想上，在一些时刻，我想自己真是个彻彻底底的混蛋。

当然很快之后我就又有了苏珊，我把她每天锁在抽屉里，亚洲动物不来我的工作室，几乎不来，谢天谢地，否则我真不知道她还能对苏珊做出什么残忍举动。我希望苏珊能跟我白头偕老。到时候我会给她买个白色头发，然后再剪下来几条贴在下面，等她足够老的时候，也等我足够老的时候。光这样想想就让人兴奋，难以自持。平常日子里，我总是会给她拍些照片。不停摆动她的球状关节。她用树脂做的皮肤在相片里非常逼真，而更重要的是，她从来不会指责这些照片，不会批评你，或者干脆撒谎，逢迎你。就像很多女人习惯的那样。

我恨透了女人的这些小伎俩。

恨透了，我甚至想过，黄棠可能也无非就是这些女人中的一个。

其实事情很简单。黄棠代表了某种女性，但我知道，这只是一种幻觉，她有一天肯定会像很多女性一样，无情、拜金、肤浅，羞辱男性，揉碎他们的真心。就像那只亚洲动物。或者她现在已经不可救药地变成了这样，只是我们都没有足够优越的条件了解对方，然后恨上对方。

14

在她和我住在一起的那些天里，什么都没有发生，我只是一个随时会帮助她的人，出现在她的生活里，当她不需要我的时候，她就有足够的理由离开。而我也缺乏足够的理由挽留。我突然很嫉妒杨亮，杨亮甩了她，她背着丈夫和杨亮做爱。我去帮他们打掉了孩子。而杨亮是否正在这个世界的某个角落和另外的女人重复这一切，我不知道。而我只能在这一切之后操一个从抽屉里拿出来的赛璐珞做的人形娃娃。

之后没几天，黄棠就走了，黄棠说，走了，谢谢。我什么都没说。我还能说什么？我在想，我是不是应该说一句有空再来？热烈欢迎？

只是，她走了之后，我做的第一件事就是把苏珊拿到厨房拆下来冲洗，她身体的某个地方闻上去真不怎么样，我身体的一部分在她身上得到了凝固甚至永恒，我感到非常沮丧和挫败。我把她按在水里，足足在水里按了三四分钟。我的沮丧也开始慢慢变成一种疯狂。无论我对她做什么都是可以的，因为她不是黄棠，不是爱，不是性，不是艺术，不是陪伴。什么都不是，却是我目前的生活。

后来我用红色的水彩笔把她的腿涂红，看着她流出来的血，开始问她疼不疼、疼不疼，然后又马上想操她了。红色的水彩笔把她的两条腿弄得脏乎乎，看上去非常淫荡。于是我干脆把她的两条腿拆了下来，只剩下一个空洞的窟窿，我发出沉闷的声音，这个窟窿深不可测，我嘴里发出我的苏珊，我的缪斯，我用一只手掐住她的脖子，另外一只手捂住自己的嘴，我无法分配这种力量，我不能让自己把那两个字喊出来，我相信未来总会有这种机会，并不是因为我爱一个女人或是不爱。黄棠到底对我做了什么。

之后我的心情得到了某种好转。必须回家了，我知道，已经很多天没有回家了。亚洲动物知道我在为这座城市树立一个大型雕塑而对我放松了警惕，她只是经常发出某种怪声怪气的咆哮。她不跟我离婚，她心里很明白，如果还能嫁出去，她一定会跟我离婚。何况我只是偶尔操了一个娃娃。娃娃又不会怀孕。

另外，也不知道黄棠回到 X 之后过得好不好。

15

之后的一年，我们又见过一次，是她来京市出差，好像又不搞话剧了，找了个工作。人和人就是这样，来或者走，总是要吃饭。可是那天吃饭发生了一件非常不愉快的事情：黄棠的钱包丢了。

那是一家小饭馆，很符合我们彼此的身份。好像大饭馆已经吃腻了一样，花生毛豆才上来，黄棠就左找右找然后说钱包丢了，有人喊着让服务员调监控录像。于是我们几个人傻乎乎地坐在一起看监控录像，我当时真想说，如果不是很多钱就算了吧。我都愿意赔给她。

监控录像是十几分钟之前，我们三四个人一起往小饭馆里走，一个男的走在黄棠后面，一直低着头，好像怕踩到她的鞋跟儿，虽然模糊不清，可是不难看出来，这个男的就是我，我第一次在录像里看到自己，我才知道自己竟然这么猥琐。我、我为什么长这样？黄棠怎么会爱上我呢？别说爱上，就算是睡一次，都不会，除非她疯了。我只配睡一充气娃娃，一点儿没错。我低头走路，离她这么近这么猥琐。而且这个镜头重播了不下五遍。可惜监控录像里什么都没有，连个鬼都没有。黄棠的失望显而易见，之后，重新回到桌上喝酒，竟然很快就喝多了。

黄棠喝多了说：七杯之后，剩下的七十杯就都没有什么意义了，因为又变成了一个身无分文的人，甚至没有一张身份证，她喝了很多酒。我不知道为什么是七和七十而不是更多，接着，她又发表了很多爱情观。我觉得愚蠢至极，如果我的手干净一点儿我甚至想去捂住她的嘴。她说：如果有一天对男人失望了就和王羞在一起。于是桌上的几个人就开始敲着杯子说在一起，酒都洒了出来，我觉得幼稚、荒唐。我想我的猥琐这时候恐怕可以派上用场，于是我非常猥琐地说，其实你已经对男人失望了。

但是这句话刚刚出口我就追悔莫及，黄棠还不到三十岁就离婚了，没有孩子，流产，搞不好以后也不会有孩子。也许我说对了，她已经对男人失望了。我不知道她会不会有一天突然变成亚洲动物，再嫁给一个男人，然后恨自己，恨自己不应该多此一举，这种失望变成一种刻薄，接着是一种无视。过尽千帆皆不是，把悲伤之轮变成人生哲学。就像我每天的那种遭遇。如果不是圣母马利亚，很难想象生活中还会有什么时刻让亚洲动物大发雷霆。这对我来说也不能不看成一种关注。

虽然追悔莫及，但我还是为此做了很多幻想，在这家嘈杂的小饭馆里，黄棠喋喋不休成了全桌的焦点，她总是很容易成为焦点，她擅长这一切，但我知道，她不喜欢。她擅长的都不是她喜欢的。我觉得她也怪可怜的。

16

　　四周的一切开始隐退，我突然回忆起第一次见黄棠的场景，是杨亮邀请我们去看他一个朋友的展览。他的朋友大概也只能成为他的朋友。

　　杨亮的那个朋友是苍蝇艺术家，他曾在京市办过一场诗歌朗诵，非常轰动。各大媒体争相报道，语言不无讥讽。大意就是苍蝇艺术家只能玩心态，这种心态搞不好就是高屋建瓴，在文化上没什么任何意义。所以最后落到一点，对于任何艺术家，生存能力都是第一位的。这也算是媒体对于艺术的一种奉劝和羞辱吧。

　　我们就是在那场诗歌朗诵会上见的。

　　苍蝇艺术家的成名作是《99朵玫瑰》，他自然进行了朗诵。

　　朗诵结束之后，下面的人开始疯狂地鼓掌。而我和初次见面的黄棠竟然同时打了一个哈欠，虽然这个哈欠并不能把她和其他女性区分开来，但我还是感到了一种趣味。再后来，苍蝇艺术家又说：这个时代最杰出的头脑已经毁于疯狂！这大概是他的新作。当他这么说的时候，他竟然真的疯狂起来了。跑到桌子上开始解裤子，我当时已经到了心平气和的年龄。四周女人开始尖叫。黄棠又打了一个哈欠。

　　那天苍蝇艺术家的展览越到后来越陷入疯狂，他诗作的水平之高不由让我想到了我的圣母马利亚。简单、直接、单调、乏味，意犹未尽而又什么都不是。而那首成名作的致命问题在于，并没有指出女诗人和女人的区别。苍蝇艺术家隶属于苍蝇主义。发起负诗歌，倡导负能量。

接下来，他花了五分多钟就真的脱掉了身上所穿的十几件衣物，仅穿着拖鞋走到舞台中央的麦克风前，手拿几页稿纸，准备再次朗诵《99朵玫瑰》的时候被警方带离了现场。

黄棠也从此变成了一个打哈欠的形象。

她丢了钱包之后的那天，我们又失去了联系。

17

而我现在能说的，也是我们的最后一次见面。我无法控制事情发展的不完整。

最后一次见黄棠也是最近一次见她。是我去 A 市途经 X 市。我给黄棠打了个电话，我没有发短信，我担心她不回。如果她不回，我还是要打的，因为我总是要打的，我又不想让自己焦虑。可是她并没有接电话。于是我打算在 X 市逗留一天，最多一天，我告诉自己。我并没有不断地打过去，我还是要保留某种气质不是吗？

大概晚上九点多钟，电话响了，我当时正坐在出租车上，司机开着广播，广播里放着一首十分古老的情歌。我听见吱吱的声音，我猜手机要响。我心跳很快。可是拿起来一看是个小广告，问我您孤单吗，您寂寞吗。我说了一句"妈的"。司机从后视镜里瞥了我一眼。大概又过了几分钟，广播又开始吱吱，我只是随便拿了起来，是黄棠。她说在哪儿？

我们约了地方见面。

我问她身份证办好了？因为那次之后我们就没再见过了。这句说出口我就觉得自己的反应也太慢了。

她说，是来看我吗？

于是我仔细看了看她。在酒吧的光线里。我说，嗯。

我问她生活得怎么样。

她说就这样，就像你看到的这样。

我说一个人。

她说有时候。

我知道，她过得不好。

我们又坐了会儿，我跟她说出去走走。

于是她带我沿着这座她所熟悉的城市一路往前走，我想，她来到 X 市大概已经快五年了，我们认识也要六七年了，这个世界发生了很多，如果这会儿是白天，我就会看见黄棠脸上的皱纹，难道她会有什么特殊吗？这个世界上也还没有女人能幸运到掌握容颜不老的秘诀，爱情也不可以，何况她并没有得到很多爱情。她大概到了那种年龄：有些事情如果不做恐怕就再也没有机会了。其实任何事情被鼓励都会继续，包括作恶。但是黄棠从来没有回应过我，哪怕一次，就一次，于是我想我真是一个变态的大叔。还在和一个没有未来的人维持一种叫人尴尬的矜持。

后来走到路边，有人正在烧一个巨大的纸人。

她说是鬼节。X市还保留了这个传统。

我紧了紧大衣，我以为她会往我这边靠一靠，但是她突然走远了。

纸人很高，大概两米。到了阴间也是个巨人。我感觉死的人白死了，到死也没活明白。

又走了一段路之后她重新跟我保持了合适的距离，然后跟我说，你知道吗，杨亮死了。

哦。我的第一反应是想笑，难道这回是真的死了？还是仅仅是一种修辞。杨亮阴魂不散地在我们四周。

但，也许是真的。

距离非典，已经过去这么多年了。我们是那一年认识的，我们都老了这么多岁了。X市的夜晚很空旷，巨大的纸人也无法填满这些空间。我开始很清楚意识到一件事情：我大概到了那种要经历身边不断有人死去的年龄了。

我一点儿也不关心杨亮。

我只是觉得心头一紧，我想杨亮没白活。我打算给他烧个更大的纸人。

我们什么都没说，又过了几个路口，黄棠问我，晚上住哪儿？

我说，离这儿不远。

她说，你一个人？

我说，你要不要跟我走？我对自己说出这种准确的话很吃惊。

黄棠低头什么都没说，一直走，走得很快，我突然想到"随波逐流"这四个字。

我加快脚步跟上她。

去你那儿吧。她突然说。

她去了我那儿。

18

进屋之后黄棠就去洗澡，我们就像从来不认识一样，也没打算认识的那种人。她竟然去洗澡。她就像我从电线杆子上撕下来的一张包小姐名片。七百包夜、其他加钱的感觉。很廉价、很实惠。我听见水声从卫生间传出来，我看着我的肚子，这么多年过去了，它有增无减，已经和我浑然一体。她出来之后换我进去洗，我们擦身而过，冲凉的时候我一片空白。我只是想给自己刷干净一点。

一切都准备好了，因为都准备了这么多年，躺在床上的时候，我的手机终于开始吱吱乱叫，我挂掉之后它又开始了，因为是亚洲动物的电话，所以我非接不可，黄棠也拿出手机看，我跑到阳台，亚洲动物问我在哪儿。我以为我听错了，她还会关心我在哪儿？我说在 X 市明天就回京市了。我很怕亚洲动物的这种预感。

重新回到床上之后，黄棠用整个后背对着我，我关掉手机，看着她背部抽动的曲线，我感觉她在笑，我把她整个人翻过来，她真的在笑。我没问她笑什么，我把我的嘴贴上去，她就笑得更卖力了，我不知道为什么，我摘掉眼镜，可是摘掉眼镜之后她就变成了模糊一片，于是我重新戴上眼镜，爬到床上，和她面对面，我不知道说什么，于是我说，我洗过了。

话刚出口我就觉得很可笑，我开始大笑，眼泪都快笑出来了，眼泪可能真的笑出来了。但是黄棠什么反应都没有，她坐起来，去拿我的烟。我笑得太厉害，竟然又说了一句更可笑的，我说，别拿我的烟哦。我的不够抽了。

时隔多年，我又对她说了这个"哦"字。我感到某种不祥之兆。

我不知道我笑什么以及凭什么笑，是啊，我凭什么笑，我有资格笑吗？我有资格和一个女人在一起笑吗？虽然头脑中是这样想的，但过了很长时间才停下来，大概有两根烟的工夫。

黄棠背对我坐着，也就是说，我直到现在都没有看见她的胸，我想象了很多年，圆溜溜的。我想问她刚才笑什么，但已经不是那种环境了，我轻声跟她说，过来。

我抱着她，我曾经对这个时刻想象过很多次，但是黄棠很冷漠，我想我要抓紧，我不想等她改变心意，因为我也不知道她是不是出于怜悯。我摸了摸自己的肚子，希望黄棠不会介意。我们躺了一会儿之后，黄棠问我，喝水吗？我以为我听错了，喝水？在这样关键的时刻，她竟然问我喝水吗？难道我其他时候不可以喝水吗？于是我什么都没说，然后她告诉我自己已经很久没做爱了。我当然希望越久越好。最好有一个世纪那样长。于是我开始拼命干她，就像对待苏珊、我的圣母马利亚那样。她的身体就像一块千变万化的橡皮，我很难把握，我觉得很吃力、很兴奋，我不知道我这是在干什么，我们这是在干什么。黄棠很配合，因为太久没做爱，所以时间把意义都给拉长了。看到她这么配合，我对自己更失望了。我感觉她在嘲笑我，我真害怕她甚至会拍拍我的后背说再接再厉。虽然她没有，她一定没有，她只是事后很快弓起身提上了内裤。

19

我要是说爱你，你会好一点儿吗？黄棠提上了内裤之后问我。

而我此刻正伸手在床上找眼镜，眼镜早就成了我身体的一部分，并且让我和这个世界保持距离。找了很半天，我重新戴上之后，竟然不知道应该看向哪里。我说，可是我一点儿都不爱你。

这句话在空气中停留很久之后，我听见她松了一口气，极轻。她重新躺下来，我们抱了很长时间，聊起了这么多年的交往。她问我，王羞，你还记得我六岁的故事吗？我给你讲的。我说记得，其实我早已忘得干干净净。她说，哦，你还记得啊？可我那是骗你的。我干笑了两声，然后我们又去洗了个澡，直到我给她送走，我都没有再问她为什么骗我，为什么费这么多心思骗我。骗我有好处吗？难道是爱我才骗我？鬼才信。我退了酒店。花了五百二十元。刷卡。开发票之后我连夜开回京市。开上京 X 高速的时候，突然开始下雨，我没有关掉天窗，有一部分雨渗了进来。这正是我希望的吗？

雨越下越大，从斜开的天窗落在我的胳膊上，很凉爽，我知道亚洲动物正在家中等我，我开得这样快难道是迫不及待？四周很安静，我看了仪表盘，一百三十迈，快一百四十了。我突然很想把这番经历和什么人说说，随便什么人，可是四周什么都没有。我想到我的苏珊。我恨不得立刻见到她。也许我会这样告诉她：在认识黄棠的这些年，我也认识过其他的姑娘，实话来说，她们都比黄棠漂亮，但是我已经没有机会很公正地评价这件事情了。我从来都没有怀疑过我爱她，因为我是个很自私的人，我不想浪费自己的这些年。但我还是骗了她。这种事很痛苦吗？当然一点也不。因为像我这么没有原则的人，怎么会从痛苦中得到满足呢？

爱或者不爱，事情都不会有所改变。今天做过的事情明天还会再做一遍。明天做过的事情后天还会再做一遍。生活就是一种重复。我厌倦她最终带给我的惊喜。

20

那天回到家之后我很快睡着。我竟然没有因为车祸死掉。而亚洲动物并没有在家中等我，这倒真让我松了一口气。我想离开这一切。

后来我做了梦。梦里，杨亮跟我说，其实他可以让苏珊复活。我在梦里嘲笑他，我说你是搞艺术的别忘了，你是那种连蟑螂都怕的搞艺术的啊。杨亮说你要帮我保守一个秘密。我问什么。他说你千万不要把我死了的事实告诉黄棠。我说可是黄棠已经知道了。而梦里的杨亮很失望。哪怕就算是在梦里，也可以看出杨亮很失望，这种失望是我和他认识的几年中从来没有见过的，于是我都不敢再问怎么把苏珊变活这件事。其实杨亮在梦里变胖了，不像什么搞艺术的，可我总觉得他就要大难临头。我不知道为什么在梦里我也要诅咒他。

附：在我后来的生命中，我竟然见过一次苍蝇艺术家。在纽约。我想他的《99朵玫瑰》还朗诵到纽约去了，当时我正带着我的雕塑作品亚洲动物去纽约参展，是我跟他打的招呼。另外，其实我搞错了，苍蝇艺术家早就不写诗了，他说自己是奇货可居，是一个特能挣钱的机器，但是好多人没发现这点，后来终于碰到伯乐。他说自己现在做房地产了。

我想，那房地产多恶心。比写诗还恶心。

后来我们两个人又一起说到了房价的问题。好像我们都是有家的人一样。他说听说国内开始控制房价了。这句话的意思就是他已经很多年没回国了，在国外混得不错。他大概可能早就忘了《99朵玫瑰》。

小马的左手

1

　　冯静水醒过来，坐在沙发上。刚刚梦见自己在太阳底下，一点儿力气也没有，这会儿浑身是汗，她跟小马说，自己梦见太阳了。小马说，太阳是好东西。

　　小马的语气很平静，就像在说一块儿比萨饼是好东西或者刚刚和一个十八岁的妙龄女郎大干一场也是好东西一样。

　　之后，小马就在客厅里摇了摇头，好像冯静水不应该醒过来一样，冯静水擦了擦汗，没有力气起来，提议喝杯酒，她希望小马能去给她拿杯酒。她不是提议，她只是通知，通知他自己要喝杯酒。小马无动于衷，一个人喝起眼前的水，他已经喝了三杯，这是第四杯，连喝四杯都没有去卫生间的意思，冯静水刚刚只是突然小睡过去，在她小睡之前，小马就一直喝水。冯静水支撑身体站起来自己倒了杯酒，顺便想问他什么时候去卫生间，但是她并没有问出口，因为这未免荒唐。

她一口喝了一杯，又给自己倒了第二杯，放着，准备着，时刻准备着，如果自己再想喝的时候就不用麻烦小马了。小马就那么僵硬地坐着，几乎没有表情，其实他是有表情的，但是他的全部表情陷在他的那张瓦刀脸里，看上去十分委屈。

周围还是很热，就像被太阳烤着一样，现实成了刚才梦境中的一部分。

冯静水喜欢用酒让自己清醒。客厅很小，一张沙发差不多占了全部的位置，他们分别坐在沙发的两边。小马坐在沙发的一边，冯静水坐在沙发的另一边，就算任何一边的人起来，另外一边的人也会跟着翘起来，瞬间失去平衡。他们就这样保持着平衡。沙发扶手上放着一些过期杂志，有一本是讲独角兽的。冯静水真不知道什么人会买这种杂志，而又是什么人买来了这种杂志。也许是小马，她想。她拿起来看了两眼，讲的是为什么独角兽从这个地球上消失了。冯静水一边看一边读了出来，但是小马整个人依然如一块木头一样坚硬，就像用一整块木头刻出来的一样。搭配他的白色直筒裤和黑色人字拖，缓慢地说，独角兽都是骗人的。

冯静水重新拿起杯子，阳光在她杯子边缘反射出的效果，就像被海水抛光的石头一样光滑明亮。可以说，某些时刻，杯子拯救了她。

再次一饮而尽之后，冯静水靠在沙发上，看上去又要睡过去了，但她并没有，她只是盯着沙发前面墙壁上的画，她很惊讶于一件事，自己竟然不在画面里，可她闭上眼，自己就跑到了画面里。她感觉自己已经睡着了，肚子节奏均匀地起伏着。这天，她穿的裙子上面长满了树叶和说不出什么颜色的艳丽花朵，就像刚从热带国家跑出来，尤其肚子附近的树叶和花朵，十分茂盛，这会儿正在随着她的呼吸一起一伏。

除了冯静水和小马，屋里还有一只小狗，在两个人的四周跑来跑去，狗的脖子上挂着一个小铃铛和摩天轮形状的古怪东西，看上去傻乎乎的，冯静水这样想的时候，狗正咬着自己的尾巴。早些时候，冯静水往狗盆前面放了一点喝剩的果汁和一只会发出声音的塑料青蛙，如果这只狗不这么傻乎乎的话，完全可以过上更好的生活，比如一边喝果汁一边咬塑料青蛙。这构成了一幅超现实主义的画面。她不禁这样去想。

它叫什么？冯静水问。她身上的汗还没有完全干透。

波波。小马冲着狗喊。

但是狗一点儿反应都没有。

于是他又喊了几遍，最后干脆用脚踹了好几下。黑色人字拖呈弧线被踹了出去。之后，这只狗才有了一点儿反应。那双眼睛就像一只震惊的兔子，至少冯静水形容它为震惊的兔子，然后汪汪叫了两声，就像对于波波的一个必要的小小的回应。

波波？呵呵。冯静水想，这个世界疯了吗？

电扇在头顶转着，完全无法驱散房间的热气，两个人谁也不想动，等着正午过去，然后随便干点儿什么。扇叶一圈一圈地旋转，冯静水想到了一个很现实的问题——它会不会掉下来呢？从客厅正好可以看见窗外，云彩在天上缓慢流动，盯着久了才会发现它们真的在流动，直到眼睛发酸流出眼泪为止，有时流云飘过去，他们可以看到太阳，圆满而模糊。

　　太阳太大了，不正常，小马说。

　　说着他伸出手搭在脑门儿上，好像这样可以驱散光和热一样，这个动作竟然让冯静水想起了小时候看过的一部电影，电影里，外星人从飞船上走下来，友好地向地球人点头招手，小马看上去十分像那个外星人。这样一想，她又顺便想到了浩瀚的银河宇宙啊，她顿时凉爽了很多。于是呵呵笑了起来，她并不是因为想笑，她只是觉得笑能解决问题。解决小马为什么像外星人这个问题。或者说，这是一个难题。

　　窗外，树枝上面有鸟，一声不响，就像一只装饰性的玩具。也许在波波眼里，它就是一只装饰性的玩具。客厅里，两只小金鱼浮在水缸里，一动不动，就像死了一样。也许已经死了。只有那只傻乎乎的狗，奔跑个没完没了，吐着舌头，冯静水再次闭上眼睛，她嘴里念着这只狗的名字，波波，波波，就像某种廉价的口香糖。

　　冯静水和小马是一家人。

　　小马原本姓冯，他也姓过一段时间的冯，甚至为数不少的时间，后来，他觉得冯很倒霉（可能是算命先生告诉他水太多），于是就把自己的名字改成了小马（也许算命先生是错的）。

几天前，他们姐弟二人遇见了一件非常不妙的事。他们的爸爸因为阿尔茨海默症，死了。而在这之前，他们已经很久，可以说，是很多年，没见了。小马总是待在遥远的内蒙古，而冯静水，生活在这个国家的中心，他们相距大概有半个中国那么远。其实彼此心里明白，就算只有十分之一中国远，他们也懒得去看看对方。是啊，他们都这么大了，忙。

事情是这样的，几天前，小马突然接到冯静水的电话，冯静水说，爸爸死了，说得很简单呀（是啊，不然她还能说什么呢？）。小马说，啊？就像他活了四十几年才知道自己有个爸爸一样。冯静水说，阿尔茨海默症。但是料到他必然不会知道，于是说，老年痴呆了。小马又啊了一声，好像不知道自己有一个患了老年痴呆的爸爸，而一个痴呆的老年竟然可以死掉，就像大家常说的那样——这人傻死了。于是他真的说出了口，他在电话里说，傻死了？冯静水干涩地咳了两声，嗓子里堵住了棉絮一样的东西，然后拿着电话哭了起来。小马并没有安慰她，只是说自己会过来。因为小马无法相信眼下的事实。他们的妈妈已经和爸爸离婚很多年，早就去了太平洋的另一头，在他还远没有痴呆迹象的时候就预测了会痴呆一样，已经离婚很多年了。搞不好现在也已经死了，但是这么多年了，太平洋的风并没有吹来这种信息。可以说，他们姐弟二人本应该相依为命才对。

就这样，小马，正像他说的一样（或者说是承诺），带着一只叫波波的狗，从内蒙古过来了。路上很顺利，事实上，他们的距离并不远，虽然他们是一家人，他们都相信一些事情，比如外星人，他们都喜欢一些事情，比如汽车发动机或者车轮在路面打转的声音，但是他们还有很多的不同之处，比如冯静水不理解，一个好端端的男人，为什么要养一只狗，而且还给随身带来了。

总而言之，他们一起处理了父亲的后事，小马说要在这座城市生活一段时间（其实是要在爸爸住过的房子里生活一段时间）。冯静水很吃惊，她不知道这座城市和他有什么关系，以至于竟然打算留下来。于是她只能十分冷淡地告诉他，我不用陪哦。小马说，我知道。冯静水说，我恐怕也没时间陪你。小马说，好搞笑。

于是，他就这么堂堂正正地住了进来。

爸爸生前的房子。还有那只狗。独角兽杂志。冯静水并不是特别开心，或者说，一点儿也不开心。他们多年没见的现实只是被一场葬礼充满了而已。另外一个很现实的问题是，冯静水想知道他什么时候回到遥远的内蒙古，那会儿，自己就会把房子变卖，两个人分别拿一笔钱，这样是最好的。她甚至想，爸爸不痴呆的时候也一定会这么想。自己这是在满足爸爸的愿望啊。而不是和一个血缘上的弟弟在一起讨论什么独角兽。尤其想到小马说到独角兽的时候，用手不断揉搓真皮沙发的表面，还用屁股颠了几下的场面，冯静水就感觉自己正在远离一种习惯的生活。尤其在这样一个炎炎夏日。狗身上的味道挥之不去。

如果还有力气，冯静水甚至想尖叫。但是她连尖叫的力气都没有了。

葬礼已经过去几天，所有的招呼都已经打过了。而多数时候，他们就像现在一样，疲惫地瘫痪在沙发上，说一些意义含混的话，或者互相看着彼此脸上都无法读懂的表情，以及时间留下来的结果，他们都想看对方如何继续，但其实对方都不知道如何继续。这真是让人崩溃的时刻。

正在这会儿，不知道从哪儿飞进来一只苍蝇，追逐着沙发前面茶几上的几粒花生米。花生米原本码放得像一座小金字塔一样，但是这几天已经被他们吃得所剩无几。苍蝇凶残地追逐着桌上所剩不多的几粒。冯静水和小马认真地看着，其实他们只要挥一挥手，什么好戏就都没有了。

花生米旁边还放了一盆雨花石，雨花石是爸爸生前的。冯静水不知道他还收集这种东西，五颜六色，还掺杂了一些七彩的玻璃片，十分锋利，让人想触摸。她突然觉得自己十分不孝。又哭了起来。

小马往中间坐了坐，拍了拍她的肩膀说，行了，行了。

不说不要紧，一说，冯静水哭得更厉害。她把小马的手从肩膀上拿下来，他们之间从来没有这些，这么多年都没有过的安慰实话说也都习惯了，她卷起身体，膝盖碰着下巴，用胳膊抱住膝头。

小马盯着她无名指上的圆圈形状的印看了一会儿说，你的戒指呢？

冯静水看着自己的无名指，还有剥落的指甲油，摆弄了一会儿，抽泣声减弱，把面前的一杯酒一饮而尽，她想痛苦是相对的。

　　之后，她竟然主动抓住小马的手，姐弟二人就这样把手扣在了一起。反而是小马觉得十分不自在。就像他们小时候经常做的一样。冯静水仔细看着小马的那只手，然后两个人一起把手往天花板上伸，他们想看看到底能伸多长呢，这两双手，加起来是四只，可不可以脱离胳膊、身体、地球，或者引力，成为某种珍贵的象征。

　　空气中的热气迟迟挥散不去。

　　怎么不给爸爸装空调？小马问。

　　爸爸说不热。

　　你能相信一个痴呆的人说的话，一个什么什么症患者说的话？是小马先把手伸下来的。他们各自放回各自的身体，谁也没有办法脱离地球引力，这是真的，每次开口的时候总会争吵，就像他们小时候经常做的一样。冯静水感觉整个人都泄了气，她说，你突然，出现在这个家，就为了告诉我，为什么不给爸爸装空调？

　　只要一争吵，温度就更加迅速地升高。

　　我没有责备的意思。小马说，说完之后他用大拇指摩擦着门牙，重新给人一种十分无辜的感觉。

　　是啊，你没有责备的意思，冯静水想。她甚至想到了很久以前。所以，哎，你这些年过得怎么样？她问。她甚至为自己问出这种话感觉非常突然。因为他们谁也不想再责备谁。

小马已经回来几天了，这是她第一次这样问，也许她早就想这样问他了。

但，并不仅仅是因为缺乏一个机会。

波波终于停止了奔跑，吐着舌头，一会儿用右爪擦鼻子，一会儿用左爪擦鼻子，开始啃掉在地上的一支廉价圆珠笔，圆珠笔里面有个女人，转过来，女人的衣服就会掉下来，

圆珠笔应该是小马的，但是，他竟然有一支笔，如果他写字，念书，会不会生活的路就不一样呢，冯静水不禁这样想到。

接着，冯静水把笔从狗的嘴里抢过来，颇费了一番力气，因为她一点儿也不怀疑这只狗会把这支笔津津有味地吃进去，笔上沾满了口水，她在沙发套上抹了抹，仔细端详起来。笔里面是个金发碧眼女人，她晃动了几下，衣服一会儿穿起来一会儿掉下去，挺有意思的。要是在平时，她准觉得这没意思透了，但是，当生死界限消失在日常生活的废墟之上时，也许会有一种新的情感和秩序，以及看待世界的眼睛。她觉得什么都有意思极了，甚至死掉的傻爸爸，她想，要是有这样一支笔，那该多好呢？

冯静水放下笔之后，傻狗又重新啃了起来，你呢？她问。

什么？小马说。

你呢？我是说，这些年，过得怎么样，你还没回答我。

一个人，小马说。

我知道，你是不结婚的。女人呢？

虽然冯静水比小马还大两三岁，可对于问出这种话却觉得没有资格以及底气。

小马什么也没说，看着冯静水的鞋子。冯静水的鞋子上面有流苏，他的面部表情依然十分僵硬，或者说是不屑，好像在说，至少我不会对一个穿这种鞋子的女人感兴趣。竟然还敢有流苏。

冯静水把脚往沙发里面掖了掖，无意识地，她接着说，你就不能跟我多讲两句？

午后的阳光从纱窗透进来，洒在沙发上。小马起身，去上卫生间，他也该去了，冯静水想。站着的小马，脸上一半被阳光照着，另外的一半在阴影中。很高，就像年轻的时候一样高，但是很快，他就会因为衰老而整个人像缩水一般。就像爸爸活着的时候一样，某一天从床上醒过来，就会发现，自己竟然比昨天矮了几厘米。并且将一直矮下去，直到矮出整整一个头为止（甚至最后比自己的孙子还矮，如果有孙子的话）。冯静水想到这些的时候就用遥控器把电视打开了，声音很大，她只是不想听见小马小便的声音。

等他小完便，冯静水又把电视的声音调小了，但是没有关掉，因为谁都不关心到底电视里的人在说些什么。

你知道，你还问，你又不是不知道，我发生了那样的事情。从卫生间出来之后小马说。

他说得很完整，几乎一整天，他都没有说过这样完整的一句话。冯静水并不吃惊他的语言能力，她想，这也是遗传。只是，她还是不能理解小马嘴里说出的全部的话，因为冯静水没有办法得出这种结论，难道是那样的经历造就了现在的小马？

而小马说了这么多之后，其实就差说一句，我可是经历过1983 年的人啊。

最终，他什么都没有说，重新坐回沙发上。盯着电视，电视里的人还在说话。

冯静水感到一阵突如其来的痉挛，她想，自己是和一个坐了牢的人在一起，此时此刻，她的小腹快速地收缩，就像整个人正在穿过一座几百英里没有城市也没有海洋的地方，她被自己的一切，已知的、未知的，包围着，荒芜燥热的房间，不断向远处延伸。

是啊，冯静水说。发生了那样的事情，它就是那样发生了。

客厅往里的位置，支了一张桌子，上面放着遗照，还有鲜花散落的躺在桌子上奄奄一息。小马起身去厨房拿了一个干燥的玻璃杯，把鲜花插了进去。玻璃杯旁边是上供的点心，如果自己不在这儿，他一定能够吃了。冯静水想，有时候，冯静水觉得，小马是那种什么都干得出来的人。不然那样的事情凭什么偏偏发生在他的身上呢？

1983 年，还有 1983 年的小马，当初是一个什么样的人呢？冯静水拼命地回忆。她想了很多的形容词，比如有天赋、脆弱。因为天赋和脆弱带来的狭隘。莫名的雄心兴趣和不屑一顾。但，所有的，都突然，结束了。

而更多的，以及这以后的部分，她也无法再描述出来。

那在里面你想过什么吗？冯静水说，不是我想提起来，是它就在那儿。

我倒是没什么的。这种事情为什么就不能发生在我身上呢？我这么多年都习惯了，偏见，要说有什么偏见的话，早就烟消云散了。所以没什么，真的没什么，小马摆好花之后自己开了一瓶啤酒滔滔不绝地说道。

所以你在里面是什么感觉，真的，我从来没问过，爸爸活着的时候总是没有机会。冯静水说。

没什么感觉。才三四年，三四年，你知道的，很快的。小马说得十分轻快，人生只是弹指一挥间，三四年又算得了什么呢。别说三四年，就是再加上一个三四年，没准他也是这么想。也许他真的是这么想的。

1983 年，是一个平年，那一年发生了很多事情，2 月 12 日中央电视台首届春节联欢晚会播出，3 月 23 日，美国总统里根制订星球大战计划。4 月，小马坐牢了。

房间的温度开始降下来，外面的天空变成了灰色，有小片地方发白，那是太阳最后照过的地方。正在酝酿一场大雨。也许，那样两个人都会舒服起来。

小马说的是对的，太阳太大了，不正常，正是在酝酿一场大雨。

无助？真的别骗我了。我才不相信没什么感觉，是无助的感觉吗？冯静水问。但，她也只是试着这样问问，因为她并不十分清楚无助是什么样的感觉。她只是觉得应该用这个词。虽然无助这种事，每次降落到她身上的时候，都变成失望。她根本分不清失望和无助之间是不是还有清晰的界限。

之所以这么问，只是因为感觉小马真的十分无助。而更重要的是，无助也是令人羞耻的。所以冯静水也许想说，羞耻吗？发生了那样的事，羞耻吗？

小马说，你别想让我觉得自己可怜。

事实上确实如此，如今重新回忆，那就像一个过去的，但并未受到什么损害的年代。

别怕自己觉得可怜。冯静水说。她一边说一边把手搭在了小马的肩膀上，这个动作十分自以为是，就像小马真的需要一样。于是小马十分嫌弃地把冯静水的手挪走了。

小马说，我怎么会觉得自己可怜呢？我连觉得自己可怜的机会都没有，要不是你，谁问呢？谁关心呢？谁想理解呢？是吧，我的姐姐。再说了，这种事儿也没什么理解的。你要是能现在不说话，我们就这么坐在一起，我会觉得你还是你。

冯静水沮丧极了。而这种沮丧是没有因果的。她竟然不知道自己做错了什么。

那过去的时间，像冯静水的梦，热天午后的一个梦，像城市里的一条河道。往前流动没有出口。

2

冯静水闭了一会儿眼睛之后还是觉得应该问问小马，她担心以后就没有这种愿望了。

于是她说，那个女的你认识吗？

哪一个？

你知道的。死的那个。

不认识。

她就那么死了？

嗯。

是啊，冯静水说，没人会对死人抱有幻想。我怎么能以为你认识她呢？

你怎么以为都是对的。小马说，她死了之后我对自己也产生怀疑了。

小马说这句话的时候，嘴唇涡旋形状。很丰厚，冯静水里面有很多黑洞，可以跳进去，并且，她也想跳进去，毕竟，关于小马，冯静水还有很多的疑问，作为一对姐弟，他们都这么多年没见了。这么多年，这么多星辰。所以冯静水还是回到了最开始的问题，一个人？

因为，到了小马这种年龄，也应该结婚了，她想。至少有个女人，无论他发生了什么至少有个女人，女人就像一件衣服，去超市拿起来就走，这没什么难的。（进而冯静水又想到，自己就是一件被别人从超市拿起来又丢下去的衣服而已）于是她就真的这么问了。一个人？

你呢？小马反问她。

冯静水迟疑了一下伸出无名指，说，你都知道，这个戒指，我，早就不戴了，但是我，戴过，戴过一些年，这个印还在，而重新变成一个人和从始至终都是一个人的感觉是不一样的，对吧，弟弟，我没说错吧？

这是她第一次叫他弟弟。她只是想这么叫一声试试，看看自己能不能叫出口，但是这个字就这么从嘴里滑了出来，正像它原本的语义。

反而是小马不知道应该怎么放置这个字。他竟然逗起了狗。

波波，波波。他一声一声叫着。可是这只狗傻得要命。小马哈哈大笑。他觉得自己比波波还傻。真是什么人玩什么鸟，小马说，是啊，怎么样，能怎么样，独自生活的人太多了，你要实在问我是什么感觉的话，我想，是羞耻，不过我猜，你也不是对这种感觉一点体会都没有是吧？羞耻，对，比1983年那整个事情，还羞耻，接着，他第二次哈哈大笑。他的笑声给人的感觉是没有灵魂。

虽然冯静水知道，并且坚信，他根本不是一个没有灵魂的人。

结婚很容易，冯静水说。

我听不懂，小马说。

是不是我没有说清楚？我是说，你应该有个家。我们不一样。我知道你，我也知道家是怎么一回事儿。

也不是，就是听不懂，每一个字每一个词都懂，可，就是听不懂，小马说。

这太奇怪了。冯静水说。

他们两个人重新望向电视机，电视机里在播放一场无缘无故的古老的音乐会，钢琴声闷得让人分不清音调，像裂开的骨头穿过地板。

这座城市，这些年，正在经历着巨大的变化，小马已经失踪了十六年，从1983年到1999年，那只苍蝇还在两个人的头顶飞。偶尔也俯冲向玻璃。

她为什么自杀？冯静水想——她只是这么想，她想，换成自己，一定不会自杀，那样，小马就不会坐牢，就不会离家这么多年。十六年，她甚至想到，爸爸就不会痴呆。也就不会死。

小马说，你知道，女人都害怕被别人占便宜。

小马又说，可他妈的明明是我被占了便宜。

冯静水不由自主地看了看他的胯下。这是一个1983年的胯下。骨骼组织经年累月已经正在衰老了。小狗这会儿从不知道什么地方叼了一个塑料袋出来。正在两个人的面前炫耀。

波波，你在吃什么？小马问。

虎骨。冯静水说。

什么？

虎骨。冯静水又重复了一遍。

哪儿来的？

爸爸的，我看了一眼，我觉得是，但是不确定，主要是，不知道怎么家里还有这个。他藏起来了，视若珍宝那样地藏起来了。我给找了出来。

我见过。

在哪儿?

内蒙古。

我觉得很不吉利。在他去世之后收拾东西发现的,我一直想扔掉。

也没什么不吉利的。小马把塑料袋从波波嘴里拿了出来,狗狂叫不止。

那,你到底有没有,我是说,当时我们都不知道,你就那么被带走了?冯静水接着问。

虎骨鉴别有很多方法的。小马说,我在内蒙古的时候了解过一点。一点皮毛。

她到底看见没有?冯静水问。

如果真是虎骨,就违法了。小马说,没想到,爸爸还有这个。

是还是不是呢?冯静水想,这么多年,都没有机会问。而现在,她压根儿不关心虎骨,他只关心一件事,你到底有没有做,或者说,这也不是最关心的,冯静水只想知道,你做了那件事,一个女人不小心看见了(这也太不小心了),她自杀了。然后你就坐牢了。虽然只有三四年。冯静水想到这个逻辑十分想笑,这件事真的太让人想笑了,就算小马是个倒霉蛋。但这种想笑的冲动还是从冯静水的脚底一直往上升,最终从脑中跑了出来。

此时此刻,小马正拿着一塑料袋的虎骨,他没有打开,他只是在空中旋转着,也许随时会甩出去,远远地,只要他愿意,并且他不知道接下来还应该说点儿什么，难道亲自跟自己的姐姐说，1983 年，我做了那件事。

屋里的苍蝇围着塑料袋飞来飞去。

放冰箱里吧。小马说。这个要放冰箱里的。

冯静水说，我打算扔了，我就是从冰箱里翻出来的。你让我再给它放回去？

小马说，要真是虎骨的话也没什么的。

冯静水说，你以为我怕什么？如果你也和爸爸生活了这么多年，你就不想看见一点儿他的东西了。尤其那些，他精心藏好的东西，突然被你发现了，你甚至希望自己从来都没有发现过。你会感觉，自己从来都没有这么不尊重过他。

虽然冯静水并不相信小马也会有同样的体会，但她还是一股脑儿说了出来。毕竟，和爸爸这么多年在一起生活的是自己，尤其离婚之后。他们父女之间，几乎走上了一条相同的轨道。这条轨道也同样让人觉得不准确。

小马听了这些之后，突然停下手中的塑料袋，闭上眼睛，就像在祈求某种原谅，一种重新做人的原谅，小马身上有着一种忏悔气息，那种因为长时间与世隔绝而产生的。

但是冯静水觉得，这还是太夸张了。尤其面对一袋骨头的时候。

小马闭了一会儿眼睛之后重新睁开说，当时没想到自己很快就出狱了，以为改造是一辈子的事。

你是说，三年快还是四年快？你以为自己一辈子都改造不好？冯静水说。

我改造什么？小马说。哦，对，改造我的左手。

接着，他自己又哈哈大笑起来，他最喜欢的就是突然哈哈大笑，他这种笑，到底是，有很多转折的意思还是根本就没有意思呢？冯静水十分困惑。这种笑，是在他们童年一起的过程中，从来没有过的。

你为什么不忘了整件事，冯静水接过塑料袋之后重新放在墙角，用手扇着苍蝇说。

小马再次闭上眼睛，说，我的左手简直具有了记忆的神奇能力。

接着，他把手在空中张开，挡住了大片的阳光。

两个人都开始觉得无聊了。

而且疼痛。

无聊和疼痛结合在一起，这会儿，外面开始刮风，就像被人掐住了嗓子，喊叫着。

太阳大得不正常，准是要下雨，小马说。冯静水想起小区外面那些遇到大风就摇摇欲坠的广告牌，肯定早晚有一天，会被狂风撕碎。这是一座很老的小区，她早就盼着这一天了。于是她站起来，伸了伸腰说，走了。

你明天有事吗？小马说。

有事。冯静水说。又说，上班。

哦，小马说，是，上班。

好像上班真的是一件事一样。

但是……我也可以多坐会儿。冯静水突然又改变了注意。没有人知道，甚至连她自己也不知道为什么，突然这样。可能是因为小马从来也不理解上班真的是一件事一样。这让她觉得伤感。

你不上班了吗？小马看见她又重新坐下来之后问。

等雨停。冯静水走到纱窗前面，往外看了看说，可是还没下。我担心，出去，就会下起来。

现在需要做的就是，等雨停，或者等雨下起来，就这样，多好啊。

我知道你在想什么，小马说。

想什么？

你再想，我这么多年，到底在内蒙古做什么，是吗？是不是有一个工作，正经的那种。

我没想这些，冯静水说，然后又说，我真没想这些。你是我弟弟，我为什么要担心你呢？

那就不要问了，不问最好，你看，我混得不错，甚至，养得起一只狗。但是说完这些以后，小马就抿紧嘴唇什么也不讲了，看上去就像缺少了整排牙齿。

小狗在屋里发疯地奔跑。小马给狗拴的绳子看上去从来就没有清洗过。冯静水突然拉住这根绳子，绳子绷得笔直，就像一根人造皮棍。

要是爸爸还活着，看见这只小狗准喜欢得不成，冯静水说，他后来什么都不认识了，专门认识邻居的小狗，各种各样的小狗，就像是一个小狗方面的国际专家。你知道那种感觉吗？你跟他生活了这么多年，但是他偏偏只能认识一些狗。

我听说，老年痴呆遗传。小马说。

冯静水说，是吗？又说，你已经够倒霉了，倒霉的人都可以长命百岁。接下来，再有什么事，也该轮到我了。

终于下雨了。

小马趴在纱窗上，看着外面的雨，就像从来没有看过一样，十分夸张。

内蒙古没有雨吗？冯静水问。

当然不是。

你讨厌下雨吗？她又问。

很多人都讨厌下雨。但是太阳是好东西。

这句话，冯静水觉得十分耳熟。她觉得在什么地方听过，或者是在梦里。如果现实中无法找到对应，她想那一定都在梦里。

父亲生前的东西已经收拾得差不多了，还有一些书，爸爸活着的时候，或者说没傻的时候，最爱看书，狗被拴在桌腿下面之后不再奔跑。小马看了一会儿雨重新坐回来，他坐到了冯静水的位置上。

冯静水正蹲在地上收拾这些书。她想明白了一件事——既然小马打算住一段时间，那自己真应该好好给他收拾收拾。爸爸生前的书里，有很多关于科学的书，《解读霍金》《解读〈解读霍金〉》你看，爸爸还留了好多你喜欢的书，冯静水一边收拾一边说。还记得吗，你那会儿是科学少年。

小马好像睡着了一样什么也不说。因为现在的他，其实就是那种对什么都不太感兴趣的年龄了。如果可以，他甚至愿意把这些书亲手撕碎，喂狗。

冯静水随便翻了翻，她其实只是对霍金的照片感兴趣。

我怎么想不起来你崇拜霍金？她一边翻一边说。

霍金是宇宙荡妇。小马突然冒出这么一句。吓了冯静水一跳。她想起很多年前，十几年前，当时的小马，也总是说出这种惊人之语，不过都是宇宙荡妇之外的事情。

脆弱的时候，我就会看这些书，霍金，小马用手画着星空的图案，缓慢地说，但是我现在一点儿也不脆弱，就像，就像一块儿虎骨一样坚硬。他只是随手想到了这个比喻而已。

她是不是只有一个手指能动，冯静水接着问，她翻到了那几张全世界人民都知道的霍金照片，照片里的霍金看上去只有一个手指能动，歪着头，看着自己那一个手指，动来动去。

有时候连那一个都不动。小马说，所以他连自杀都不行。

也许宇宙荡妇都是只用一个手指就能自杀了。虽然冯静水觉得这个评价十分不客观，也缺乏必要的证据。

接着，冯静水摆弄了一下自己的手指，十分灵活。她十分感谢自己还有十个手指。她可不想当什么宇宙荡妇。做地球上的荡妇已经够受了。很多年之前，她结束了一场婚姻，那场婚姻只维持了短短几年，虽然这种事情如今比比皆是。是啊，有时候两个人生活在一起，觉得连一天都是折磨，甚至一小时一分钟一秒，一秒就是一年的感觉，都是折磨，甚至喘一口气，都是折磨。前夫留给她的最后一句话是——荡妇。

自然，她并没有变态到这么多年，事情过去了这么多年，自己还不断品味这句话的地步，她并不经常想起，只是如今被人提起来，她倒觉得十分有趣，是啊，荡妇。自己要真是荡妇事情那就宇宙无敌了，她想。

冯静水把书整整齐齐放到柜子里的时候，发现了一个相框，照片里，男人看着镜头，狗看着别处，男人拼命拽着狗，想让狗也看着镜头，照片四周被剪成了锯齿的形状，狗的鼻子几乎伸出来。

你看，爸爸年轻的时候也养过狗，可是我一点儿都想不起来了，我是不喜欢狗的，你知道？冯静水说。

一个男人生活久了，总会想要一只狗，小马说。

我可想不起来他喜欢狗，不过爸爸也教了我很多东西，比如跳舞和剥蟹壳，冯静水说。她甚至想到小时候全家人中秋节一起剥蟹壳的场景。

柜子里还有很多东西，比如爸爸晚年制作的剪报，里面各种稀奇古怪的内容，冯静水想，爸爸也许只是想制作一本真正属于自己的书。里面很多人的头发都被剪没了，脑袋全变成了整整齐齐的方形。冯静水用手摸着那些人的脑袋，似乎产生了幻觉，她感觉指尖毛茸茸的。

另外，她还在柜子里发现了几个装着维生素的药瓶，她随便放了几颗在嘴里说，我怎么就从来没想过自杀呢？

自杀要是为了哗众取宠就不好了，小马说。

冯静水很吃惊，一个四十几岁的男人怎么说出这种话，她把嘴里的几片维生素咬得粉碎，发出酸酸甜甜的味道。如果这会儿还能找到两片治疗老年痴呆的药，她甚至愿意塞到小马的嘴里。

你是说，死掉的女人哗众取宠了？冯静水想，但是她不想再继续谈下去，她快速把书整理起来，柜子里放不下所有的书，剩下的一小部分，冯静水任由它们被丢在了地板上。

冯静水感到很伤感，看着小马当年读的这些，爸爸保留的这些，和自己、和未来、和自己未来一切，甚至过去，都毫无关系的书，也许只是为了维持某种他关于世界的感觉。但是都被时间证明，错了。

而与此同时产生的还有嫉妒，冯静水想不明白，自己陪伴了爸爸这么多年，为什么爸爸的遗物里竟然没有一两本自己的东西，哪怕一张纸片也行。他感觉十分的不公平。

收拾了一会儿之后她累了。她早就开始了衰老。这种衰老她甚至愿意从离婚的时候算起。于是冯静水在座位上侧身埋着头坐着，她的脸落在了桌沿下方，不难看出她起伏的背部曲线。她那糟糕的发型。油腻，还有梳子印，但是显然梳过了。外面的雨越下越响，她开始真的担心起广告牌会不会掉下来，而并不关心自己的发型，事实上，也没有人会关心她的发型。就算没有头发，她觉得都不会有人关心，至少她肯定，小马是绝对不会关心的。

而小马也因为坐了太久上衣都拱了起来，整个人看上去像一条奇形怪状的廉价领带。

那你后来呢？冯静水趴在桌面上问，声音从下面传上来。

后来？头脑冷静就可以平安无事。我，后来，就平安无事了。

你管这个叫平安无事？她重复了一遍说，是啊，平安无事。

所以归根结底他们也没有什么证据是吗？冯静水问。

证据？证据都在屎里。小马说完哈哈大笑好像又是在表示自嘲。

冯静水想到自己短暂的婚姻，以及前夫嘴里的成为一个荡妇的证据。

有些人会忘记自己的犯罪。小马说。

你犯过罪吗？

小马此时此刻的脸就像一个西瓜，他说，无论如何，我现在是无害的。

他看上去正像一个无害西瓜。

他们一起度过的只是1999年的某一天，一个炎热的午后，以及因为炎热带来的急转直下的凉爽。但，正是吃西瓜的季节。距离1983年，已经过去了十六年，而新的世纪就快来了。时间除了衡量自己本身还能衡量什么？没有人还能回答这个问题。十六年来，冯静水在等，全家在等，小马也在等，虽然他们等得并不专心，而有些事，小马在牢里依然可以做，而不必再为此进牢，否则是不合逻辑的。这一切，都组成了一首音乐，无序，错乱，以及随时可以被停止。正像电视里此时此刻在播放的那场粗鄙的音乐会。

3

在桌子上趴了一会儿之后，冯静水起身把装着虎骨的塑料袋挪到墙角。如果没人问，谁也不会知道这里是什么，就算说是某个时而跃入眼帘的星球或者挂历里面的暖橙色岛屿也会有人相信，虽然是一件稀奇的东西，甚至用小马的话说，违法的东西，但是对于她眼下的生活来讲，叫人提不起一点儿兴趣。

冯静水一个人往厨房走去。她打开灯，给人一种温暖柔和的感觉，在冰箱旁边，她还发现了灭苍蝇的喷剂，她问小马要不要，声音隔着雨水，小马没回答，她想，正好。

暗淡光线中，四周一切都只留下模糊的边缘。

雨越下越大。越下越大好处多多。比如，他就快结束了，因为雨水只有这么多。而冯静水已经无所谓了，她开始越来越习惯眼下的处境。何况他们可是姐弟啊。人的一生总是做一些好事，也做一些坏事，甚至得到一些惩罚，或者因为好事得到的那些惩罚。也得到过一些性。这本来也没什么的。

厨房墙面的油漆正在剥落，给人一种硬邦邦的感觉，地板黏糊糊、湿漉漉，如果时间足够长一定可以长出苔藓，她想。小区偶然来往的车全部开起了大灯，照进来，就像隔着布帘的探照灯。

小马走过来，问她，抽烟吗？

戒了。

为什么？你先拿着一根吧，小马从烟盒里给她抖出了一根，抖了很半天，费力不讨好的感觉。甚至会让人联想到整个一生都是费力不讨好的感觉。

其实事情原本可以很简单。要是想抽，冯静水就用手自己去拿。为什么要抖，抖，最后终于抖在了地上。

冯静水弯腰捡起来，说，我抽吧。戒了两天了。但是有一种两个世纪的感觉。

真的，这件事情，我几乎都想不起来了，冯静水说，如果不是你回来，如果不是爸爸没了，我们就永远不用谈论它。就算不谈论它，我们的生活不也还是照旧，既不太好也不太坏。我甚至想不起来那个死掉的女人是谁了，而且，怎么会发生那种事情。

她就是想死吧。又留了一个遗书。缘分，小马说，缘分！在他讲述的过程中，好像突然发现了这个故事某个过去从来没有人发现的地方于是一下子来了兴趣。

人的一生很短暂，小马说，如果我是你就不想这些。有些事是肯定的，我不应该总是去想，我不应该警惕，不宽恕。

冯静水想了想又问，那，你知道她死的时候多大吗？

这我自然就不知道了。我们见过，见过几次。像你这么大。对，没有你当时大。你当时多大了？小马问。

别问这些了，我怎么记得。冯静水说着又站起来，然后又找另外的地方坐下去，她大概不能相信事情已经过去了这么多年。她当然知道自己当年多大，她记得清清楚楚。

你就不能在一个地儿好好坐着？小马说。

你恨她吗？冯静水坐下之后接着说，我觉得你恨她。我觉得你也恨我现在这么问你。别那么回答，什么人的一生很短暂，你说这些的时候看上去真像一个要去坐牢的人，而不是一个已经坐过牢的人。

生活有时候真的很难让人理解，也很难让人集中精力。

小马说，如果再让我坐牢我觉得也不是那么，那么奇怪。

当然了，对于一个只要活着的人来说，碰上什么事都没什么奇怪的。他的嘴，他的脚后跟，他的全身上下都在证明，你碰上这种事，也没什么奇怪的。

小马最后又伸出两根手指头说，两百。他说，赔了两百。精神损失费。哈哈。他又重复了一遍，精神损失费，我有什么精神损失啊？要是说真的，我这些年，过得还不错呢。哈哈，他又重复了一遍，过得还不错呢。他的两个手指头前后摇摆，活动自如，在空中，找不到敲击的位置，时而伸出来时而缩进去，冯静水的视线总是被移动的物体带走，她长久盯着小马的手指头，这两个已经不属于小马的手指头，就像两块干涩的饼干或者风中的纸片。

冯静水又拿了一根烟。刚才的一根已经被她折烂了。她还是没有抽。

你是抽它，还是就这么拿着它？小马叼着烟说。烟从鼻孔里面冒了出来。冯静水十分惊奇地看着，就像小时候。小马是一个会不断制造惊奇的人，在冯静水看来。他们听着雨水冲刷屋顶，冯静水看着小马手里的烟蒂。希望掉下来，也许这样，就可以看见烫在他手上的效果。并且她想——小马是不会感觉到疼的。

小马的烟蒂还没来得及掉下来就被他掐灭在手上的烟灰缸里。他把火点开，对冯静水说，你就替爸爸抽一口吧。

但是，没有人能像爸爸一样抽烟，冯静水想。因为没有人有他的那双手，那双手特别瘦，一点儿肉都没有，但是那样一双手就应该属于他。他总是用那样的一双手拿着烟。

冯静水又看了看小马的手，和他的身材比起来，也算是十分瘦了。手的遗传是改变不了的，她想。尤其拿烟的时候，太像了，真的太像了，但是他的手上有疤。于是冯静水说，你的手上有疤。

小马看了看什么都没说，因为他早就知道了。

冯静水又用手摸了摸，十分平滑，就像是画上去的一道疤，一定年代久远。

我觉得他看起来很精神，很酷，冯静水说，我们小的时候，我怎么不记得你有呢？

我知道你要说什么，小马说。

我要说什么？

你想问，是不是这道疤也和坐牢有关。

我没想这么问。你这么敏感叫我怎么办？冯静水把他的手放下来说，我没想这么问，如果我想这么问我就这么问了。因为你，你不是别人，我为什么要跟你这么费尽心思地说话。而且我不会问这么蠢的问题，我会问，这是不是和那件事有关？你的疤，你的手，你的左手，你的右手，你的眉毛，你的睫毛，你的全部，你的出生，你的出生的前一年，这个世纪，是不是都和那件事有关，如果问的话，我会这么问。但是，我会这么问吗？我为什么要这么问呢？你是我弟弟啊！

此时此刻，小马并不仅仅是一个人，不完全是，而是冯静水不了解的宇宙中的一个组成部分，但是她已经不打算搞明白了。小马把袖子放下来，疤就被藏了起来，他说，这个不传染。

所以你问我，是不是这么多年都一个人，这下好了，你都知道了，我是一个人，我现在讨厌女人，就像讨厌老鼠一样讨厌女人。这种讨厌和一些事情无关。小马放下袖子之后说。

你到底多讨厌老鼠？冯静水想，但是她什么都没有说出口。

小马接着说，当然，也不是完全没有过，我也有过那么一两次的爱情，后者说是缘分吧。我有时候，是希望让女人留下来，但是这样女人跑得更快，跑走了就不回来了，那么快。我也就不抱希望了，这没什么的，那件事情的残骸所剩无几，他早就飘走了，飘到美国去了（他说美国，就好像他真的去过那里一样）。这，并不影响我对爱情的理解，只是我刚巧，这么多年，都是一个人。

坐过牢之后会提升你看待世界的眼光。冯静水说。

当生活中发生了某种无法挽回的事情，人就会被这种突然吸引，没有人可以把一切都弄得天衣无缝。

哎。冯静水说。有时候又觉得，你真的不像我的弟弟，太㞞了，我要是发生你这种事，准会睡遍全中国的女人，不，全世界，全宇宙。

那你真成宇宙荡妇了。小马说这句话的时候很吃力，并不像把霍金封为宇宙荡妇的时候那样顺理成章。

冯静水只想把他的这句话塞他的嘴里。她感觉自己对别人不断地说出“荡妇”这个词还是没有免疫力。她感到自己很无能，或者说，她不想听到，不想一次又一次，听到。她觉得。她突然想到了自己的前夫。

我知道，冯静水说，你还不够倒霉，这个世界上死人的事每秒都在不断发生。这一秒死过了人，下一秒还会再死。没什么大惊小怪的。我们不说了好吗？冯静水觉得，够了。

不光冯静水觉得够了，小马也是同样的感觉，他们姐弟也许是第一次有了同样的感觉。

外面的风越刮越大，雨就像被从天上刮下来的一样，冯静水是看着外面的树枝，知道的。

时间从下午到晚上，从晚上到夜里，或者打乱顺序，先是清晨，然后是晚上，然后是中午，然后是早上，然后是夜里。天空就像一盘五光十色的奶油蛋糕。都可以，两个人之间的烟灰缸里，有死苍蝇和烟灰。也许正是刚才的那只苍蝇。没人知道它什么时候已经死掉了。它最好死掉。

傍晚的时间扑面而来，就像被一个拳头打了一下，两个人的肚子咕咕叫。小马终于安静下来，看向窗外，窗外什么也没有。冯静水不知道他在看什么。冯静水看着他。雨已经停了。

到此为止吧，她想，就像两个年轻的人在玩真心话大冒险，幼稚。她很讨厌这种敞开心扉的感觉。太自以为是了。而更主要的原因在于，冯静水想，我们并不经常见面，这主要指的是以后，一年两次或者三次，他继续过他的生活，我继续过我的生活，是的，我有我自己的生活，也许再找个人结婚（虽然这真的有点儿难），也许，就这么一个人。小马也是一个人，一直，开始他的游荡，就像他一直以来的游荡一样，从1983年到今天，但我会过正常的日子，虽然有时候也不正常，可无论如何，我是一个比他正常太多的人。

小马重新坐回客厅，身后一盏橘黄色的台灯被他打开，整个人也被照成了橘黄色，就像小便的颜色，冯静水想。这样想着，她真的想去小便了。

在卫生间，她在马桶上坐了很长时间，她感觉整个人在虚脱。然后扶住浴缸。浴缸里，还漂着几只黄鸭子，有一只鸭子嘴里叼着一块肥皂，眼睛痴呆地向往前方，大概是因为嘴里叼着一块肥皂的原因。肥皂只剩一小块了，表面正在干裂，都是爸爸的东西，当一个人死后，这种细节会让一个人的生活变得具体起来，还有一只会上发条的鱼，也是父亲得病之后冯静水买给他的。她不由得想到包括家里的很多东西，放花椒盐的企鹅形状的瓶子，小鸡图案的桌布，包括那个星星沙发套。想到这些，冯静水就难过得要命，她觉得每样东西都很愚蠢。甚至可以说，家就是由这些愚蠢的东西组成的。

一个孤零零的灯泡在头顶亮着，她把卫生间的窗户打开吸了几口气。偶尔能听见远处高速公路上的货车。极轻。

冯静水看着镜子里的自己，她本能地去拉窗帘，但是窗帘本来就是拉上的。她很失望，整个人就像一个白色的圆柱，虽然并不算胖，但是给人一种死气沉沉的感觉。睁了一天的眼睛像是碳素笔被画上去的。她想到前夫当年看重的就是她的白，觉得十分嚣张。

我是一个荡妇吗？她问镜子里的自己，她内心想的是"不"，但是她说出来的是"是"，并且说出是之后感觉好多了。她又问自己是一个好女儿吗？以及好妈妈？她拿着浴缸里那只痴呆的鸭子问，又捏了两下，鸭子嘎嘎叫了起来。

之后，冯静水洗手，在墙上蹭干，墙是水泥的。从灰色变成了深灰色。她直接进了厨房，

厨房冰箱里还有半张吃剩的比萨，冰冷油腻。

是你中午要的嘛。冯静水从厨房里往外喊。她喊的时候脑袋正在冰箱里，就像整个脑袋都被冰箱吃掉了一样。

你吃吧，小马也过来靠在冰箱上，他刚换了一件衣服，冯静水猜不出来他为什么要换一件衣服，现在全是洗衣粉的味道。

新 T 恤更紧绷一些，甚至可以感觉到，他是每天坚持锻炼身体的那种人，就算是拿瓶矿泉水也会举到胸前或者看见地面就会做几个引体向上。或者说，感觉是那种脑子不太好使的人，而冯静水感觉自己整个人就像一个干瘪的口袋。

不是中午的，昨天中午的。小马说。吃吧。没坏。

冯静水把比萨从中间撕开，拉出一条长长的，长长的芝士的丝，比较大的那一块她给了小马。

你少吃点儿，小马说，凉。

冯静水看了看自己手上的这一块，明显比小马的小，于是她放心地吃了起来。

两个人都不说话，很半天之后，小马突然问，你说，这冰箱是什么颜色的

绿的？冯静水随便看了看说，很明显。

我怎么觉得是蓝的，小马很仔细地看了看说，很多年了，是咱们小时候那台吗？

不可能是小时候那台。冯静水说得十分肯定。

小马指了指自己的胡子。

冯静水这才留意到他的胡子，但是小马并不需要她注意自己的胡子。

冯静水知道，自己把比萨酱吃到了嘴唇上。但是，谁愿意放下比萨擦嘴呢。

他们互相笑了笑。

冯静水想，这会儿，真应该有一首歌叫你觉得悲伤吗？两个人的四周弥漫着那种可以称之为廉价的气氛，以及普普通通的温馨。他们专心地吃着比萨，而小马已经无法辨认家里的那台老冰箱了。

所以你打算住多久，冯静水只是想没话找点儿话说。她并

不着急赶走小马。

你又不是不知道。反正我一个人，你什么时候给我赶走都行。

我也是一个人。

可我们不一样。

这是我说的，冯静水说，是啊，可我们不一样。

小马说，是啊，怎么会一样呢，每天早晨醒来，虽然没人跟我说我也知道，肯定臭气熏人，就像随时准备腐烂一样。你知道，一个人生活久了，就是这样，自己不觉得，一天就这么开始了。就像没开始一样，很安静，可有时候也觉得吵得不行，太安静了，就觉得一屋子都是人，几十上百种声音，从小到大我听过的全部的声音从四面八方过来。

你别说了，怪吓人的。冯静水把最后一口比萨也塞进了嘴里。

小马手里的也早就吃完了，所以他没办法问她是不是还要再来点儿。

小马以为从冯静水，自己的亲姐姐嘴里会听到什么安慰人的话，比如这些年你也怪不容易的。他无论如何没有想到自己听到的是怪吓人的。

于是他说，是怪吓人的。如果他们都再年轻十几岁，哪怕就再年轻十岁，他准会做出一个怪吓人的表情。

但是冯静水知道，永远别指望自己嘴里说出什么怪不容易的，她自己都不指望自己，她还觉得自己怪不容易的呢。她对这种词语早就麻木了，她就像一只乌龟，壳上面又盖了一层脂肪。怪吓人的。她想。

当然，在白天，也会拥有很多，比如，光线，那种时候我就不会觉得自己一无所有了。小马说。

过了一会儿他又说，其实，你能，讲讲你的前夫吗？

你这种口气就像让我讲未婚夫一样，冯静水想，并且很诧异，他凭什么关心这些。是啊。说什么呢？难道说"荡妇"两个字是怎么从他的嘴里冒出来？但是想了想之后她说，我的前夫啊，他会的事情很多呢。比如，比如组装桌子。他喜欢一个人做这些，除非最后需要把桌板放上来，才找个人帮忙，很多事情其实一个人就够了。他最喜欢用双手抚摩桌面赞叹，连声赞叹，十分稳定，没有什么可以动摇这种稳定。

冯静水很吃惊，自己竟然讲出了这么一件小事。

如果这种小事也可以概括一个人的话，那他们实在没有非离婚不可的理由。甚至可以说，谁跟这样稳定的男人离婚，才真是一个名副其实的荡妇。

正在这个时候，小狗又疯狂地跑了进来。

你给它解了？冯静水想，刚才明明拴了起来。

解了。自由了。

自由。冯静水不敢相信自己的耳朵。他的嘴里竟然说出"自由"。他以为这个不到九十平方米的房子是草原吗？

这下好了。以后你有新伙伴了，冯静水看着小狗说。

说完之后，她咬住自己的嘴唇，她只是为了保持清醒，但是太紧就会流血。

小马看了看小狗，任由它疯狂地奔跑甚至咆哮。小狗的咆哮总会惹来麻烦，当然没人愿意它咆哮，狗喜欢一些音乐，它高兴地表示就是把脖子后面的毛竖起来，或者把尾巴垂下来，但是这会儿并没有音乐。电视里的音乐持续播放着，但是没有声音。

你还想吃点儿什么，冯静水问。她甚至找出一条围裙，围裙被虫子吃出了眼儿。

我不吃了，我可不想余生在体重秤上度过。

你以为所有人都把生活的重点（或者说余生的重点）放在肱二头肌上，冯静水捏了捏他的胳膊，这句话刚刚说出口，她突然觉得很难过，她感觉自己也到了那种要用余生计算时间的年龄。

于是她把冰箱又检查了一遍，发现了一块已经干硬的蛋糕，上面有一个小人，小人手里举着一个面皮做的盘子，盘子上面还放着一根蜡烛。

闲着也是闲着，冯静水想，于是把小人扔掉之后，大口吃了起来，她知道，她并不仅仅是饿。她一边吃一边说，你还买蛋糕，真有闲情逸致啊。

小马说，我就不能对自己好点儿？说着，他也用手抠了一层奶油吃。抠得十分使劲。

其实这些奶油已经死了，你不需要再给它们用力抠死。冯静水跟他说，多吃点，这句话的意思是——只有多吃点儿我们才可以消磨时间（这让她想起小时候自己跟小马说，多吃点儿，多吃点儿长个儿）。

因为除了消磨时间，冯静水并不知道应该做点儿什么。孩子判给了前夫，她就算回家，也无事可做。她差点儿把这当成家了。

两个人不知不觉就都吃完了。

手里的盘子，就像有一个军队的人刚刚从上面经过一样，这一整天，他们才开始感到满足。

还有一半的西瓜，冯静水看着冰箱说，你还记得我们小时候最爱吃的就是把西瓜掏空，放上西瓜球。爸爸用勺子把西瓜挖成西瓜球。

我们吃过这种东西？小马说。

你好好回忆回忆。冯静水一边说一边开始咬自己指甲四周的硬皮。她担心一切只是自己幻想出来的。

之后，冯静水又把冰箱里发现的一个马上就要烂掉的苹果，一片一片地切开了，把其中的几片像飞盘一样扔了出去，波波正在前滑，脚下的地垫被蹬到身后，就像一只狼跳过悬崖。

但是，两个人都吃不下去了。

小马点了一根烟，把烟灰全都弹在了苹果片上。正像一家人应该拥有的一个美妙的傍晚一样。

我这会儿该走了，冯静水说。雨停了，你看。

再看会儿电视吧，开了一天，小马说，两个人重新坐回客厅。电视里还在放那场音乐会。他们把声音重新调出来。

我记得你过去最喜欢听这些，小马说。

是吗？冯静水说，我怎么都不记得了。

两个人静静地听着，整个房间都清爽了下来，冯静水突然站起来，脱了鞋，踩在水泥地板上，凉丝丝的，她的身体倾斜着，用双脚的力量，直到最后感觉不到自己身体的重量了，就像在跳舞。她不断地倾斜着，整个人几乎扑倒在地板上，甚至穿过地板，没有重心。小马安静地看着，他也许在等待冯静水什么时候倒下来。

可是冯静水，跳得越来越起劲儿，衣服下面第一个位置的扣子都被跳掉了，但是她永远不会知道这个位置，因为那个位置掉了也无所谓，只有小马发现了。

小马一个箭步跨过去，捡起扣子，这个扣子十分轻，太轻了，比他想的还要轻。他很吃惊，他把扣子放在自己的左手上，喜悦地看着。时间回到1983年，也是这样一个午后或者傍晚，类似的，小马像很多男青年一样，手淫了，喜悦的，邻居一个叫梁婉的姑娘跑过来找他借书，一下子就看见了，几天之后梁婉竟然死了，十八岁。跳楼。虽然没人知道她为什么非死不可。遗书里面还提到了小马，这叫小马自己都非常吃惊，真有一种中了大奖的感觉。小马犯了猥亵罪。时过境迁，这种感觉并不强烈了，只是偶尔的，他会感觉到自己的左手，真的具有与生俱来的神奇的魔力，他紧紧地攥住那颗扣子。顺便，又把地上的那一塑料袋虎骨捡了起来，他慢慢地打开，他这一整天都还没有来得及打开，他拆开塑料袋，塑料袋里面还是一层塑料袋，他继续拆开，他拆得小心翼翼，他只是想好好看看，看看爸爸活着的时候都保留了一些什么宝贝，在他离家的那些年。因为在内蒙古生活的很多年里，他多多少少知道一些关于虎骨的秘密，比如很多人用鹿角冒充。他一边打开一边还在想，可不要是一个鹿角扳指啊。

三 人 食

1

　　杨天给我打电话，电话里说自己要离婚了。我说，就这些？杨天说，就这些。我说，然后呢？杨天说，喝点儿。我没说是因为自己也想喝点儿。我是一个没有心事的人，没有心事的人为什么要喝点儿呢？我又没离婚。我应该结婚。

　　杨天总喜欢把一句话挂在嘴边：当已经不能从这种关系里面得到快感的时候就应该马上结婚。（难道她以为结婚之后就会重新得到快感？）看看别人的生活，我就总是没有愿望生活了。事实上也没有那种机会。另外，这种关系当然是指男女关系。

　　杨天住在一个小院子里，院子里有棵枣树，看上去快死了。

她说真的快死了。我说怎么办，她说等它死。其实在她这种年龄，离婚也不是多了不起的事。难道让男人爱她一生一世？她凭什么让男人爱一生一世呢？这不是赤裸裸的绑架吗？她都这么老了，快绝经了吧，我想。我们认识三四年，我三十岁，她四十岁。我是说三四年前，所以她现在真的快绝经了。我们并不十分熟，至少比起那种无话不谈的女朋友来说，她为什么叫我来呢？她大概只是想找人喝点儿。坐在那棵快死等死的枣树下面，我问她，你有几个离婚证了。

她说，俩。她又说，半年前。

接着，我说，那你这半年有性生活吗？

枣树上零星点缀的几个枣掉了一两个在地上。7月份正是枣树结果的时候，可是她的枣树奄奄一息。

喝什么，杨天问我。我说有什么。她说喝什么有什么。我说有男人喝吗。她说要去冰箱看看。两分钟之后，我们两个人手里分别握着一瓶啤酒。她说像不像。我说像。

就像握住一个男人。

杨天喝得很快，一口就下去大半瓶，于是她把瓶子在手上晃来晃去，给我造成了一种十分眩晕的效果。

她的第一个男人很快就被喝完了。现在酒瓶可以用来砸人了。她说。

我说，去砸你前夫吧。

杨天一下子没有了力量。

2

后来的时间，我们聊这个聊那个，她说，你瘦了。

我是多么讨厌或者说恶心女人之间的这种话题啊，我摸了摸刚被啤酒胀满的肚皮说，有吗？然后我又把肚皮缩了回去。

但是杨天真的比半年前胖了。

我说，你倒是没怎么变呀。

她说，不会吧？

我说，真的。

她说，离婚的女人都会变胖。

我说，看来你真的没性生活。

于是我们又喝了第二瓶。我慢慢开心起来。

一阵微风吹过，又一个枣掉了下来，正好掉在枣树旁边的小池塘里，但这是一个非常非常小的池塘，甚至都不能称作池塘，里面有些脏水，这会儿我们的头顶就是蓝天白云，但是池塘完全没有办法呈现出全部的倒影。我说，你该换水了。

杨天说，再过一段时间我就不住这儿了。

我说，哦，忘了，你要搬家了。

她说出这句之后，就好像她已经不住这了，我开始环顾四周，枣树旁边还有一棵圣诞树，塑料的，看上去傻乎乎的，才7月份，离圣诞节还很遥远，离上一个圣诞节也还很遥远。圣诞树上面还有风铃，钥匙挂件，发光小星星，圣诞老人铃铛，一阵微风吹过，铃铛就发出清脆的响声。我用手使劲摇摆了一下铃铛说，那你以后住哪儿？铃铛的声音还有细微的醉意，不可避免地向四处流淌。杨天用手把铃铛突然按住，凑过来跟我说，你知道我为什么离婚吧？她说这句的时候离我实在太近了，于是她的满嘴酒气扑面而来，不光酒气，还有她脸上的细纹，虽然她今天精心画了妆。可还是被我一眼识破，因为她离我太近，以至于我很容易想到一个事实——再过几年，她的皱纹就会像被狂风吹皱的水面一样了。当我这么想的时候，我们面前的池塘，池塘里的脏水，竟然动了起来，起风了。

我想起去年圣诞节，就是在这个小院子，还有她的前夫，还有我，我的朋友，杨天的朋友，前夫的朋友，圣诞树就是那会儿留下来的。好像时间就这么结束了。

杨天说，进屋坐吧，天气预报说下午有雨。她说这句的时候，整个人又离远了。

我说，下起来再进去。我就是这种人，总是愿意等待事情真正的发生。

一丝凉爽在这个 7 月的闷热的午后，我也开始觉得坐在这里并不是十分浪费时间了。

算了，杨天说，这种事能赖谁呢？

我说，你这怎么还留着圣诞树？

但是她完全没有回答我的问题，也许是根本就没有听见，或者听见了就不想回答。如果她不回答我就不会再问，这么多年，我总是觉得自己没有资格追问杨天。我们继续喝酒。杨天缩成一团，下巴贴在膝盖上，看上去成了垂头丧气的模糊的一团，夏天已经到了，光和热交织在一起，虚幻不实。

就是这样，她坐在我对面，嘴一动一动，跟我说了一些她的生活，还有工作，我听出来了，单位里有个男人喜欢她（如果她不离婚也会一直喜欢她的意思）。刚离婚就这么婊了，我想。可我还被她的话吸进去，她也被自己的话吸进去。完全罔顾这些话是否会伤害我的事实。我比她年轻大概十岁，可是追求她的男人是那么多。不管她的脸上有没有细纹，重点是，她有胸。我和杨天中间隔了一个酒杯的距离。这已经不是最开始的位置了。我发现：她的胸还是很大。并没有因为缺乏性生活的半年而缩小，以至于有一块儿已经跑到了腋下。可是一般女人连跑到腋下的资格都没有。胸会改变一个女人的实质，我不由得得出这种结论。

后来她就突然哭了，啤酒又被喝完了一瓶。我也想哭，可是我没伤心的事怎么也哭不出来，我既不被别人爱也没有爱别人，这是一种持久的伤心，说实话我都习惯了，已经变成了身体里的一颗痦子之类的小玩意儿。

于是这样一来，她的哭就更让我烦躁，雨水和眼泪一起往下掉。雨水噼噼啪啪落在池塘里，眼泪哭花了妆。枣树也被弄湿了。

该进屋了。我说着就站了起来，像一个失望的将军在发号施令，自然没有人听，杨天整个人被雨淋湿了之后，才开始缓慢往屋里走。

我怀孕了。进屋之后杨天低声对我说，非常低的声，以至于雨声再大一些的话我就听不到了。我多么希望雨声再大一些啊，我为什么不能有听不见的权利呢？重点是她四十岁了，真是医学的奇迹。她根本不像半年没有性生活，我不由得出这种结论。我怎么会相信呢刚才？我真是一个天真的人。

别同情我，她接着说。

我差点儿以为自己听错了，我说我不同情你。但是你能别喝了吗？我把她手里的瓶子拿过来，然后她就开始吐，好像在故意用一种早孕的反应让我更为难堪。我又说了一遍我不同情你。这么说是因为我真的没有骗她。因为我真的不同情她。我同情自己还来不及呢，我比她年轻至少十岁，我比她距离更年期的时间更长，我没有细纹，我有少女一样的平胸，我甚至可以陪别人一醉方休，然后什么要求也不提，我都快被自己的善良打动了。可我为什么没有她这么多的爱情呢？哪怕因为爱情造成的哭泣，就像现在一样，也都是我羡慕的。我也想有两个离婚证，我觉得杨天太自私了，因为自私所以得到了全部。虽然事实上是因为胸于是得到了全部。以至于我现在特别想逃跑，到一个听不见她哭的地方。还有她怀孕这个事实，她竟然敢怀孕。她是故意气我吧。我有这么重要吗，让她故意气我。

声音越来越大，哭声混合着雨声。很久之后她才平静下来。

杨天把头重新抬起来的时候，我真担心她把自己的眼泪包括鼻涕一起吃进去。她一动不动看着我，我和她之间还是隔了一个酒杯的距离，雨水落在房顶上，我把酒杯拿起来，透过玻璃看刚刚哭过的杨天，我想到一个词——梨花带雨。她这个人总是夹杂着很多的爱恨情仇，难怪她在市场上占尽优势。我就算再活十年，也没有办法超过她，我和她是阿基里斯与龟，差距是确定的。

谁的孩子，我认识吗，我们两个人重新咕咚咕咚喝起来，她一定是流了太多眼泪的缘故。我都能听到她咕咚咕咚的声音仿佛正在给一块贫瘠的土地补充水分，给人一种性欲依然旺盛的感觉。

我老公的。她说。

我保证，并不是所有人都听到过这几个字。

我问，谁?

她说，我老公的，是的，虽然离婚了。

我控制着自己的惊讶，因为我的惊讶比我想象的还要强烈，我干脆说，嘿，从前夫变炮友了。

杨天说，半年了，上个月见面，他给我送钱来，他以后住这，我走。

剩下的话她还没说完，我就急急忙忙警告她，别走，走了就亏了（我就差点儿说你总得有个家吧）。

这房子是他们两个人的共同财产。男的买房。女的拿钱。

杨天说，我就是要让他对不起我。她说这句话的时候，给人一种咬紧牙关的感觉。

　　他拿了房子还把你操了，我说，孩子你要吗？

　　不要。她说得很坚定，房间空调的冷气吹出来，外面下着雨，整个人从里到外都凉爽起来了。

　　杨天叹了口气，又叹了口气，叹了很多口气之后就不再说话了，好像刚刚做过流产手术，十分虚弱。我不知道说什么，趴在桌子上竟然就这么睡着了。我也累了。

　　醒来的时候，杨天正在屋子离我最远的地方打电话，我们构成了屋子中间的对角线。冷气把杨天的裙子吹起来了。她看上去还是十分苗条，虽然比之前胖了，可怎么看都不像一个孕妇，我伸了腰，桌上还有剩的酒，泡沫已经融化了。她都没有发现我醒来。

　　杨天又打了很长时间的电话之后，把头转过来，冲我做了一个意义不明的表情。

　　你爱他吗还？我整个人突然精神百倍地说。声音顺着对角线传过去。

　　我们离婚是因为他不爱我了。

　　别这么厌。我说，所以你们就又上床了？

　　是他要求的。

　　对啊，这种事情，对男的来说，免费的都好，前任的好处彰显无遗了，彼此熟悉身体，还没有负担，只要你不拒绝，更何况你还爱着，他伸伸小拇指你就会像狗一样爬过来。我接着说，你们就这么在这个院子里谈判的时候，突然操上了？就是这个屋子，就是这个位置？或者院子里，把枣都给摇光了？

说完这些之后我很吃惊，这种吃惊主要是对自己的。我从来没有这么对杨天说过话，她是这么优秀的女人，被男人爱，虽然不年轻了，但是不年轻才更有过人之处。我凭什么这么说？于是整个人又躲进了喝酒的姿势里。

杨天从对角线里走过来说，我就是怕他不爱我，我就是要让他欠我的，院子算什么，如果不离，他是不会爱我了，我们生活一年，一百年都一个样儿，他都不会再爱我了。

那你知道他爱上了谁？我问，

有女人被他迷住一点儿也不奇怪啊。杨天说这句的时候，口气很让人失望，尤其是那个语气助词"啊"，好像她的老公只是被人迷住，而依然被她牢牢掌握在手里一样。

我们两个人的酒意等待挥发。我已经不想再坐下去了，快黄昏，不知道什么时候雨已经停了，我大概睡了很久，太阳抹过西面墙头。

你是不是希望我把孩子做掉？我刚才给医生打了电话。

我靠在椅子上，杨天走过来，在我头顶的位置，声音就是从这里出来的，我又被吸了进去。

我哼了一声。她这句话给我吓坏了。

你别吓我，这种事儿我可没经验。呵呵。另外，他知道吗？说完这句之后，我把头抬起来和杨天的目光对视。她的目光很模糊，也许是衰老的前兆，我突然觉得自己问得残酷而且感觉非常害怕，我不等杨天回答，就接着说，还有吗？在哪儿？我去拿。

我当然是指酒精。

我们就是这么喝了一杯又一杯，然后干上的。杨天说。

是在厨房吗？我一边往厨房走一边问，她的声音在后面一直说个没完没了，我真想把自己的耳朵用刀子切下来。

他本来是过来商量房子的事，我们都离婚这么久了，几个月了，他可能，一定早就被别的女人吸引了，不对，应该是别的女人早就被他吸引了，她的声音越来越远，我已经自己走到了厨房，但是冰箱里什么也没有了，杨天看来真的要搬走了。我一个人靠在灶台上，还有她上一顿吃剩的方便面，面桶里结了一层红油，她甚至都懒得拿一个碗。我拿起来闻了闻，很厌恶地放下了。十分酸辣。厨房很乱，而刀整整齐齐地插在刀架上，一共三把，从大到小，小的用来切水果，大的用来切肉，中的可以切菜。理论上是的，但谁会这么做呢？

我看着方便面和刀构成的奇怪画面，感到了十分振奋，我甚至在很短一瞬间想到：不会是因为我吧？

虽然我和杨天老公是上过一两次床，不止一两次，可能有三四次呢，但总不会是因为感情吧？事情就发生在圣诞节之后，而且发生得很快，杨天得到了那么多，怎么会在乎一个老公呢？可他们怎么就离婚了呢？不会是因为我吧？我这样想着，想到自己如果当时的表现更出色一点，搞不好他们真的会因为我离婚，可我也只是这么想想。

别找了，没有了，杨天的声音从远到近，她跟着过来了。我吓了一跳，我跟自己说，不是我干的（要是我干的，我会对自己更满意，可是我哪儿有这种能力呢，或者说，魄力？）。

就是这个位置，她用手使劲拍了拍我正靠着的灶台。

我当然明白她的意思，在这干的。

但我并没有因为联想而躲开，我用后背在灶台上轻轻蹭了几下，说，我都猜错了，既不是在屋子里，也不是在院子里，你也太不讲究了。枣树下面多好，还有一池塘脏水。

杨天用右手在其实很难看出来的肚子上揉了几圈，就像另外一只手在揉，突然，这只运动的手停住，放在了我的肚子上，这带给我的并不是吃惊，而是我害怕痒，竟然笑了起来，但是一点儿也不痒，可我停不下来地笑，我一边笑一边说，杨天，把你的手拿开。你吓着我了。

可是她并没有拿开，还突然把手移动到我胸口的位置，或者是胸的位置，但是我的胸太小了，所以她根本感觉不到。

是这儿吗？

杨天用一只手捂住说，他就是这样捂住你的胸？你的平胸。

接着，她爽朗地笑了起来，混合着苦楚，就把手挪开了。

我用双手撑住灶台，调整呼吸，然后突然抓住杨天的两只手，放在我的胸上，告诉她，是这样，他就是这样，捂住我的平胸，你说的没错，不过是两只手。

杨天迟疑了很短时间之后，突然把手抽回来，猛烈拍打自己的肚子，我让她别骗自己了，可是她拍打得更猛烈，把手攥成一个拳头，使劲地捶起来。

你以为这样就可以以报复他？我告诉杨天这个事实，但并没有阻止她（还有后半句我没有说出口，我想告诉她，你以为这样就可以羞辱我？）。

她停止了拍打，突然用手捂住肚子，从拧起来的眉毛上能看出正在经历一阵绞痛。之后突然开始尖叫，或者是因为其他的什么事情，她把刀架上的刀也给打翻了，分别落在了地上，三把刀竟然隔着相等的距离。

没有人想把它们捡起来。它们就这样落在地上，很好，竟然隔着相等的距离。我和杨天同时注意到了。

他不爱你了。我说，当然，他也不爱我，你知道，你老公就是这样的人，所以你叫我过来，就是告诉我这个？

说这些的时候，我始终没有离开灶台，一个月前，他们就在同样的位置做爱了。我把双臂展开，我想想杨天就是这样，用来支撑身体的力量。

就像吸引她一样，她的前夫也总是可以靠同样的方式吸引更多的女人，更别说我这种一般货色了，他爱我或者不爱我都不是事情的关键，关键是有一个男人愿意和我通奸。我想到的是"通奸"这个词，竟然就已经感恩戴德了。但，我必须让自己做出这样的结论。不是因为我的原因，绝对不是。而是因为杨天太蠢了，真的，太蠢了，这能赖我吗？如今她还怀孕了，胸大的女人都蠢，我想。我又看了一眼自己扁平的胸，王凡随时可以因为这件事抛弃我，我对他们离婚这种事很遗憾，但，这和我毫无关系，我十分确定，就像这会儿如果天上掉下一架飞机，也和我毫无关系一样。

我倒是想他因为我离婚呢，我说，不过我也就是这么想想。

我只是用来满足王凡偶尔喜欢一个平胸的特殊嗜好而已，我突然开始觉得委屈了。

我们到底算不算朋友？杨天突然问我，她问得十分搞笑，就像香港电影里义薄云天的两个人。

我很想告诉她，我没有朋友。

我想起王凡发泄的时候总喜欢摁住女人的头，如果在这个灶台摁下去，杨天的脑袋可能早就烧着了。他们竟然还敢有孩子。我用手紧紧捏住那盒杨天吃剩的方便面，里面的汁水涌出来，涌得四周都是，我用沾满油污的手一把推开杨天，她像一张纸一样，很轻松地就被我推到了，她整个人整整齐齐地坐在三把刀子上，我回头看了一眼，看上去，她毫发无损，我迅速往院子跑去，拿上外套，我只是想离开。几个小时前坐过的院子被雨水打得很湿，还有几个空酒瓶。

只是刚刚走出院子，我就听见一声刺耳的尖叫。最终我还是给王凡发了短信，告诉他，杨天怀孕了。

我等他回我短信，站在院子外面，四周人来人往，匆匆赶路，我不知道为什么要这么做，以及圣诞节之后为什么要这么做，但我从来没有怀疑过自己，我还觉得这是杨天应该给我的呢，她已经得到了这么多，可是我比她更年轻。世界是属于年轻人的。

就这样，我想等他回我短信再离开，但是他迟迟没有回我短信。我就坐在院子门外的台阶上，院子里面很安静，无法想象还有一个崩溃的女人，或者说，她正在酝酿崩溃的迷人气质。十几分钟之后，他的短信才过来，很简单，三个字：知道了。

接下来轮到我了，我应该如何理解他的这句话呢？是因为我刚刚告诉了他，于是他知道了？还是他早就知道了？而这样一来，我这句话就显得多此一举，我有资格关心别人的家庭吗？当然没资格，而我以为拿走了杨天的东西，我只是想试试这种感觉，虽然这种感觉并不良好。我应该继续坐在这个台阶上等他吗？等他来？等他们破镜重圆，然后我也应该十分知趣儿地得到他们的宽恕，继续努力寻找自己的爱情，而不要再成为别人婚姻的绊脚石？或者，就干脆一走了之，从此井水不犯河水。

我这样想着，刚才方便面里的汁水还在手上，已经风干了，味道十分强烈，我竟然舔了两口。

很快，王凡的第二条短信过来了，他说：你别走。

他总是喜欢三个字。三个字代表简单粗暴，他就是靠简单粗暴得手的。简单粗暴的好处是，你根本没有机会去恨自己。

于是我只能重新坐在台阶上，太无聊了，我竟然开始回味起这三个字：你别走。如果不是在这样一个前后语境里，这三个字是多么美好啊。他竟然跟我说，你别走。

之前，他说的最多的是：你来，你别来，或者我去，我不去。

他大概从来没有请求过谁，更别说请求过我了。

你别走。我学着王凡的语气说了几遍，越说越像，我天生具备这种卓越的模仿能力，我被自己的能力惊呆了，我为什么要具有这种能力呢，它又不能让我得到爱情。也就更不能得到和爱情一样重要的理解了。

王凡过来的时候已经快晚上了，可我竟然从来没有这么早见过他，我十分吃惊，他甚至称得上风尘仆仆，这我就更吃惊了，我开始后悔给他发短信了。

人呢？

他就像没有看见我，或者说，看见了，但起码不是他现在，此时此刻，最希望看见的。我只是一个路人甲，告诉他真正伤亡的人在哪儿。但难道是我让他看见的吗？明明是他让我别走。我要是能立马消失多好呢，我突然成了两个藕断丝连的人的障碍。我从台阶上站起来，坐了太久，站起的时候重心不平衡，王凡看见了，并且扶住了我，如果他不扶住我，事情就简单了，我总是容易产生这种错觉，他凭什么扶住我呢？大概我也不是一点都不重要吧。

扶住我之后，他又重新变得严肃起来了，用手使劲捏住我的肩胛骨说，你怎么在这儿？

哈？他竟然问我你怎么在这儿？

难道我应该告诉他，因为我预感到了整个下午，甚至预感到了从圣诞节到今天的全部狗血剧情，所以我就在这儿了？

我把他的手拿下来说，她在厨房，你快过去吧。

希望她这会儿还在厨房。

王凡走路的步子很大，我完全没有办法跟上。这正是我们希望的。

杨天真的还在厨房。看上去要躺一个世纪。

和刚才没有任何区别，整个人躺在三把刀子上，脸侧过来贴着地面，不难看出对这个姿势十分满意，几缕头发盖住了眼睛，胸堆在地面上，她并没有喝多，也没有睡着，更没有死去，她现在还缺乏死去的动力，想到她肚子里的孩子，我竟然想到了她不是一个人在战斗这种语录。她就这么躺着，甚至可以说，是十分安详的。

王凡过去抱起她，他轻轻一抱就起来了。杨天有一种本领，或者说是天赋——她竟然能把自己变成一张纸片。她整个人垂在王凡的怀里，看上去十分无辜，我站在厨房的门口，就像另外一棵枣树。一动不动。树上的枣已经掉得差不多了。

之后，我走进厨房，将三把刀捡起来，整整齐齐地插回刀架里。最大的那把十分钝，我用手摸了摸，甚至有了一种冲动，但是旋即就消散了。也许杨天从来不用它切肉。除了方便面，也许她什么都不想做，不会做。她只是一个胸大的女人，大到无法承受男人和她离婚的事实。而她竟然以为这个事实的全部原因是我，我实在受宠若惊。王凡和我干的时候就已经不爱她了，如果爱她怎么会挑她的朋友，就算我们不是那么好的朋友，所以这种事怎么能赖我？虽然我嫉妒过她，嫉妒她跟一个不错的男人生活了很多年，但是这算什么呢？这又不是爱。

我恍恍惚惚走到冰箱前面，啤酒已经全被喝光了，还有几个鸡蛋，白的而不是黄的，看来他连鸡蛋都不会买（我不由得同情起这个女人）。我从厨柜里拿出一个碗，把鸡蛋全部敲碎在里面，找不到筷子，就用方便面里的叉子，刚刚掉在了地上，被我重新捡起来冲洗干净，然后拼命地搅拌，蛋黄和蛋清全部融合在一起，我的手快速旋转，这种事情我十分在行，王凡总是夜里过来（在他有限过来的那几次，杨天一定以为他在彻夜加班为家里奔波）。如果他肚子饿，我就会给他摊上几个鸡蛋，我感觉自己的双手变成了某种不受大脑控制的旋转的机器，我整个人都欢快起来了，我心安理得地遵循这种机械的动作。必要的时候，我甚至可以哼唱出一首轻松的歌曲。蛋液在离碗几寸高的地方翻飞。我把煤气点开，点了很多次才开，往平底锅里倒油，少许，热了之后就把蛋液全部倒进去了，不断膨胀，他们竟然能在这个地方做爱，我把煎好的一面翻过去，很快，另一面也煎好了，这种事情有什么难的？可惜他们家没有葱花（是的。我当时脑海中想的就是他们家）。他们家是一个和我无关的地方，而我只是过来摊鸡蛋的。看着金黄均匀的鸡蛋饼，我甚至愿意把他们家的厨房打扫一新。

你还真有心情？王凡突然靠在门边问我，他只是那么靠着，而不是走过来，像抱住一张纸一样地抱住我。

我把鸡蛋饼摆在盘子里，端在他的眼前，鼻子的前面和嘴的前面，最后，我拿着鸡蛋饼，从他双臂和门之间的空隙里，走开了。

我一直往前走，我发现对这里其实是十分熟悉的，穿过院子，进到屋子里，杨天完全醒了，坐在我刚刚坐过的椅子上。胸放在桌子上，用一只手把两只眼睛捂住。我不知道她是哭还是笑。但是她的胸再一次吸引了我，这也不能怪王凡，就算离婚了，他也不用抗拒诱惑，他也不能抗拒诱惑。一个女人的胸是独立于一个女人存在的。也许他只是在厨房摸了她的胸，于是她就怀孕了。而我的胸就像这盘摊鸡蛋。我把盘子放在杨天面前，如果她还没有丧失味觉的话，必然赞叹我的手艺。

这个世界上并不缺乏会摊鸡蛋的女人，王凡也不是为了夜里吃上这个去敲我房间的门。但我竟然为他做了一盘摊鸡蛋，现在，此时此刻，这一时刻比得起世界上，古往今来的，全部的酸甜苦辣的摊鸡蛋。摊鸡蛋在桌子上袅袅地冒着热气，这多像一家人的晚餐中的一部分啊。

好香呢。

王凡走过来，拿了一瓶酒，真不知道他从哪儿变出了一瓶酒，这毕竟是他的家，我用一只手按住另外一只手，这样我才不会把整个盘子扔在他的脸上。有吃的有喝的，他还真是一样不落下。

房间里十分安静，只有一个男人喝啤酒的声音，喝得十分迅速，这样下去，很快就会追上我们一个下午的成绩。杨天已经被声音吵醒了，把手从脸上挪开，妆更花了，连着她的大胸，看上去十分风尘，我都快被感动了，有了拯救她的愿望，比起一个风尘女子的失魂落魄，我的喜怒哀乐实在不值一提啊。

之后，杨天从椅子上站起来，也往厨房的方向走去。我听见叮叮当当的声音，没多会儿，她竟然拿了三副碗筷出来，叮叮当当的声音一定是洗涮的声音，碗筷十分干净，纯白色的，就像会闪闪发光。她还拿了那把大号的刀，刀架在碗筷上面，就被她这样郑重其事地拿出来了。她竟然是用自己的双手洗涮的。并且也是从王凡双臂和门之间的空隙里钻出来。

重新坐回刚才的位置之后，杨天在鸡蛋饼上比画了几下，横几下又竖几下，可惜鸡蛋饼无法切成均匀的三块。她想了想就从中间切开，把其中的一块儿放在盘子里，推到我面前。切得十分准确而且凶残。

既然推到我面前，我就非吃不可了。杨天递过来一双筷子，我在桌子上给它敲打整齐。从半圆形鸡蛋饼的边上戳下一块，当着他们夫妻的面，我就这么吃了下去。至少他们做过夫妻。

只是这会儿，王凡突然走过来，把我盘子里剩下的鸡蛋饼全部塞进嘴里，他正塞着，一口又一口，杨天也完全无视自己盘子里的，竟然开始抢我手上的，抢王凡手上的，抢掉在地上的。

香喷喷的一张鸡蛋饼就这样没有了。

吃够了没有？王凡突然在屋子中间开始骂人，吃够了没有？够了没有？

他的声音十分简单粗暴，这就是他唯一吸引我的地方，如果说他有什么地方吸引我的话。但我还是被吓坏了。我不知道应该怎么回答他——我够了没有。

但是我可以告诉他我吃够了没有，当然没有，肯定没有，但，如果说，他们这个家还有什么可吃的话，那只能是院子里的那几个烂枣了。

带零层的公寓

1

　　新新是一家有名望的影视公司，时时会有主动投稿的编剧，尽管成熟的故事不多，严田通常都会倒茶递烟，与人为善地接待他们，午餐之后，刚回到办公室，就看见刘海东。刘海东醉醺醺推门进来的，掏出名片和一支苏烟塞在严田手里，名片上写着他的名字，说明来意，刘海东坐下来就仰脖喝水，一饮而尽，严田倒的是温水，不是酒，办公室里开始弥漫着火锅的味道，他喝水咂嘴的声音很响亮，可能是因为喝酒了吧，刘海东说自己是电视编导，业余时间也写剧本，讲起故事的时候开始亢奋了，故事很励志，听起来却很涣散，严田细心听着，企图发现些亮点，刘海东咂嘴的声音在抽烟的时候都会发出来，几口烟之后，刘海东不再说故事了，开始说自己的生活经历，在北京，在上海，在北京和上海之间，很久都没回北京了，零零碎碎大致和一个舞蹈演员的名字有关系，此时，办公室里有手机在振动，严田递给他，来电显示是舞蹈演员的名字。刘海东开始和电话谈了起来，还脱去了外套，天气有点热，办公室还开着空调，严田走出去与前台小姐说收快递的事情，说完之后回到办公室看见刘海东已经睡着了，严田打开窗户，抽完一支烟，叫醒他，他连忙给严田递烟，严田指指烟灰缸，表示自己刚抽完。严田希望他继续把故事讲完，刘海东为自己点上一支烟，沉默不语，严田忍不住说，你不是来专门投稿的吧？刘海东说：你怎么知道？严田说：我的办公室不隔音，听到了一点。刘海东说：刚才打电话的是我前妻，就快变成前妻了吧啊哈。她是北京人，所以我从上海赶过来办手续，他站起来指指窗户外面又说：她就住在对面的公寓。

看了看对面的公寓，严田说，你还挺单纯的。他也不知道自己为什么说出这么刻薄的话。

刘海东从椅子上坐直揉了揉眼睛，揉眼睛的时候给人很笨拙的感觉，可能他就是一个很笨拙的人吧，严田想，或者说，这种笨拙可能就是自己说的天真。

刘海东一边揉眼睛一边说：我就怕别人骂我单纯。啊哈。

严田只是随口一说。他感觉自己到了那种说话越来越不过脑子的年龄。或者说，他不想过脑子，不想跟刘海东过脑子。

再或者说，刘海东和我有关系吗？

严田想，刘海东这会儿是不是应该走了，再不走就要堵车了，自己是不是要告诉他：那你等我消息？严田不知道写剧本对刘海东来说意味着什么，他不会真的靠写剧本挣钱吧？

想到这儿，他后背不由自主地一阵痉挛。最近他的后背总是痉挛。

他并不打算培养谁，更不打算发现谁。就这样吧。挺好。严田想。有一间自己的办公室，在一个体面的位置上。隔三岔五就有这种人过来。

其实他很想劝劝刘海东，比写剧本更好的是回去找舞蹈演员。以此知道他们都做出了错误的选择。

但是他并没有把话说出口。

严田走到窗面，看着对面的公寓和围绕在公寓四周的高架桥。他发现自己竟然在认真观察这座公寓，这实属罕见，公寓完全被高架桥环绕，严田对着窗外说：再不走就真该堵车了。

就好像刘海东站在窗外一样。

刘海东从沙发上站起来的时候，严田才把脑袋转过来，

走，这就走。刘海东一边说一边从桌上顺了一根烟。

他很迅速，尤其拿烟的时候。

严田说，这包都是你的。

刘海东很不好意思，然后就真的把那包都拿走了，大概也不到一包了。

严田心里想：孙子。

2

刘海东走后，严田给前台打电话，叫人过来倒烟灰。他最讨厌那种不倒烟灰的人，留着，日复一日地留着，难道是对生活的一种纪念？

前台来了又走，走的时候顺便带走了烟灰，之后，严田走到桌前，拿出望远镜。他的办公桌里有个望远镜。这个世界上并不是所有人的办公桌里都有个望远镜。严田为此扬扬自得。

这是一个很高级的品牌，黑色。严田喜欢黑色。他说不清是从什么时候开始的。可能仅仅因为黑色十分单调。单调的都是对的，这差不多算是他的人生哲学了。换句话说，他挺怕麻烦的。就像他这段时间总是要摆脱一个人，但是他做的每件事都是和这个愿望相反的。单调的同时也意味着简单的。望远镜做工精致。他微调焦距之后，果然，刘海东晃晃悠悠地从望远镜里出来了。

望远镜里的刘海东，比真人缩小了两圈，不太能看出是个胖子。和新新影视的大门比起来就更是一个小黑点儿了。小得十分可怜。刘海东在望远镜里稍作停留，就走了，走得义无反顾，严田以为他会多停留一会儿，四处看一看，无论看向什么方向，但刘海东就这样走了，好像要今夜赶路回到上海一样。北京是伤心之地，他不想多做停留。

严田放下望远镜，又摘下眼镜揉了揉眼睛，同时摘下两样东西，他觉得很有成就。把刘海东放在桌子上的名片放进垃圾桶之后，严田又把他递过来剧本放在身后的柜子里，这个柜子两米高一米宽，他想到了一个比喻——剧本坟墓，里面的剧本全是关于爱情的，真是叫人受够了。这个世界病得不轻啊。他又想到婚姻是爱情的坟墓。

另外，还有书堆在柜子最上面，太不稳定了，随时会倒下来。严田一边小心翼翼地放进去之后希望它不要真的倒了，一边在对付自己的牙缝，中午吃的饭卡在了里面，这让他整个人从里到外都不自在起来了。

之后，严田重新回到窗前，刘海东早就不见了踪影。如果他要打到车，也要走出很远，四周都是环绕的高架桥，根本没有泊车位，难道他去了街心公园。他也走得太快了。只有一个沮丧的人才会走这么快。都要离婚了还有什么沮丧的，他十分不解。

也许他真的去了街心公园。

与其说严田对街心公园十分了解，不如说，严田对公园里面的假山，假山四周用过的餐巾纸嚼过的口香糖空的香烟盒十分了解，起码严田也往那里扔过空的香烟盒。如果刘海东抽光了刚刚顺走的那盒，大概也会扔在同样的位置。虽然这种事情不值得提倡，但世界上也不多一个香烟盒不是吗？

街心公园正是坐落在刘海东所说的那座公寓下面，其实严田没有告诉他，自己比刘海东更了解那里，这是一个关于偷情的故事。严田当然没有告诉他。他和自己有关吗？他甚至希望一生都不要再看见这个人，都不要再看见这个烂剧本，这个烂剧本可能拍成的烂电视剧、烂电影，挣得烂钱，烂行业，烂男人、烂女人，所有烂到底的一切。

严田再次拿出望远镜，调焦不准，很晕，眼前事物忽大忽小。

有人敲门，前台过来送东西，严田把望远镜顺手放在身后。门沉闷关上之后他又重新调了焦距。

唯一让严田感到兴奋的是，如果没有刘海东的提醒，自己几乎还没有从这个角度欣赏过它。对面的公寓是一座非常古老的建筑。那座建筑最大的特色就是窗户。白色大理石镶嵌的门框把窗户里的褐色布料提高了至少两个档次。如果你不觉得压抑是错的，那简直可以用欣赏的心情认真对待眼前的一切。窗帘的颜色从里面看要比外面深。靠墙放着黑色木椅，椅背上雕出的花儿，一朵一朵开着。尤其是 205 那间，窗户对面放着一个两扇对门的大衣柜。柜子上有一个恰到好处的镜框。谁经过就照谁，墙上挂着一张油画作品。油画里的女人，皱纹走向很特别。

严田这么熟悉，多亏了毛小静啊。

毛小静就住在 205。

尤其是那张油画，他们每次纠缠在一起的时候都盯着油画看。不止一次，他让毛小静拿下来可是从来没有被拿下来过。她说，不就是一张画吗？严田对艺术一窍不通，可是每次他趴在床上或者踩在涂着深红色油漆的木板上久久凝望着那幅画总是想：面孔中没有一个地方比这个皱纹更动人了。她是谁？她和毛小静认识吗？或者说，毛小静和她认识吗？虽然这样想过，但是他一次都没有问过，他是怕毛小静吃醋，但他竟然把毛小静想成了一个吃醋的女人，他又开始觉得自己很狭隘了。

严田认识毛小静的时候她就住在这里，他们认识快两年了。这种事情谁会记得？记得是十分危险的。毛小静已经青春不多，又很成熟，但是对自己的成熟没有把握。严田感觉自己爱上的就是她的这种没有把握。或者不是爱。他感觉自己睡的就是毛小静的这种没有把握，这让严田感觉自己很有把握。有一种把一切玩弄于股掌的感觉。且十分良好。

虽然这是一个偷情的故事，但严田也不是非爱她不可。只是他想爱一个人的时候，毛小静就出现了，她出现得是那么恰到好处，也不能说是爱，是需要，那种交换的关系和感觉。

想到这些的时候，毛小静的招牌笑容就出现在眼前，出现在窗户上，出现在窗户外，就像很多人不喜欢笑一样，毛小静喜欢笑，或者说，很多人也不是不喜欢，是不会。彻彻底底的无能。就像性无能一样，他们患的是笑无能。人做不出没有理由的事情，这可一点儿办法都没有。笑是一种天分。如果出生没有，就永远没有了。毛小静属于这个世界上在这方面十分稀缺的资源，竟然被自己发现了，严田想。他感觉自己就是一个伯乐啊。毛小静就是那只千里马。他不由得又想到毛小静在床上奔跑的场面，好大的一片草原，在办公室里浮想联翩的时候，他竟然闻到了十分清新的空气呢。

这样想着，刘海东嘴里的舞蹈演员竟然也出现在了严田的头脑里，她真的也住在那栋楼？那没准刘海东也是见过毛小静的，哪怕见过一次。而自己也是见过舞蹈演员喽。就像很多剧本里说的那种擦肩而过？他突然感觉自己和刘海东也有着某种缘分。

　　虽然此时此刻，离下班还有一段时间，但是从来没有人规定严田的下班时间，这也是他一直还干着这份工作的一个原因，只是想到这个原因，他怎么都高兴不起来。他关掉电脑，他总是直接关掉电脑的主机。他心里暗暗期待：持续不断地这样做下去，会不会有一天，轰的一声，电脑就爆炸了，轰的一声，甚至整个房间就爆炸了。

　　去哪儿呢？严田想。如果打算去找毛小静然后再像一个疲惫而满足的男人一样回家的话，他根本不需要考虑，他只要径直穿过道路两旁的树木就可以走到那座公寓，然后再走上三楼。因为公寓的一层叫零层，二层叫一层，所以毛小静的205其实三层，但是三层也罢，四层也罢，都根本不用坐电梯，而不坐电梯的好处显而易见。比如没有人知道他来过。严田不是没有想过，就算有一天毛小静死了，也根本不会有人怀疑到自己头上。之所以这么想，他都归结为看了太多剧本的原因，当情节不知道怎么进行下去的时候，就让好端端的一个女人死掉，而且大多是那些独身的女人，一个人就有一个大house。胸大腰细腿长，除了不像毛小静一样喜欢笑之外，她们简直就是男人的缪斯了。可是不知道为什么，严田从没有爱上过剧本里的女人，哪怕一个，都没有，哪怕一瞬间，都没有。如果不是定期去205，他差不多就要怀疑自己是不是阳痿了。

当然话又说回来，在他们这个行业，阳痿早就不是什么秘密了。阳痿才能说明你是一个成功人士，压力大的男人哪儿有不阳痿的呢？如果你这么有钱都不阳痿，那没钱的男人还有什么优势可言呢？虽然严田知道自己也并不是十分有钱。

严田并不阳痿，但是每次看到开电梯的女人他都紧张。众所周知，这种高档公寓总是有开电梯的女人。报纸上说，这是为了解决就业。虽然他并不经常看报。加缪说，现代人只做两件事：看报和通奸。第一个是代表浅薄，第二个是代表性。城市人口三分之一都在做第二件事。严田知道自己正是这三分之一，他没什么紧张的。除了对开电梯的女人。

开电梯的女人总是喜欢观察男人，从鞋尖望到头顶，每一寸，严田十分清楚自己的外貌：人到中年，是那种可以让一部分女人迷恋的类型，但绝对够不上让一大部分女人迷恋。大概是这个原因，他只坐过　次电梯之后就再也不做了。他知道，开电梯的女人就是那一部分女人之外的另一部分。谁也禁不起推敲。所以严田总是亲自爬到三楼，别说三楼，就是三十楼，对严田也不在话下啊。他有了一种古怪的论调：只要还能爬上三十楼，就还会有女人前赴后继地任他选择。他多希望毛小静搬到三十楼啊。

严田有很多类似的古怪的论调。有一年，他一个人到了西藏，然后整个人都不好了，他相信这证明了他身体是多么好啊，而那些毫无反应的人其实已经大难临头了。就像一个人平时吃两碗饭，到了西藏缺氧，只吃一碗饭，所以当然不舒服，但是吃两碗饭的人总是比吃一碗饭的人更加年富力强不是吗。虽然在那之后他再也没有踏进过西藏一步。

严田想了很多，但是那天，他们终于没有见面。

要不要见面的这种担心在最近半年显得很频繁。他感觉自己快要老了。就算爬上三十楼也还是快要老了，站在公寓的零层，他突然想到刘海东，是不是也像自己此时此刻一样，傻乎乎地站在这里，等待他的前妻出现，那个舞蹈演员。这样想着，刘海东的长相就又出现在严田的头脑中。这个世界上总有一些长得像猪的男人在日女人方面颇有一套呀，他竟然睡了一个舞蹈演员。严田突然觉得刘海东也不是这么悲惨。虽然眼下的事实是，他们要离婚了。

严田就这样在零层停留了很长时间，既没有上去也没有不上去，但是他并不打算停留太久，他担心碰见舞蹈演员。他总是觉得自己会一眼把舞蹈演员认出来，如果认出来，自己是不是要和她打一个招呼呢，然后告诉她：我也认识刘海东。

而且刘海东告诉过他，舞蹈演员就住在四层。

自然，严田对这种巧合十分惊奇。

因为到了他这个年龄，惊奇比什么都重要。有一次喝多了他想：如果死亡能带来惊奇，他都愿意去死死试试。不过第二天酒醒之后，他就为自己的冲动感到十分可笑，是啊，死亡当然能带来惊奇了。不光给自己带来，还给别人带来。想到还给别人带来，他就并不十分想死了。他活了这么多年，这么多月，这么多天，还没有想过真的为什么人去死。是不是从来没想过死就证明从来没有活过呢？但是这足以证明，自己是个多么自私的人，呵呵。而一个自私的人就更不用去死了。想通之后，严田就又活得十分惬意了。他甚至感觉自己已经死过一回，获得了某种通过死亡也只有通过死亡才能有的经验。这种认识不得不说是十分珍贵的。这样更让他坚定了酒精带来的好处。

严田常常喝多。

他想不出不喝多的理由。

毛小静也经常喝多，所以说他们的关系也许更像是酒友。两个人经常在205推杯换盏。毛小静喝多之后总是笑，各种形式的笑。如果弯腰笑的话，就会把腰露出来，好像腰也跟着笑了，她有腰窝，就像酒窝长错了地方。但是她平时也总是笑，所以严田无法从这种表情里判断她是不是真的喝多了。

喝多之后他们会做爱，严田以为这是对一个喝多了女人的最好安慰，但是他从来不敢想，这是不是也证明了彼此依然不了解。

这样想着，严田竟然不由自主地爬上了顶层。虽然没有三十层，但也有十几层了，这再一次证明了自己的年富力强。

风光无限好，他上去之后不由发出这种感慨。

天气十分炎热。楼下视野中的房子和树木正在波动，看来对世界上的某些形容词是准确的，比如热浪。运送冷食的面包车急速驶过。就像一辆救护车。严田吃过那家面包店，想到食物的味道，他此刻心中突然泛起一股柔情，但这又让他觉得多此一举。

什么都没有发生。

他希望发生什么呢？在顶层做了短暂停留之后，他重新回到楼下，自然，又一次讲过了205，他当然没有进去。

就这样，他轻轻松松地走出了公寓的大门，他因为自己的猥琐反而觉得十分轻松，毛小静就住在里面，但是他竟然就这么出来了，出来之后，他的第一个动作是点烟，靠着楼梯门口点烟。如果正好此刻有一个天真烂漫的女孩儿路过，大概会多看上两眼。并且，此刻真的有三三两两的人从他身边走过，住在这座公寓里的大多出手不凡，他又想到刘海东嘴里的舞蹈演员。想得如此深入，甚至想到了刘海东的那张嘴和那张嘴里的牙。那可真是一口烂牙啊，搞不好舞蹈演员就是因为烂牙和他离婚呢，他想自己都从来没有睡过一个舞蹈演员。如果是跳芭蕾舞的，那她一定有两条天鹅般的小腿（要真是天鹅的小腿搞不好也十分恶心）。严田抽了两口之后把烟掐灭，又回头望了望天空，他第一次发现，这座公寓真的比天空还高，虽然只有十几层。天空灰蒙蒙一片，总有人抱怨这个城市的空气太糟糕，只有戴上口罩才是万全之策，但是严田想，他们难道打算活着走进下个世纪？手拉手走进下个世纪？

严田从来不把烟抽完，他想给自己多留几条后路。

但是扔掉手里这根之后烟盒里就空了，他有点后悔一个小时前把另外一盒给了刘海东，再过一个小时，他担心自己连

"刘海东"三个字都想不起来了，好端端地把一盒烟就这么给了陌生人，他下意识地耸耸肩膀，又用脚碾碎了刚刚扔在墙角儿的烟头，碾得十分碎，他根本不想给自己留什么后路。

3

再次见到毛小静，是两周之后的一个傍晚了。用严田的话说，那个白天他太疲劳了，他必须找毛小静，只有毛小静可以缓解这种疲劳。虽然他已经开始感觉紧张了，但他们一见面还是开始慌乱地亲吻。毛小静的嘴唇在严田身上缓慢滑落，接着开始咬他抓他，严田骂她贱货，她才停下来，严田明显感觉这一次很艰难，毛小静把自己的身体紧紧挂在严田的身体上，然后笑个不停。

和我做爱就这么搞笑吗？严田想。

是很搞笑吧。他自问自答。

接下来，两个人省略了细节进而疯狂地发展。这并不是因为他们有多么相爱，或像文学作品中描写的那种没有未来的关系，希望通过性铭记此时此刻一样。实际情况比这要简单得很呢，毛小静身材一流，胸部更是很难让人一手把握。而严田正像很多人一样，觉得这让人感到安慰和无休无止，充满力量，而且贪婪。这种安慰里也略带伤感，严田用手划过毛小静的后背，他想到庖丁解牛，清虚的脊椎的轮廓，但是严田清楚：再过几年，毛小静就会不可避免地衰老下去，也许一夜之间。这个世界上的很多事不是都发生在一夜之间吗？想到伤感的事情，他总是更加努力，用毛小静的话说：他们又来了一个回马枪。

之后，严田把整个身体埋在毛小静的胸前。鼻息细微划过她的皮肤。再安静一会儿就可以睡着了。关于未来的决定他一直没有机会和毛小静说，一方面，他觉得根本不用说，根本不用打招呼，甚至连一个眼色都不用，如果有一天突然做出什么决定的话，那只是事情必然的结果。毛小静又不是一般二般的女人，就算自己有一天走了，也还是毛小静会更潇洒一些。搞不好毛小静比自己更像一个男人呢。长了胸难道就不是男人了吗？他偷偷看了一眼自己的胸，扁平而苍白。但是另一方面，他又下不了决心。

毛小静正用舌尖撩拨严田的眉毛，亲吻他的眼睛。他的眼睛总是在镜片下面，所以是从来没有人亲吻的神秘地带。严田说：湿乎乎的，都看不见了。

直到严田浅睡过去，他还是什么也没有说。

醒来的时候，是晚上九点，明天这个时候，结婚九年的老婆就会从南京乘坐绿皮火车缓缓到达，老婆连高铁都不想买。想到这些，严田就知道这个女人只能给别人当老婆了。或者说，只能给自己当老婆了。明天自己去接她。然后安顿下来，如果不是太累的话，他们应该像夫妻一样生活。

这九年来，他们一个生活在南京一个生活在北京，不离婚的原因就在于他们随时可以离婚。而这两座城市的距离也恰到好处，既不太远也不太近。这正是天意啊。想到"天意"两个字，严田打了一个哆嗦。毛小静问他，冷吗？宝贝。

宝贝，宝贝？竟然叫自己宝贝？严田又打了一个哆嗦。

这下毛小静知道他真的是冷了。

毛小静当然知道严田是有妇之夫。还知道他的老婆叫齐玲玲，就算离婚了，毛小静也不会和严田在一起，所以他们最好不要离婚。她突然想到"宁拆十座庙，不破一桩婚"，又想到"路遥知马力，日久见人心"，觉得十分好笑，于是又笑了起来。

快十点的时候，严田准备离开。毛小静从来不送他。提上裤子之后严田又一次看见了墙上的那幅画，画中女人的皱纹走向很特别。反正就要结束这种关系了，如果在这么下去，自己非要认识画中的女人不可了。

你还是不喜欢？毛小静指着问他。

我干吗喜欢她啊？她又不是活的。严田说，不过你喜欢就好。他说出这句话之后觉得自己已经在两个人的关系中掌握了全局。

再来什么时候，毛小静帮他别上腰带说，你胖了。要在倒数第二个扣眼了。原来都是倒数第一个（"倒数第一个"这个说法颇为新奇，不就是最后一个吗？）。

严田低头看了看自己，说，胖点儿好。又说，来的时候你就知道了。

嗯。毛小静应了一声。

直到门沉闷地关上。

但是突然，几秒钟之后，毛小静又从里面打开一条缝说，严田，要是太忙就忙你的。

严田迟钝地应了一声之后才敢松口气。他不知道毛小静的决心是从哪儿来的。还是自己已经破绽百出。

但是这样多好，反而给了自己力量。

伤害一个人也需要优越的条件，自己有吗？严田把腰带重新别回最后一个扣眼之后他对自己说，就这样吧。

咚咚咚，他下了楼。反正只是三楼。

4

第二天九点，非常准时，齐玲玲坐着绿皮火车就从南京咣当咣当地来了，距离他们上次见面过了不到两月，上次是严田去南京开会，说是开会，其实就是去拿一笔制片费。

齐玲玲这次打算长住，她拿了不少行李。看上去对未来十分乐观。这种未来主要是指的两个人的关系，所以可以说，看上去她对两个人的关系十分乐观。严田不由自主地攥紧了拳头。

所有行李都在吧？严田拎起一个包说。

有些就放在南京了。

跟单位里说好了？

说好了。

先住下来吧。北京也有事儿干，你可以干的事儿也不是没有。

虽然话这么说，但严田心里比谁都清楚，齐玲玲能干什么呢？北京比她想的还要大。她知道哪儿卖盐水鸭吗？

来北京这么多年，严田早就换了口味。有一天他突然不喜欢吃盐水鸭的时候，他知道自己属于这里了。

嗯。齐玲玲说，你知道，我不是非工作不可。

嘿。严田心里想。这话是从何说起呢？虽然自己对老婆并不十分了解，这么多年来总是聚少离多，但也略知一二，齐玲玲什么时候成了非工作不可的女人了？

但是如果她不工作，那自己就真大难临头了。想到这个近在眼前的事实，严田又出了一身汗，冷汗，一丝一丝地从毛孔里往外冒。很快晕成一片，黏糊糊地贴在后背上，就像穿了一层塑料雨衣。整个人都不自在了。齐玲玲非常体贴，问他是不是太沉。严田说，老了。

他想到仅仅昨天，毛小静问过他一句大同小异的话——冷吗？

他不知道为什么自己遇见的女人都会在关键时刻表现得异常温柔。难道是她们商量好的。她们凭什么商量好呢？谁给了她们这样做的权力？

怎么我一回来你就老了？齐玲玲伸出一只手偏要把包抢过来。严田说不用不用，可是又不十分坚决，一来二去，包就掉在了地上。

干脆原地不动歇会儿吧。严田说。

你瞧，都脏了，齐玲玲飞快地把包捡起来。

你自己是不是没好好吃东西？齐玲玲拿着包质问。

只要一见面，只要一见面，两个人就总会发生这种质问，严田十分沮丧。

　　而他现在就已经开始为刚刚那句话后悔了。他发现自己最近经常说些傻头傻脑的话。什么叫老了？这等于跟老婆宣布一个事实——怀孕大概也不会一击必中吧。再说，齐玲玲过来的主要目的不就是这个吗？（难道还有什么更加深刻的目的？）如果这件事情不能旗开得胜，那真是出师不利啊。从怀孕，严田突然想到了小蝌蚪，他想到一个小蝌蚪在齐玲玲的肚子里游啊游啊，游来游去，他突然觉得整个人都变得凉爽了。

　　再说，勤能补拙嘛。

　　只是想到勤能补拙，严田一下子又觉得自己老了十岁，于是他像个真正的老人一样叹了口气，很轻，但还是被齐玲玲发现了。

　　怎么了？齐玲玲问。

　　不问不要紧，一问真是让人火冒三丈。好像自己真的老了十岁一样。如果这会儿再有一双手温柔抚摩他的话，他一定会失望得一塌糊涂。当然这种失望首先是对自己的，然后，是对毛小静的，而至于齐玲玲，他想，这个女人还不知足吗？

　　换句话说，她敢不知足吗？

　　虽然上次见面他们并没有履行夫妻的义务，但是这能成为不知足的理由吗？还有什么奇怪的夫妻结婚九年会履行义务呢？夫妻的秘诀很简单，一个词——相安无事。

　　齐玲玲重新拿起包之后，严田走在了她后面。平心而论，如果只是看身材的话，齐玲玲也可以得个九十分了。

为什么不是一百分，严田也不知道。当他想这个问题的时候，他觉得其实也可以是一百分。

但是一百分总是没有九十分更有意味。所有得一百分的人都离死不远了。想到这，严田觉得自己十分仁慈。

可是如果走在正面的话，就会得到完全不一样的分数了。重点是那张脸，那张脸上的皱纹，严田感到不寒而栗。不笑的时候看不出来，所以严田没打算聊点儿什么开心的事儿，再说，他们都是老夫老妻了。齐玲玲也并非缺乏各种保养品，可是那个皱纹啊，眼角的皱纹啊。严田突然想起了毛小静墙上的那张画。画里的女人皱纹走向很特别。但是他不允许自己再想下去了。

拿着大包小包回家之后，齐玲玲就开始左洗右洗。好像严田既不会洗衣服也没有本事找个女人来给他洗衣服一样。齐玲玲把洗衣服的特权等同成了生育的特权。不然她为什么洗得这么欢快。齐玲玲的口头禅是洗衣机就是一个桌子，所以此刻她的手上布满了泡沫，雪白的泡沫，严田想到了一些童话故事。顺着童话故事，他竟然想到了那个写剧本的刘海东，他到现在都不知道刘海东到底写了什么童话故事。

严田坐在沙发上，闭目，想着刘海东的剧本和更多其他的事情。他知道：齐玲玲正在眼前走来走去。这个女人竟然对自己房间的所有角落了如指掌。严田很怕齐玲玲这样，洗完衣服之后，她差不多要把每一块儿瓷砖都刷干净，还有床底下一般人（或者说是正常人）很难察觉的袜子，她总是一找就找到了。齐玲玲找到袜子之后高高举起，说，我是不会让别的女人找到你的袜子。

不就是一双袜子吗？严田靠在沙发上想：你以为会有人跟你抢一双袜子吗？

他这么想的时候，不由得把两只胳膊伸直搭在了沙发上。闭上双眼，他想象自己肯定很像一只海鸥。他想起一本家喻户晓的书——《海鸥乔纳森》。那本书讲的是一只鸟竟然以为可以把握命运，哈哈。

我把这弄一下，你手挪开。几秒钟之后，齐玲玲拿着抹布走过来。把整个沙发的靠背擦了一遍。

这个沙发从自己搬进来就有了，可是从来没有人擦过这个位置。从来没有，沙发上竟然有这个位置。严田觉得不可思议。

他只能一动不动地坐在原处。不如说，他已经不敢动了。但是他不知道继续保持这个姿势的话，齐玲玲会不会干脆把自己浑身上下擦一遍，就好像老公依然是崭新的一样。必要的时候，甚至可以闪闪发光，一摸就亮。

直到半夜，齐玲玲大功告成，她叉着腰站在屋子中央，从现在起，她就要占据这里了，如果她这会儿在屋子中间撒泡尿的话，严田保证自己也不会十分吃惊。

但是仅仅两分钟之后，齐玲玲突然指着茶几很认真地说，这个，就放在这里？这句话的意思是不能放在这里啊。说着她就给一口气挪到墙角。她只是通知一下严田，通知一下已经很给面子了。于是屋子中间顿时空出了一大块地方，就像一个斑秃的人，看上去十分严肃。严田又是浑身一冷，他感觉自己从来就不属于这里。他起身站在空荡荡的屋子中央，十分迟疑地说了一句——那就不放在这里了吧。

这句话在空气中挥发了很久之后严田走过来抱住齐玲玲，如果不抱住，她准会把家里所有的东西都改变位置。齐玲玲把小脑袋卡在他的肩膀上，从后面看，就像严田的肩膀上长出了两个脑袋。

接下来，这两个脑袋就并排走进了卧室，齐玲玲让严田脱外衣外裤，如果不脱外衣外裤是坚决不能做爱（她竟然以为两个人会做爱？）。躺下之后两个人又说了会儿话，严田很快就睡着了，反正，他们有的是时间做爱，以及生个孩子。

或者，生两个。

一男一女？严田从没有认真对待过这个问题。再说，自己都这么老了。

早知道现在，应该九年前就把任务完成。甚至可以说，严田是不无懊恼地睡过去的。

那天之后很久，严田都没再找过毛小静，他心里明白，反正他随时可以找毛小静，所以就并不十分着急了。但是他并不想给自己找麻烦，而毛小静搞不好也正和什么别的人搞在一起呢，这样一来毛小静会不会把自己和别的人比较呢，那可真是大事不妙。

另外，毛小静作为女人的最大优点就是几乎从来不给男人打电话。

于是他就像获得了恩赐一样，获得了一段平静的夫妻时光。

5

几天之后的一个下午，严田正在办公室，无所事事，诸多项目无法推进，可是还轮不上他着急，他明白，这事上他是太监不是皇上。前台电话接进来，说：有人找。

前台新换了小姑娘，声音十分甜美。但是严田有把握：反正也做不长。他们都是年轻漂亮的，可是也不大会有什么出息。所以严田就连他们的姓名都不想知道了。

来的不是别人，正是刘海东。前台电话刚挂。刘海东就破门而入了。没有词比破门而入更准确，严田想，好危险啊。

刘海东进来之后十分体面，穿着打扮，并不像一个多月前见过的样子。好像也没喝酒。

严田。"田"字拖得很长，很长，看上去并无不妥，刘海东直接过来握手。

见过见过。严田点头。

您还记得我吧？

记得记得。严田再次点头。

严田很害怕他这样掏心掏肺。他害怕的事情并不多。对，但这是彻彻底底的害怕。他不知道自己能掏出什么来。于是他说，我让前台倒茶。你可别睡着。

啊哈。刘海东说。

走出房间，严田竟然对自己还记得他的名字十分惊讶，他觉得自己可真是记忆力太好了。

严田是亲自出去拿的茶，拿了很久，好像拿了很多茶的样子。他其实只想出来透口气。并且，他竟然十分无聊地问了一下新来的前台几岁了。前台说，二十二。他想，不爱读书啊。但是他没有说出来，他说，二十二好啊。好啊。好。好。啊。啊。于是就再也无话可说了。

重新回到办公室之后，严田依然不知道刘海东凭什么来，怎么连电话都不打，后来又想可能是自己根本没有给过他电话，对，没给过，自己为什么要给他电话呢？他为什么来呢？无论是因为他的前妻还是剧本，都不必再来。他的前妻，严田想，那个舞蹈演员呵呵。

虽然严田不是十分看得起刘海东，或者说，十分看不起，但也没必要轻视一个看不起的人。万一，只是说，万一，有一天他飞黄腾达了呢，严田想。这可说不好。

刘海东挨着他耳边咂摸一口茶，又咂摸一口茶，说，普洱？

如果说每个人身上都有一个符号，那刘海东的这个咂摸声音就是他的。尿炕改了这个声音也改不了，死了也改不了，严田想。

你来因为——? 严田随口一问。问得十分诡异，他自己都感觉到了这种诡异。

你看你，多严肃，我就是不能来了吗？说完他又发出一长串呃摸的声音。

啊哈，我知道了，刘海东说：你忙，我知道你忙，顺便，我就是顺便，都说"无事不登三宝殿"，可我真没事。

没事你还来。严田竟然开始有点儿苦闷了，还喝吗？他指着刘海东的杯子说。

这就行，这就行，普洱我一喝就醉了。醉了就不好了，是吧，啊哈。

啊哈。严田也跟着发出这种怪声怪气，两个人啊哈了很久。

我跟我前妻复婚了，刘海东突然说，上次从你这出来之后，我整个人就焕然一新了。

好事啊，严田说出这句话之后自己都觉得十分虚假。

啊哈，别谦虚，一谦虚就把我当外人了，刘海东说。

你什么时候是自己人了？严田想。你是什么都没做，可你说不怪你怪谁，巧不巧，我那天就是从这走出去。也不知道哪儿来的劲儿。

酒劲儿吧。严田说。虽然这次刘海东并无喝酒，但是拼命回忆的时候，严田竟然回忆起来的是他的满嘴酒气。还有他的嘴，他的牙，他不由得双手在空气中扇了扇。

酒劲儿，对，就是酒劲儿，我就靠着这股酒劲儿又上去找她去了，所以你说，酒真是好东西，好东西啊哈。

也怪没劲的，严田心里想。

我们俩就不该离。离就是误会，要不是误会，也不能复婚是不是。啊哈，刘海东接着说，说完之后又咂摸了一口茶。今晚。别推，推就是看不起我。我们夫妻请你吃饭。我们就要回上海生活了。刘海东说着自顾起身。很自觉地走开了。

严田想，真他妈的。有病。病得不轻。

我现在就去接老婆，就你楼下。七点！不见不散。说完，刘海东又蹭了包烟。

严田想，狗改不了吃屎。

刘海东已经对这里十分熟悉了，根本不用送，他走了。就这么神秘地来了，又神秘地走了。把严田一个人扔在了这里。

他走后，严田从抽屉里拿出望远镜，果然，没一会儿，刘海东就又出现在望远镜里。从低往高，他把望远镜对准了那座公寓，205还是拉着窗帘，非常严密。严田又把望远镜调高，调到三层，但是他很害怕舞蹈演员也突然像刘海东一样出现在自己的镜头里。严田给老婆打了一个电话。他说，加班。

齐玲玲已经来了快半个月，他们都还没有做过爱。有几次是齐玲玲不方便，有几次是严田加班。他说的加班就是和别人吃饭的意思。虽然在以往，这两个字意味着去找毛小静，消遣消遣。

加班，"加班"这两个字真是太好了，严田不由得想，他一下子想了很多很多。他甚至想到了他的本行，但是他对影视的判断从来不重要。他当然明白自己的角色，制片人——就是让钱从无到有再从有到无。

通常都是从有到无。

简单吧？他不无讽刺的在屋子里笑了起来。啊哈。

他发出这个刚刚习惯的口头禅之后就下楼了。

前台正在涂指甲。头也没抬。

距离晚饭还有很长一段时间，严田十分不想去，但是刘海东有种魔力，不给你拒绝的魔力，如果你拒绝的话他就会变本加厉，绝不妥协。

但是这么傻的人在自己周围并不常见，傻的意思就是偏执。或者说，傻 × 的意思就是偏执。所以严田倒也产生了某种愿望，一探究竟的愿望。

另外，也该见见毛小静了。

他直接去了 205，并且，开门见山地告诉毛小静，收拾收拾，跟我吃饭去吧。

这个决定非常突然。

毛小静正穿了一件乳白色的高领毛衫，看上去没穿内衣，严田摸了一把，毛小静告诉他，别摸了，没穿。穿了也得脱。毛衫很长，把大腿都遮住了。

严田问她，冷吗？

就好像是对几周前毛小静那声安慰的一个迟钝回应。

说着，毛小静回卧室穿了秋裤。

是不是不喜欢我穿秋裤，她说。

严田看了看想，确实不喜欢。

要是和你那些朋友我就不去。毛小静给严田倒水的时候说。

我那些朋友？严田十分纳闷儿，朋友？我有朋友吗？于是他说，客户。

在他们认识的两年中，毛小静极少和严田在公开场合出双入对，作为一家影视公司的制片人，身边出现一两个女人谁会奇怪呢？何况还是一个漂亮女人。无论他们是什么样的关系，这正是自己应该得到的。

但是他们竟然都没有这种虚荣心。

而毛小静丧失的这部分虚荣心正是她十分性感的地方。

就这样，两个人坐在沙发上喝了一杯茶。严田想起刘海东喝茶的声音，就说，普洱？

毛小静说，我倒觉得很一般。

于是两个人又喝了一杯。

其实严田很想问她，最近好不好？（好像应该问这么一句）

但是他问不出口。他不想让别人误会自己，也不想给自己错觉。

沉默了一小会儿之后，他说，齐玲玲回来了。

你们做爱了吗？毛小静说，她一边说一边用手一遍一遍，一遍一遍翻着自己毛衫的领子，好像挡住了她的呼吸一样。

嗯。严田点了点头。然后他又咕咚咕咚喝起茶来。

另外，他突然发现自己也能发出刘海东的声音了，他竟然很兴奋。

你喝水声真大。真没素质。

是吗？严田说。接着，他又这么喝了一口两口三四口。竟然越喝越来劲了越喝越欢喜了。他不知道自己为什么要骗毛小静，骗毛小静有好处吗？没有，绝对没有，两个人的关系一开始就是骗来骗去的，他们根本就不是在诚实中往前走，他觉得渴极了。

再给我来一杯，他说。

你是来我这喝水的我算看出来了。毛小静说着，就把嘴贴了过去，在严田耳边吹了口气问，你不想吗？

啊？严田完全没有反应过来。他知道自己还沉浸在刚刚发出的粗鲁声音中。或者说，这个声音十分男人，刘海东也就自然成了男人的代言人，想结婚就结，想离婚就离，想复婚就复，潇洒啊哈。

严田感觉自己也应该变成了一个粗鲁的人。粗鲁的人才是男人，粗鲁的人理所当然地可以拥有两个女人，一个负责生孩子，一个不负责生孩子，而不必像此刻一样，他不由得幻想起来。

可是粗鲁的人怎么能和毛小静做爱呢？

此刻，裹在乳白色毛衫里的毛小静看上去十分干净，走在街上一定没人能想到她是这种女人。她到底是什么样的女人呢，严田觉得还不是盖棺定论的时候。

除非毛小静死了。

这已经不是他第一次这样想了。可是站在眼前的毛小静，看上去比谁都好。大概还能活一百年。

进去吧。毛小静把毛衫的下摆从大腿往上掀，就像掀开一层窗帘，严田心不在焉地搓了两把。又把她的胸握在手里转儿了几圈。他感觉自己正在盘一个老核桃。严田属鼠，传说一个人盘了太久核桃之后，核桃里就会变出属相，比如变出一只活蹦乱跳的小老鼠。

其实毛小静的胸并没有大得夸张，而严田也并不迷恋这些。再说，毛小静的胸如果长大，小腹还能这么平坦吗？他想起一组科学数据，中国女人的胸和小腹都是成正比的。在小腹和胸之间他自然选择前者，他认为这种选择证明了自己身上残存的一点文艺气息。

假以时日，他可能也会贪图一对巨乳，十分凶残地把整张脸填进去也不一定。他觉得刘海东就是这样的人。并且想到了全部画面，搞不好舞蹈演员就有巨乳呢，啊哈。如果刘海东的剧本是报告文学的话，他简直想读一读了。

盘了一会儿核桃之后，他又把手滑到毛小静的脑袋上，开始给她梳头发。毛小静的脑袋比齐玲玲略大，这也是他断定前者比后者更聪明一些的原因。聪明的人是不需要被负责的。

在给我大保健吗？毛小静对严田给自己梳头很不理解也不想理解。

于是站起来说，晚上我不去。

生气了？

我生气？别自作多情了。

说着毛小静扑哧就笑了。严田就是喜欢她这点，无缘无故地笑。

问你正经的。齐玲玲找到可以干的事了吗？毛小静把衣服抻平，重新坐回各自的位置，挺认真地说。

她不用干事。接着，严田又补充一句，你以为她像你这么能干？（这句话真是一语双关）他又发了个啊哈。

你长毛病了，毛小静十分不屑，这种不屑是发自内心的。

严田并非毫无察觉，他又说，齐玲玲每天就是喜欢擦桌子，没完没了地擦，平均每张桌子擦十遍？

严田知道自己这么说虽然有点夸张，可是也并不十分夸张。

你桌子很多吗？毛小静问。

严田向四周看了看说，还是你的桌子更多一些哦。

他对这个"哦"字十分满意，这摆明他和毛小静的关系，毛小静在各个方面都略胜一筹，但是自己想不要她就可以不要她。一个小时之后，他带着这种满意下楼了。胳膊上还挎着一个毛小静，毛小静脱了秋裤，看上去又恢复了婀娜。

楼下就是那家餐厅。

与其说严田不想吃这顿饭，不如说他不想在这家吃这顿饭。这家餐厅离公司太近，总是碰见进进出出的同事。他知道自己跟同事没话。所以每次只能低头吃饭。谁会和同事成为朋友呢，还欢歌笑语？何况自己是个不大不小的领导。他不由得发出这种阶级之论。

十分准时地，刘海东出现了，还有舞蹈演员，这也是第一次出现，舞蹈演员跟在刘海东身后，严田不由得把毛小静搂得更紧了。毛小静很享受。

舞蹈演员把自己的眉毛刮掉之后又用黑色铅笔画上了两条。

严田用手擦了擦眼镜片想，难道她以为我看不出来？既然这样想了，严田就干脆盯着两条画出来的眉毛看了很久，直到双方都不好意思起来。

吃饭的时候，齐玲玲的电话来了，严田用左手挡住嘴巴发出很多啊哈开会啊哈开会的声音。毛小静用脚踩他说，别编了。

舞蹈演员十分不爱说话，低头吃饭，抬头的时候，眉毛触目惊心，严田想，刘海东可真不是一般的男人啊。一个能和这种眉毛的女人搞在一起，怎么会是一般男人呢？这样想着，严田不由对他多看了几眼，只要严田看一眼，刘海东就要多喝一杯。

所以四个人里，刘海东最先喝多了。

舞蹈演员滴酒不沾，严田正常发挥，毛小静呵呵乱颤，依然很难分清到底是喝多了还是没喝多。喝多之后的刘海东突然拍着严田的肩膀说，今天这样好像不太对哦。你看，我带的可是原配啊哈。

但是他为什么要这样说呢？严田想，我可还没喝多呢。于是举杯说，毛小姐，我祝你们再婚。在这样的时刻，舞蹈演员在严田眼中只剩下两条黑乎乎的眉毛。于是也就自然成了毛小姐。毛小姐的脸突然变红，从白变红，整个人看上去就像一团火，随时会准备燃烧起来的奥运火炬。

好像不是毛小姐，毛太太，应该是毛太太，毛小静说，那我也姓毛怎么办？

四个人哈哈大笑。

毛小姐的眉毛拧在一起，严田瞥了一眼，想到这种长相竟然也是舞蹈演员，醉意瞬间就烟消云散了。

两个人就一直这么过下去了，不闹了，刘海东说着又敬了一杯又一杯，左一杯右一杯，四周仿佛弥漫起了邓丽君的歌曲——《美酒加咖啡》。

而舞蹈演员对喝多的刘海东很不耐烦，不断摇晃着双脚。感觉她的腿和她的屁股都在摇晃。桌面上的火锅跟着一起煮熟了。严田对这个女人十分失望，但是这种失望增加了他对自己处境的满意程度。

刘海东看上去很喜欢吃肉。他说起话来，喋喋不休，比那些年老色衰女人的乳房还要长。

那天晚饭自然十分愉快。

因为正经的事他们一句没说。

喝酒喝酒再喝酒，胡说胡说再胡说，他们能有什么正经的事呢？严田明白，他怎么会和刘海东做朋友呢？明天一早，他们就又是两个世界的人了，但是这样一个夜晚，当四个人酒足饭饱走在各自回家路上的时候，严田竟然想到华灯初上。他就像一个没有家的男人一样，虽然他并没有肚子，但还是把手放在了肚子的位置上，玩弄着。

舞蹈演员和毛小静走在前面，走在夜晚的路上，刘海东和严田走在后面，前面的两个女人就像在跳舞。一个步子很大一个步子很小。步子很大的走得慢些，步子很小的走得快些。

两个男人跟在后面，醒酒。

直到半天之后，刘海东突然问严田，肾怎么样？

严田十分吃惊，他想，我有和他说过不好吗？我们难道这么熟，成了无话不谈的朋友。发小？甚至可以交流肾。

刘海东接着说，肾还是挺重要的啊哈。

啊哈。严田说。

啊哈。严田又说。

他大概指的就是那个吧。

其实他想说，我的肾也不是太好。但是他并没有说出口，因为他觉得刘海东不是那种守口如瓶的人，搞不好有一天，自己在圈子里就真成了一个肾也不是太好的人，所以严田只说了一个——马马虎虎吧。

刘海东看上去对这个答案非常满意。

两个女人此刻走在前面，毛小静不时地回头看严田一眼。这一眼的意义十分明确。你是要把整个夜晚浪费了吗？

严田并不想浪费整个夜晚，他只是在想一个结束的理由，前面很快就要到十字路口了，严田打算明确地告诉刘海东，自己要回公司加班了，这次是真的加班，啊哈。

快到十字路口的时候，刘海东又突然问严田，你说她们聊什么呢？

他说出这些话，既是在考验他的耐心，也是在考验别人的耐心。

严田说，女人嘛，还能聊什么？

刘海东也跟着重复起来，是啊，女人嘛，然后又跟严田说，我反正也喝多了，趁着酒劲儿给你展示展示吧。身上有疤，严田说看不出来，于是刘海东让他摸，隔着衣服，于是严田就摸了，这也是他第一次摸一个男人，疤就在肚脐下方一寸的地方，于是严田把刘海东的肚脐也给摸了。

刘海东说，不错吧。

严田说，不错不错。

这种口气就像他很遗憾自己为什么没有疤。

刘海东用下巴往前探了探说，为了她。然后又从钱包里拿出照片给严田看，浅褐色泽，荷叶边，照片拍得十分不好，两个人的合影里还挤进了一个别人的腿，合影里的舞蹈演员比现在看上去更精神一些，可能是没画眉毛的缘故。

于是严田说，老夫老妻了。

刘海东马上把照片收好说，再跑一次就谁也别活了，啊哈。

严田不知道应该如何理解眼下的这句话。然后他们又聊到了狗。

严田什么都没说，刘海东开始喋喋不休说他的小狗，每天伸着舌头等主人回家，老婆不在的那段时间，小狗都茶饭不思了，其实他不说严田也是这样想的，有一句老话叫"什么人玩儿什么鸟"，也可以换成"什么人玩儿什么狗"，刘海东的狗一定是那种急于讨好主人的小狗。

天气十分冷，马上就要走到十字路口了。

严田感觉胜利在望。虽然自己并不讨厌和刘海东这样并排走在一起，何况前面还有两个苗条的姑娘，就在他们不远处的几米。可是自己没有喝多，清醒的人没有办法装作享受眼前的一切。刘海东望着远处说看见山了，这么黑了，可他偏偏指着一团雾气说，看见山了，严田还能说什么呢。

他们早就应该告别了。

他们终于告别了。

告别了刘海东和舞蹈演员之后，严田并没有和毛小静回家，他们也像很多人一样在十字路口分开。毛小静在严田的后背上使劲抓了一下，她非常了解严田的心情——他早就想摆脱自己。所以她这一抓十分坚决，严田的后背瞬间就像被火烧过一样。为了不浪费更多时间，他们只能浪费这一个夜晚了。

6

那天之后，严田就和刘海东失去联络。

这是十分正常的。严田想，他们反正是要一起回到上海生活了。有时候坐在办公室里，看着对面的公寓，205，或者四层，或者顶层，严田不由得发出感慨：祝你们幸福。

齐玲玲搬过来很长时间了，无所事事，肚子一直没有鼓起来，因为他们就没有这种机会，互相洗洗爪子之后也像模像样地有过几回，可是肚子就是一直没有鼓起来，这件事的后果让齐玲玲开始信佛了，只要周末来临，她总会去庙里拜。虽然她并不需要周末，她的每天都是周末。可是严田需要，于是周末到了，两个人就可以去庙里拜。到底什么佛管这种事，谁都没有把握。严田也不知道自己还相信什么，他想自己什么都不相信。其实有钱的人总喜欢说自己什么都不信了就信钱。但是严田知道自己还没这么有钱，还有救。

　　只是想到这些的时候，他总是容易痉挛，先是从后背开始。这种痉挛在最近一段时间十分频繁。所有的抑郁症患者都有一个共同特点：总是容易后背痉挛。可是严田知道自己根本不配得抑郁症。

　　但是痉挛的感觉十分强烈，以至于很难让人相信这是自己的后背。

　　或者说，严田感觉自己有了两块后背，一块属于被毛小静抚摩的。而另一块属于现在，他整个人蹲在地上，齐玲玲认真拜佛的时候，是不会看见他的。他蹲在地上比尘土还小，或者说，她是不愿意看见他的。自己的肚子迟迟没能鼓起来，严田也有二分之一的责任。

　　除了偶尔的痉挛，他们的生活倒是一如既往地平静，他们一直是平静的。并且要永远平静下去了。平静是好的，毛小静会慢慢从自己的生活里，或者说性生活里消失。而齐玲玲并没有义务补充这种消失。齐玲玲还是喜欢擦东西，可每次都要把一些东西擦坏，擦坏之后严田就非常自觉地去修理，修理的时候他整个人就像一头牛在俯身吃草，他知道：自己生命中的很多时间要在这种姿势里度过了。

　　夏天过去了，秋天来到了，树叶很快就会变黄，从绿变黄。但没有人会觉得是在经历新的生活。严田并不觉得孤独，因为他根本没有抑郁症，新新影视的项目不断被搁置，他一如既往地轻松着，或者说，闲散着。

7

又是一个周末，两个人一起去寺庙，严田开车，齐玲玲在后座吃小饼干，因为这些小饼干都是她早晨亲自烤的，所以吃得津津有味。咯吱咯吱的声音不断从后座传过来，如果不回头，严田会以为她搬了一个烤箱，搞不好她会把整个厨房都搬到后座上呢。齐玲玲吃得很努力，就像已经怀孕了一样，但是这没什么可抱怨的，如果她能不说话只是一直吃东西，那严田也就没什么可抱怨的了。因为他有时候真想把齐玲玲的话全部塞进她的嘴里。她那一嘴的江苏乡下口音啊。他甚至想，可能是乡下口音导致受精卵总是无法成活。

齐玲玲偶尔也会挑出几块塞进严田的嘴里，严田要吃，必须吃，如果不吃就是不爱她，于是齐玲玲总是死死地盯住他，直到他吃下去为止，这样充满爱心的饼干怎么会有男人不喜欢呢？除非他有外遇了。于是严田一边握住方向盘一边吃，他真不知道齐玲玲是不是往里面下了毒，等着他发作，这样一想，他就吃得更欢快了，两个人就这样欢快地往庙里开去。

空气中都可以拧出水了，可是迟迟没有下雨。秋天不应该这样潮湿啊，严田想。

快开上高速的时候，严田拐了一个小弯去加油，他总是要让油箱满满的。他的车很大，看上去很像一个制片人的车，加满的话需要一段时间，通常这段时间，他喜欢读加油站的免费报纸。

　　齐玲玲在后座说下次可以多烤些饼干路上吃，你看，你都吃完了，证明你爱我，可是回来的路上要是肚子饿怎么办？严田一个字一个字地认真读着报纸，他很少读得这么专注。一条皮管子正在往这辆油老虎里输送碳水化合物，今天的这张报纸很奇怪，头版头条竟然出现了一座高档建筑，这座建筑严田十分熟悉，就是新新影视对面的公寓啊，并且标题也十分振奋人心——"年轻女性从三层跌落身亡"。严田把手上的油抹在了鲜亮的白衬衫上和裤子笔挺的折线上。自从拥有了齐玲玲，他总是穿得这么体面，他一遍一遍擦拭着手上的油，外面的工人不断地敲打窗户，跟他说，要不要发票，齐玲玲说，要，要，严田用手紧紧握住方向盘，后面的车开始按喇叭，齐玲玲攥着发票问他想什么呢，严田感觉自己头上的血管突突直跳。也许马上就要停跳了。他想到一件事：死的人不会是她吧？

　　因为她就是住在三层，难道三层还会有其他的年轻女性吗？自己加过几百次油，看过几百张报纸，难道这不应该是真的吗？严田从兜里拿烟，可是把兜从里到外翻了个遍，里面的布吐出来就像死人的舌头。可是都没有一根烟。他把报纸扔到副驾的位置，开始找手机，她知道，如果毛小静这会儿可以给他发一条短信的话。

　　但是齐玲玲让他专心开车，又问他，还吃吗？

雨水终于下来了，严田听着冲刷铁皮车顶的声音，十分有节奏。

对面的公寓出事了。报纸上写的是9月8日。正好是周六，昨天，昨天自己没有上班，今天是周日，周日是和齐玲玲拜佛的日子，如果是平时呢，如果是平时，也许那个年轻女性就不会死了。严田自己突然也不怕死了，他把车开得飞快，齐玲玲说，你还真有两下子。

他们还是去了寺庙，他一个字都不想说，一个标点符号都不想说。寺庙里，严田开始像很多人一样祈求。他祈求凡是多余的都应该被自己抛弃，所以就不要再惩罚别人了，他大概说了几十上百遍，就像再创造一项吉尼斯世界纪录，以及这种事真的会起作用一样。

寺庙钟声悠悠地敲响了，在四周。

两个人不断往深处走去，在很长一段时间里，严田知道自己还在走，但是脚步声却不在了。最坏的事情已经发生，他戴着墨镜，冲着碧蓝的天空，雨过天晴，任凭阳光暴晒，脑子一片空白。

齐玲玲在每一尊佛像面前都要磕头，严田面无表情地跟在后面，受不了的时候会对一片泛黄的、飘落的树叶凝视很久。天气已经慢慢转凉，树叶没有太多的犹豫。朝着既定的目标。忽然一阵微风就可以改变他的方向，十分轻浮地，他就可以朝着另一个方向去了。

这样多好，严田想。

从庙里出来之后，严田就直接把车开到了新新影视。在这很长的一段时间里，他都没有给毛小静打电话，他怕一件事——毛小静要是不接呢？

　　把车十分规矩地停到车库之后，严田并没有乘坐直梯到办公室，他用手划着墙。墙是可以触摸到的世界边界。他希望可以这样一直划出血，他从车行道一直走到地面，走到公寓，公寓外面被拉了隔离带。里面画了一个人形，从人形看上去，可真像毛小静啊。除了自己，除了自己总是想摆脱毛小静，还会有什么人给她推下楼吗？

　　他一直爬，爬到三层，可是三层很安静，并不像有人死过，于是他又不由自主地往上爬，四层也很安静，他跌了一跤，抬头的时候，看见警察的鞋，让他走开，有警察，看来真的死了人，严田蹲在地上，突然又啊哈了几声，笑了起来，他没想到自己一下子就变得这么轻松了，警察说，走开，请迅速走开。

　　因为这座公寓的一层是零层，所以死人的三层应该是四层，也许是舞蹈演员，也许不是，刘海东已经搬回上海了，应该是新的房客。严田想找个警察问问，或者保安。但是保安说自己什么都不知道。他往下走了一层，直接敲了毛小静的门。

　　如果他敲门，毛小静就会开，反正她也没有死。严田身后的灯泡一直亮着摇晃，虽然这是高级公寓，可他还是担心什么时候掉下来。出过事的公寓一下就变旧了。水泥地上染着油斑，增加了晕眩的效果。这大概仅仅只是一种幻觉。几个小时之前，严田真的被吓坏了。

从毛小静耳朵开始，他亲得这么努力，竟然想起网络上很流行的一句话——这也算是很拼了。就像一个贫瘠的矿工，严田用胳膊圈住毛小静就像两个铁环，他可不想她再死一次了。

毛小静的发梢在脖子上一起一落，问他，怎么了？

他们已经很久没见了，自从她上次抓了严田。女人大概都具备了抓人的本领，不然她们把指甲涂抹得那么漂亮是为了什么？想到毛小静在自己那间幽暗的公寓中涂抹指甲，一根一根地，每一根都娇艳欲滴，带着特有的气味，他对女人的这个气味着迷。五个指痕就在严田的后背上，早就没有了痕迹，如果有，齐玲玲也不会放过自己的，严田心里明白，但是他竟然开始拼命回忆那个火辣辣的感觉，当然另一方面，严田希望那五个指痕还在，就像两个人的见面礼一样，不然他拿什么见毛小静？拿什么原谅毛小静？拿什么补偿毛小静的死而复生？虽然抓伤并不传染。还有毛小静脖子上的痣，像蝌蚪一直滑到衣服里面，严田把手放在她瘦削的肩膀上，捂住那几只小蝌蚪，毛小静正在离严田而去，就连伤害本身也正离他而去。严田十分清楚，他非常恐惧，如果继续这样下去，毛小静就会变成一个让他牵挂的人，她死了，她生病了，他都会牵挂，就像几个小时前发生的一切一样，这种感觉十分不好。

进屋吧。毛小静说。两个人回到房间，用脚把门踢上，走到窗边，楼下的人，被街灯照着，就像一泡泡固体的尿。但都绕开了被隔离的地方。

严田伸开五指，就像一个大海星。车流天空已经变成了西瓜的颜色。

我去给你放水洗澡，毛小静对严田说，放松放松。

所以严田洗了澡，不是洗，是泡，他整个人滑进去，一同滑进去的还有毛小静在浴缸里的几只小鸭子，大鸭子带着小鸭子。用线穿着，看上去傻乎乎。严田把脚踝搁在浴缸上很久，两条腿很快就失去了直觉。

他跟同样湿漉漉的毛小静说，齐玲玲怀孕了。

他不知道为什么在这么关键的时刻还要骗她。

毛小静说，你骗我。又说，因为死的不是我，是吗？然后整个人十分恐惧地缩进了严田张开的双臂里。

严田把她在浴缸里紧紧搂住，两个人在水里分配了平均的力量，严田说，我都想死了。

人死了会变成什么？毛小静问。

天上的流星，严田抬头看了看天花板，天花板上自然没有流星，就算有，他也很难把这和人的流逝等同起来。

你就放过我吧，他说。

因为毛小静做得太好了，从来不折磨自己，甚至从来不给自己打电话，如果她不是这样，做出这种决定也就并不艰难了，就像甩掉一摊呕吐物一样，严田想。当然，这句话说出之后，他整个人都还是轻松多了。也可能是刚刚洗了澡的缘故。

毛小静自然会放他走，甚至都没有再抓他。

从毛小静的房间出来，严田又回到了办公室，他并不想回家，在办公室里，他重新拿出望远镜，观察自己几分钟之前才离开的地方，但是这一次不同于以往，205 的窗帘竟然拉开了，毛小静看着自己这边，严田把望远镜抬高。十分高的时候，眼前就一片灰色了。滴滴答答又下起了雨。严田知道对面的公寓每一层都有窗户，有人在每扇窗后面做爱，就像他希望的一样，做爱的时候天空就晴了。雨水滴答在公寓上，公寓瞬间就千疮百孔并且向四周弥漫。

其实没有人想在地球上生活。除非你爱过什么人或者恨过。严田突然得出这种古怪的结论。

在办公室短暂停留之后，他也该回家了。从寺庙分开之后他就一个人来了办公室很让齐玲玲不愉快。

雨夹雪，前台跟他说，严田没听见，在自动门的地方停了一停，问，什么？前台又说了一遍，天气预报说有雨夹雪。要不要拿伞？他说出的这句话中的每个字都如溪流一般清晰。

严田并不是没有听到，于是他说，哦。他注意到前台又换了，依然是一个年轻的，甚至称得上漂亮的姑娘。

就这样，他刚刚走出大楼，天上就真的下起了雪，从雨变成了雪。地面开始变软。严田长长地出了一口气，他抬头看见自己的办公室的窗户，但是只看了一下，他就把头扭开了。他有一件事情非常害怕——他可不想看见什么人，正拿着望远镜看他。就像很久以前，刘海东就是这样走出大楼的。虽然他现在并不知道刘海东在哪儿，严田抬头，云彩全变成了水，再也没有令人毛骨悚然的阳光了。

到家之后，齐玲玲用擦桌子代替了对他的欢迎。齐玲玲擦桌子的时候，严田认真观察她的耳郭，她的耳郭竟然十分性感，严田往下一摸，摸到了她的护翼。两个人就这样做爱了，齐玲玲的皱纹在高潮里展露无遗，很短的一瞬间，严田觉得十分像毛小静墙上的那幅画。结束之后，齐玲玲说，排卵期。她是想告诉严田，你不会瞎忙一场的。

说完，齐玲玲就用胸罩把自己扁平的胸扣上了。严田突然觉得自己要对她负责任。他想自己早晚有一天会对这种事情习惯的。心上长了盔甲，就像身体里出现了一头犀牛。至于刘海东，还有舞蹈演员，还有毛小静，严田需要做的，就是等着他们消失，反正，在他内心的残骸已经所剩无几。

8

关于这场事件的后续，报纸上说，死者从嘴角流出了一道血。但是依然没有人知道死者是谁，包括年龄、职业，比如会不会是一个舞蹈演员呢？警方怀疑是家庭暴力，另外，报纸上还列举了形形色色的家庭暴力，真是让人大开眼界。

严田阅读的时候感觉好极了，就像自己拍过的无数电视剧里那样，如果没有报纸上描述的这道血，死者都还不会这么完美？

严田想，躺在白色布单下面的身体一定像钥匙被压得扁平。

但，重点是这道血，这是一道多么准确的血，很难因为这道血想到女人的月经，妓女的床单，吸毒者的血管，自杀或者他杀等。你想到的，只是这道血，不多不少，红色的，检验这座高楼是否适合你，只能纵身一跳。这道血为你的检验盖章的感觉。

另外，自从发生了这样的社会新闻，新新影视对面的公寓一时间成了本市的著名"景点"。楼下街心公园的花都凋谢了，如果有人从中加紧走过的话，一些长青的树叶会在经过时被唤醒颤抖。

还有小孩儿在公寓外面涂上了男女生殖器。严田根本就不打算要什么小孩儿。如果不是齐玲玲逼他，这会儿就更不想了。他并不知道齐玲玲上次说的排卵期是不是真的，难道等小孩儿长大之后，往随便什么公寓的外面涂上男女生殖器吗？

只是，看着这些丑陋不堪的生殖器，严田突然想起来刘海东（他不知道为什么看见生殖器回想起刘海东），虽然他不知道刘海东在上海生活得好不好，或者说不该关心，还有刘海东嘴里的舞蹈演员，但他还是突然想起了他们在一起吃过的那顿饭。

那天是刘海东最先喝多的，舞蹈演员一直捏着刘海东的脸。从自己的角度看上去，就像在捏一个大柚子。

死亡总是发生在一切之前

1

午后，赵先生在前面走，走在他们屋外的一条小路上，赵太太在后面走，手插在兜里，她准备好了，把事情说出来，如果他不同意，赵太太就会用这把银色小手枪指着自己的小脑袋，当然，她不会傻到真的崩了自己，再溅出一地血。他们只是出来散散步。

走了一会儿，赵先生回头看她，很羞怯，这种羞怯简直到了激烈的程度，而且竟然没有任何目的，并不针对任何人也不针对任何事，而是他与生俱来的，是他们在一起生活的九年中，从赵先生那张脸上总是不轻易冒出来的一种古怪表情，在这种表情背后，他竟然意识不到一点，有人就要离开他了。

赵太太感到失望极了，这种失望首先是因为对手造成的。于是她往前小跑了一段路，当然这种羞怯也就可以被理解成她希望两个人走在一起，他们只能重新拉住对方的手。

从赵先生的视野看过去，赵太太小跑过来的全部镜头：一个小点儿慢慢变大，变大，变大，变成一个大点儿，直到变成她本身。

她大概要突破九十斤了，赵先生想，他多么希望自己的女人胖一点儿，这样在床上才更来劲。不用总感觉自己在羞辱一只长着尖脑袋的百灵鸟。自己的全部生活就是羞辱一只百灵鸟。

赵太太过来之后把尖脑袋靠在赵先生的肩膀上，枪换成了烟，但是谁也没抽，他们早对抽烟失去了热情。起风了。真应该好好活着，赵先生突然冒出这种古怪的想法，并且说了出来，而在他说出之后的每一秒，时间对赵太太来说都开始变得漫长。她还是抽了一口。

他们重新回到温暖的家。温暖的家，想到这个比喻，赵太太又不自觉地摸了摸兜里的小玩意儿，她用手滑过枪栓，这回她真想崩了自己，她对自己说，这是唯一的机会。

他们一起上楼，赵先生打开第一扇门，没有停留，又打开第二扇门，没有停留，然后是书房的门，接着走进卧室，他们的手都还在对方的手里，落地窗的光线恰如其分，也许应该用性爱庆祝一场失败，就像九年来的每一次，他们完成得马马虎虎。在床上的时候，赵先生觉得赵太太还是太瘦了。想到自己要继续忍受这个灭火器十几年几十年，他突然就不行了。

事后，躺在床上，赵太太做了一个梦，梦里，出现了一只大黄鸭，它比什么都大，比两个人骑过的马还大。可它确实是一只大黄鸭。

而这只大黄鸭在她未来的生命中则再也没有出现过，也不代表任何意义。

赵太太本来想把这个梦告诉赵先生，但是赵先生正在穿裤衩。落地窗的光线比刚才暗了一些，但也没有彻底失去。

2

赵太太开始躺在床上读前一天的报纸，床头柜上放着昨天打开的汽水，已经没汽了。

报纸上写什么？赵先生问。

京市机场的起落架惊现尸体。脑袋上有个窟窿。

昨天？

也许是前天或者更早以前。

哦。那死好几天了。赵先生说，尸体都处理了吧？

他这么说的时候赵太太很厌恶，她厌恶"尸体"这两个字。尤其是窟窿，她想，她看了看赵先生，她想象他脑袋上如果也出现了一个窟窿，谢天谢地，这种场面可真是非常壮观。

让我看看，哦。可真不得了，赵先生拿过报纸说，还有一只鹦鹉的尸体和一个人的尸体放在了一起，这个人足有一米九。

还有一个窟窿。

所以你想编一个什么故事？赵太太说。

编？这就是一个故事。

我有时候真不知道你的脑子里在想什么。看上去还没有一只鹦鹉想得多。

她又想起那个窟窿，她竟然想到了遗产，那点儿可怜的遗产。

我不看了。给你报纸。赵先生说。

嘿。赵先生又说，他把报纸在手上来回扇动发出窸窸窣窣的声音。

赵太太觉得很烦躁，感觉赵先生是个很草率的男人，就是总能让女人怀孕的那种草率。可是他们还没有过孩子。

可能他压根儿不具备这种功能。

也可能是自己不具备，赵太太想。

这就是她决定离开的原因吗？

万一我死了呢？赵太太突然说。

不会。赵先生说，穿上裤衩之后他开始穿裤子。

我是说万一。

不会。他说。

如果我离开你呢？

你会吗？赵先生反问。

我不会。赵太太说。

两个人有一只猫，这会儿正在卧室角落里咬着一根破木头，看上去呆头呆脑的。

如果有一天起床之后，猫变成了人，那也一定是个蠢货，赵太太想。就像他们本身一样，这种生活已经变成了一种风格和存在方式。大概就要写入历史了。

3

又躺了一会儿，赵先生起来去卫生间上大号，年龄越大越要做这种事情。他一天能上很多次大号，他大概要完蛋了，赵太太想。

没多久，赵太太在床上听到冲水声。

她说，冲干净了吗？

你要在马桶里面炒菜吗？赵先生说。

赵太太倒吸了一口冷气，她想不到自己嫁给了一个如此风趣的男人，而这种风趣主要建立在粗俗上。而且竟然建立了这么多年。

我一会儿进城去，赵太太说。

你等我，穿上毛衣。陪你。

陪我？赵太太把裙子套上，倚在门边等他。

赵先生穿上毛衣也要往外面走，但是他怎么做都不能将胳膊伸进去，越拼命越伸不进去，赵太太站在门边，她感觉这个难拿的姿势他要持续很久，从这个角度看上去，赵先生就像一只没头的苍蝇，因为他的头在衣服里乱撞了一分钟之久。或者一辈子。

没有头，只有身体，没有上面，只有下面，赵太太想，她甚至产生出一点怜悯之心，如果不是因为他那点可怜的羞耻感，那她的话也早就说出口了，对于自己的失望，她只能干硬地笑两声。

过来帮忙。赵先生说。声音从毛衣里沉闷地发出来，就像脑袋开了一个洞，声音是从洞里来的，非常陌生。赵太太甚至产生一种不好的预感，他的头可千万不要没有啊。

我出不来气了，赵先生又说，这一次，从他的语气里已经可以感觉到浑身无力，手也开始下滑，接下来浑身开始变得燥热，喘不过来气。

赵太太倚在门边一动不动，她听得非常清楚，她不知道他是不是还能呼吸，她知道自己的丈夫，刚刚亲过自己的那张嘴，在那件黑色毛衣里，接连不断地呼出湿气，慢慢浸在毛线里。可他总算还活着。他现在整个人就像一条被缠绕的抹布。

这种事情在他们的婚姻生活中并不是第一次发生，但在特殊的时刻才显出特殊的意义。

接下来，赵先生突然不动了，他用手撑在床头柜上，需要歇一会儿，屋子安静得能听见喘息。如果没有喘息，谁会相信这间屋子里还有人。

赵太太被眼前的景象吓坏了，她知道自己嫁了一个懦夫，她早就知道这一点。但她还是被吓坏了，她跑进卫生间，用拳头捶了两下镜子，就像一个泄了气的男人那样，她以为会流血，但是没有，她开始抽自己，接着，她整个人跪下来，抱住头，头发像一条河，她想起这么多年，自己做对了什么，又做错了什么，她跟自己说要活着。

之后没多久，赵先生终于把毛衣穿上了。赵太太从卫生间走出来，她感觉手疼。

他们决定一起进城，去买点儿什么，现在刚下午快五点，是一天中最适合安静下来的那段时间。

4

你确定不用加油？赵太太坐在副驾上说。车已经离家有一段距离了。大概走过了几百棵树。

他总不会停在半道儿上吧，你的包呢？他说。

别忘了什么东西，他又说。

赵太太把手伸进去摸了摸。

都在。她说。

别忘了就好。

你最近有什么写作计划吗？赵太太坐在摇摇晃晃的小车里突然冒出这么一句。这种正式只是为了显得讽刺。她就是想激怒他。

赵先生是个作家，每次提到这点的时候，赵太太都会从鼻子里喷出两条热气，要融化周围的一切。

他这一生什么都没写过。虽然世界上也有为数不少的人，在临死之前才有所作为。但是赵太太知道，他绝无可能，因为他没有这种运气。从来就没有。

继续写完余虹的故事。让余虹死。赵先生说。

他写了一生的余虹，而并没有什么人读过。余虹是个他在现实中得不到的女人，于是变成了某种文学形象，可惜并没有永垂不朽。

赵先生从后座拿了一瓶啤酒。

你知道为什么写不出来吗？因为你的脑子喝坏了。赵太太说。

赵先生就像得到鼓励一样，喝了一口，打了个嗝。

我知道，酒精是你创作的源泉。

不，它是生活下去的保障。

你应该像我这样活得具体一点。这个世界上一半以上的人都不创作。对，他们就这么活着。

活着？他们这也能叫活着？

那他们每天在干什么？

吃饭，做爱。

吃饭做爱。尤其是做爱。赵太太心里想，她想到刚刚结束的那场马马虎虎的性事。

你知道我打算让余虹怎么死？我现在需要一个灵感。

我妨碍你了。所以你需要喝点儿酒。酒跟你那个狗屁的写作有关？

她跟我现在狗屁的心情有关。

你真应该跟酒去谈恋爱，去操一杯酒，你爱上了你写的余虹对吧？没错。你爱上她了。你为她写一个标点符号你就他妈的硬了。赵太太拿过他杯子里的酒说，你还在开着车呢，好吧，少喝点儿。

余虹是个好女人。赵先生说。

如果你也像写下的男人一样好的话。

这么说你看过了？

没错，我就是你那少数可怜读者中的一个。可你就不能上个班？

坐在单位干什么？等着痔疮？

你以为你这个痔疮一样的文学会怎么样？至少他们四肢发达。

我就是不想和这些四肢发达的脑子也得了痔疮一样的人在一起。喝酒是唯一能让我得到平静的。如果你可以闭嘴就好上加好了。

两个人开在公路上，燥热污秽沙尘一起袭来。

这条路他们走过无数遍，但是现在并不确定。

5

大概开了一个小时，他们发现路边站了一只鸡。是个优质鸡。赵先生想。穿着蕾丝花边，浑身上下就像在吐白沫。

京市越来越让人待不下去了，赵太太说，你要不要下去。

看她那张脸你就知道她经历过很多次宿醉堕胎悲剧，没准儿还有爱情。但她现在是已经分不清爱情和恶心的那种女人了。

如果我下去，你呢？赵先生说。

等你。

于是很刺耳的一道刹车声。赵先生猛地停车，说，屁股长得也够味儿，接着，他又把车加大油门开走了。

我知道，你们写作的人都很空虚，需要往空虚的内心塞个大胸脯。赵太太说。

赵先生抿着嘴笑。看上去很苦涩。他抿着嘴，这让赵太太真想敲碎他整排牙。

现在去也还来得及，最后还不是我要给你洗裤衩？赵太太说。

你为什么就不能把她想成一个年轻漂亮然后心眼儿也不错的姑娘。当赵先生说这句的时候，他们的车已经离开鸡一百多米远了。

赵太太突然有了一丝不祥的预感，她想，这可能是他们最后一次因为女人争吵，自己真应该放过他。

好吧。已经没机会了。走远了。赵先生说，他又开了一瓶啤酒。

看着啤酒瓶上冒出的白色泡沫，赵太太突然想到了"口交"这个词，他问赵先生是不是也这样想，尤其看到鸡的时候，因为她是赵先生走在街上准会要扭头看一眼的那种女人。

是不是？她问。

是不是？

是不是？

是。赵先生说。

但是这个答案很快随着一百码的车速被刮跑了。

但是你没有办法跟她一起生活，你只能跟我一起生活。赵太太坚定地说。这句话说出口，她又觉得自己很刻薄，她真希望这种刻薄仅仅是因为害怕。害怕自己就要失去他了。但是她又不允许自己害怕。于是变成一种刻薄。她必须变得很坚定，她已经做好打算。

外面阳光很刺眼，两个人都靠在皮革椅背上。他们说得已经够多的了。

赵先生喝了不少，小汽车有几次差点偏离公路，这种时候，赵太太总能一把抓住方向盘。

她是个灵活的女人。他们偶尔像是一个人。

你想害死我们俩吗？她说。

行了吧，别大惊小怪的，现在不好好的吗？她看着他握在方向盘上的手，正像一个女人的手。

你的手怎么这么小？赵太太说。

你现在看我的手都不顺眼了。赵先生又攥了攥赵太太的手，恰到好处。

正像一个女人攥住自己，赵太太想。

我们去擦擦车吧，如果路边有的话，赵先生说，现在全是酒精和汗臭，他比痛苦和死亡还难闻。

这就是你的那些比喻吗？真受够了。赵太太又一次感觉到他要一事无成了，而这感觉是极为正确的。

他们一直往前开，往前开是一条笔直的公路，时间也变成一条直线，永远停留在这一刻。天上挂着一个黄太阳。容易叫人想到梦中的大黄鸭。

6

我们的婚姻是什么？赵太太突然问，她想，这可能是最后一次了。

我们的婚姻曾是这个星球上最美的一件艺术品。

好了。够了。真他妈恶心。赵太太说。

你不能理解？

我不能理解？

那是因为你喝得还不够多。

不要再从文学层面让我们的婚姻更悲惨了。行吧。全世界都知道，其实你骨子里更尊重鸡。他们就像你的写作一样珍贵。

赵先生对赵太太的这个比喻颇为感同身受，他抽了一根烟，烟灰掉在衣服上，掉在皮肤上，但是他的皮肤早就没了感觉，她竟然哼起了小曲儿，哼哼哼哼哼哼……

除了会计，你的脑袋里还应该多塞点儿东西。赵先生一遍哼一边说。

当然我就是一个会计，赵太太看了看自己的小拇指，发现昨天新涂的指甲油又要从两边裂开了。

会计是一门艺术。赵先生说，你的包里还有烟吗？

说着，他用手捏了捏赵太太的膝盖。

千万别说会计是一门艺术，别让什么都成为该死的艺术。赵太太说。你以为我们这辆小车是靠什么买的？

赵太太从包里重新拿了一包烟，她又摸到了那个小玩意儿。

再给我来一瓶维生素。

维生素就是啤酒。

后座没有了，我得去后备厢拿。后备厢还有几瓶，和他那些古怪的生物标本放在一起。除了写作，赵先生也收集些死动物。比如他们更早之前养过的一只猫和两条狗。

赵先生一天总是喝很多，要喝二十五个小时。如果你跟他说一天只有二十四个小时，那他就说你醉了。

他们开着广播，广播里在直播一场比赛。不久，太阳滑进云彩。天上开始下雨，搞不好他诗兴大发会给每个雨滴起名字，赵太太想到这些的时候感觉非常恐怖。她想到了"兽性大发"这四个字。

赵先生一生为寻找这个感觉东奔西走，但是并不为人所知，他加大油门。

四周的一切压低俯身看着他们，山上的草垂直长下来，很多声音他们竟然从未听过，每一滴雨都砸在剥落油漆的车身上。他们都很兴奋，因为只有这种天气，这辆破车才有点儿用武之地。赵先生悄悄地放了一个屁。

赵太太把手伸出去，雨在皮肤上留下了一些新的感觉，为此她耸了耸肩膀，她并不打算改变主意。

路边的广告牌被风吹得随时准备掉下来。这样好的一场雨，植物球茎重新裂开发芽。

7

两个人很长时间没有说话，赵太太在座位上侧身埋着头，从赵先生的角度看过去，她的背部曲线比脸至少要年轻十岁，她的衣服已经洗得起毛了，下摆卷了起来。她新烫的头发看上去很俗气。因为担心风大，她还系了一条廉价丝巾。像屎一样的颜色。她竟然说这是向日葵黄。这让他觉得生活真没什么盼头。

雨越来越大，车开得越来越快，他开这么快，是不是他也够了。赵太太想，如果不是够了，他为什么要开这么快，他又不是一个潇洒的男人。或者说，他的潇洒就在于一事无成。

她真想问问他是不是也够了。

但是她对自己说放轻松。没什么大不了的。她希望等雨小一点儿就告诉他全部，一切，是的。

车轮飞快碾过高速公路，冷风拍打额角。

马上就要进城了。赵太太打开前面的小镜子，照了照。她重新涂了唇膏，这个时刻到来了。突然，她把唇膏涂了出去。赵先生开得更快了。

你就不能开慢点儿？你这是要去死吗？赵太太说，她涂掉唇膏重新再来一遍。

去死？赵先生说。他松开方向盘的一瞬间，阳光已经没有了，少得充不上一块太阳能电池。

你还挺酷。赵太太说，你一个人去死吧。

他们做了这一生最后的一次争吵。

接着是很长的一道刹车声和砰的一声，并不巨大，很干脆，就像摔碎一件 20 世纪初期的瓷器。反正也不值钱。

赵先生的手指被弯成了一个胜利的姿势。

赵太太长久的尖叫，就像一只百灵鸟。之后，她能感觉自己的心脏还在跳动，一下、两下、三下、四下、五下、六下、七下、八下、九下……

她不知道他为什么把车开得这么快，好奇而且厌恶。

她也不知道自己什么时候会停止跳动。如此清晰。

喇叭长时间地响着。

就像他们一起生活的三千多天了，每次她下班回来总会在楼下按住喇叭。

是为了让他停止该死的写作。

但现在，她不知道他是不是死了。

远方城市的建筑插进天空。

如果他死了而竟然不是我干的。赵太太想。取而代之的是冷酷的羞辱感。赵太太这一天的羞辱达到了一个高潮。

她竟然什么也没有做，什么也没有说，而他就这么死了。

嘴角流出珊瑚色的液体。

天空中有鸟飞过，残忍的窥视着。在玻璃上落了一摊屎。然后满足地飞走了。她想抬头看，可一点儿力气也没有，东西就在包里，她想拿出来，一点儿力气也没有，她只能把手伸出来，做了一个枪的姿势，对着自己的太阳穴，但是她最终什么都没有做，只是轻轻滑下自己的脸颊。

8

这会儿要是有啤酒他准能马上活过来，赵太太想，啤酒好过艺术和狗屎和生活。

赵太太感到身体越来越沉重，就像穿了盔甲。整条腿卡住座椅里，瘀青，就像一条美丽的银河光带。

她干巴巴看着眼前的土地，天空，车祸，湖面，湖面让她想到了一块干净的黑板。而所有一切都不是她创造的。

后来飞过来一只苍蝇，她用手弄了弄，于是有一块板子又从车上掉了下来，整齐地砸在她的大腿根部。

她带着咒骂昏睡过去，因为那些无法挽回的岁月咒骂。

9

赵太太醒来的时候，四周很热闹，那些人正在擦着血迹，像一群松鼠在清洗一块饼干，她发现自己的腿正以一个奇怪的姿势摆着。她知道自己体内的骨头裂开了，如果可以看见，一定是明晃晃的。

她想问在身边走来走去的一个穿着马赛克图案衬衫，脸上长了颗巨大青春痘的医生，你们是不是能把那该死的玩意儿缝回去？

而医生什么都没说，只是看着她，就像家里那只坏掉了的钟表上的布谷鸟，死鱼一样的眼睛看着她。赵太太把脸转了过去。

警察来的时候，只宣布了一件事。男的死亡时间是十九点零一分。车祸。他只是冷酷地说了一句：你命还挺大。就好像这种事情隔不了几天都会发生一样。也没准真的隔不了几天就会发生。警察总是这样，刻板，残忍，这种因为多年的孤独所致。

疼痛难忍，赵太太又要重新睡过去了。她知道自己会被抬到什么地方，随便什么地方。她并不知道她的包去哪儿了，还有里面的那把小玩意儿。真是他妈的废物。也许很快就会落入警察手里。

天上慢慢开始出太阳了，路面就像烧烤一片被腌制过的小牛肉。而赵先生在这样一个好的天气，迎来了一生最整洁的一个的时刻，被一块儿塑料布装了起来。

四周的人也越来越少，赵太太非常想用最后的力气抓住一个人，随便是谁，然后对他说，知道吗，刚刚死了一个人，他离开我了，而我本来是要离开他的。

一个话题的诞生

事实上我不知道他们在说什么，已经坐了快两个小时，我都不知道他们到底在说什么。

在座位底下轻轻按了一下，手机就灭了。

晚点给你打电话吧，这是今天谭勇发给我的第一条短信。我是一早就把短信发出去了。他这个人的最大特色就是不喜欢回短信，也不喜欢接电话，他的电话就像上个世纪的 BP 机，总是打过去很久再打过来，如果他心情好的话。联系上这个人的前提是要他心情好。可是影响他心情好的条件实在太多了。

谭勇在南市生活，他本来就属于南市，在这里，猜都能猜到，他准能如鱼得水，南市甚至连雾霾都没有，在这里，一个人一整天不接电话，地球还是照样运转。我来南市做一场签售，我想见见他，我想跟他说一件重要的事。

手机灭了之后，我还久久地盯着，真不知道谭勇的电话什么时候打过来。他应该就是随便一说。

马大军、马小军都和谭勇关系很好，他们是先认谭勇，后来才认识的我，如果不是因为谭勇，我们有认识的可能性吗？然后像此刻一样坐在这里，我猜可能性微乎其微。我是想说，谭勇对我的生活真的有过改变。

再来六瓶。马小军喊。

我们六瓶六瓶的要其实是错误的。应该十二瓶才对。十二瓶正好是一箱，反正我们也是要喝一箱的，搞不好还要再喝一箱，如果钱进继续这么坐下去的话。我是多么不希望他们一直这样坐下去啊。这样做下去有什么好处呢？这样做下去只能拉长我等待的时间。

之前打扑克牌的陆陆续续走了两三个，人已经凑不齐了。走掉的人害怕雪越下越大。于是钱进就把椅子往这边挪了挪，他打赌雪一会儿就会停，钱进挨着于丽丽，于丽丽挨着他，于丽丽的另外一边是马大军，马大军的另外一边是马小军，我挨着马小军。三男两女，我和于丽丽是女的，这，明摆着。但如果说于丽丽才是女人的话，我还能算什么女人啊，我撑死了算个人，每次从镜子里瞥见自己我都会想——难怪谭勇会离开我。就算是我自己都会离开我自己。我和自己生活了三十一年，马上就三十二年，我也真是受够了。

桌上七零八落地放了六瓶酒，一共五个人，所以有一个人要多喝一瓶，或者五个人分一瓶，但是这种可能性很低，因为有两瓶都在钱进的眼前，而他是公认酒量最好的，既然不用打牌了，接下来就可以痛饮了，钱进总是把喝酒叫痛饮，给人一种好像真的很痛很痛的感觉，何必呢？钱进的名言是"惟有饮者留其名"，不过了解他的人，都知道，这准是伤心之论。所以按照目前来看，他应该一个人喝两瓶才对。

于丽丽酒量很差，一瓶里面的泡沫都被她玩没了，也还剩下一半多。马大军和马小军酒量相当，马大军比马小军早出生一分钟，所以是哥哥，兄弟总是酒量相当不是吗，就连想睡的女人都是一样的。于丽丽可算是给足了面子，既跟马大军睡过，也跟马小军睡过，而且是按先后顺序，从大到小。至于马大军马小军两兄弟是否交流过和于丽丽睡觉的感受，以及于丽丽更喜欢跟谁睡，这个就不得而知了。但是为什么连我也知道这种事，我也不知道为什么。于丽丽是朋友圈里最美的，如果谁能和她睡，又怎么会不说呢？那就是锦衣夜行。

当然在于丽丽的嘴里，她是先和马大军谈恋爱，后来又不能自拔地爱上了马小军，再后来，两个都不爱了，可是这一点儿也不妨碍三个人就像什么也没发生过一样坐在一起，他们还当互相是非常好的朋友呢，虽然都是被于丽丽抛弃的。换句话说，如果有机会，他们还愿意和于丽丽上床。大军小军心照不宣。直到冒出一个钱进，钱进原本不姓钱，他爸爸姓交，他爷爷姓交，他们全家都姓交。可是真的，不好听，太不好听了，所以他自己就姓钱了，给他改名的人叫老万，在一家国企上班。

周围的人都不相信老万，只有钱进相信。因为他改名之后真的有钱了。是啊，要不是写了电视剧，钱进怎么会那么有钱呢？所以这和老万一点儿关系都没有，老万就是一个在国企上班的人，每年年底单位会发日本进口大米的那种国企。我见过几次老万，但是我怕他给我算命，至于不算命的时候，老万最喜欢说：日本进口大米，奢侈品。腐败。呵呵。

钱进在写电视剧之前是写小说的，写小说之前是写诗歌的，写诗歌之前还是写诗歌的，用他的话说：我的诗歌生命分两个阶段。第一个阶段是比喻阶段，第二个阶段是拒绝比喻阶段。如果有人问他，比喻是什么？他准说比喻就是把爱情当成花。

所以为什么送花呢？因为花是生殖器，所以男人送女人花的意思就是送你我的阳具！

因为并不满意过于粗俗的表达，所以钱进诗歌生命的第二个阶段，也是最后的阶段就是拒绝比喻。

就是说，他会真的把自己的阳具送给女人。

再后来呢，钱进就写起了电视剧，除了偶尔的神经衰弱，他成了一个名副其实的有钱人。有钱人自然要买单，钱进今天就是来买单的。

因为于丽丽不想单独和钱进在一起，所以叫来了马大军马小军坐镇，也是坐诊，判断一下未来自己是不是能和钱进一起生活。也许，于丽丽的未来，可能只是未来一年的意思。

就是这样。

我又看了看手机，没有谭勇的短信，也没有电话。

大家轻轻地干杯，没有人把酒从瓶子里倒出来，离得太远的两个人因为瓶子碰不上，就在空中掉头又回来了，这是一种很贵的啤酒，五十几块钱一瓶。反正是钱进请客，钱进喜欢说：每次和老板吃饭，都是要开一万块钱的红酒。至于钱进的老板是谁，我们当然不知道，钱进喜欢说的另外一句是：我的好几个老板都被"双规"了。

是啊，成功的人身边怎么能没有几个被"双规"的呢？

于是大家又为"双规"干了一杯。

其实今天钱进是最晚来的。他没过来之前，马大军和马小军正给于丽丽讲什么样的啤酒好喝。最后的结论是：这种五十几块钱一瓶的最好喝。

从"双规"说到了铁轨说到了出轨，突然，马小军说，那你们知道鸡奸是什么意思吗？

他问得十分突然，也并没有指向具体的人。他是怎么从出轨想到鸡奸的呢，是突然想到还是被诱发的呢？我十分好奇。

马大军哼了一声，意义不明。

于丽丽低着头，不说，很可能是真的不知道。但是她这样美丽的女人怎么会不知道呢？如果连这个都不知道，那真是让她的美丽大打折扣。

马小军好像已经忘记了两个人相爱过的事实，竟然抓住于丽丽不放。

那你先说，马小军用酒瓶指着于丽丽。然后自己喝了半瓶。

于丽丽看着钱进，钱进看着我，就是这样看着，什么都没有，但已经让人很不自在了。

就——是——跟——鸡——做——爱——吧？于丽丽说。她在每一个字之间都谨慎地停顿，而"吧"字代表了一个疑问，是啊，她怎么会知道这两个字的意思呢？

她说的就是跟鸡做爱。那为什么还是做爱呢？为什么不说做呢？人又不会和鸡产生爱。这个鸡指的也是人类饲养的最普遍家禽，而不是社会上对性工作者的诙谐称呼。

于丽丽的声音很小，因为她长相美丽，所以并没有人因为这句话造成的愚蠢效果哈哈大笑，反而十分沉闷，恐怕不得不说是于丽丽的纯情起了作用。虽然她和现场三个男人都在不同时期睡过觉，可还是非常纯情的。那为什么要是奸呢？是奸鸡还是奸人呢？我不由得想，我突然饿了。我招呼服务生，问有没有花生米。服务生离开一小会儿又回来告诉我，没有花生米了。

于丽丽这会儿正用长头发盖住半边脸，她的脸一定很红很红，就像一个红苹果想让人咬一口，我终于知道为什么身边的男人都要和于丽丽睡觉了。她跟男人睡觉一定是因为爱情，因为她连鸡奸都不知道。

接下来，轮到马大军了。

马大军什么都不说，除了刚才的那个哼。大概十分清楚这种事情并不会发生在自己身上所以也就不用作答了，何况他们是亲兄弟啊。

两年前，我认识大军小军兄弟，因为谭勇，因为大家都搞创作，可我发誓，我可跟他们中间的任何一个都没有睡过。是啊。我为什么要睡他们呢？换句话说，他们为什么要睡我呢？认识的两年时间里，见了无数次，有时候我来南市，有时候他们来京市，或者其中的一个，然后就这么结束，等着下一次。可以说，就算再见一百次，就算认识二十年，也还是一瞬间，也还是这样。他们是多好的一对兄弟啊。总是说些有趣的话题。

而我认识于丽丽的时间就更短了，今晚，就今晚。我们就这么认识了。虽然你我一直听说过他。因为她的美貌。我约马大军马小军。他们说约好了于丽丽，于丽丽又说约好了钱进，钱进又碰见了几个牌友。一个变两个，两个变三个，然后就这么变出了一堆人。我想起了俄罗斯套娃。又想到俄罗斯最近经济不景气。最后突然想到了谭勇，是啊，这也不奇怪，我想什么都会突然想到谭勇。他就像一团雾气一样的东西笼罩在前方，虽然他自己肯定不会这样认为。

这个时候，我的手机响了。或者说是振动了。我看都没看，就走了出去，我坐在外面，所以并不需要绕过什么人。

说了再走。马小军抓住我不放。我把他的手粗暴地拿下来，然后突然觉得很沮丧，我所认识的马小军，他就是这样的人，如果他想得到结果就必须得到结果。他的眼里没有障碍。他是那种靠单一标准生活到现在的人。

我说男男。又拿了一根烟。钱进把火机伸过来的时候吓了我一跳。因为他离我最远。然后他拍了两下我的手背，就像知道我马上会在电话里大发雷霆一样，让我冷静。我冲他冷静地点了点头。

电话并不是谭勇打来的。

电话里的人问我，活动顺利吗？

我不知道对方是谁，也许是出版社的发行，或者营销，或者什么人，管他什么人。我说哦。

"哦"的意思就是顺利。

只是我十分奇怪，这种事有什么必要打电话呢？我的回答只需要打一个字就够了。或者再加一个表情。我是这么重要的人吗？一定要对方亲自打来电话。我写了一个新的长篇，出版社安排了几场签售。自然少不了南市。南市是文学重镇，听听，重镇。但是配上"文学"两个字，竟然让人感觉生活的荒唐无处不在。好像这口锅里真的有肉一样。

没有麻烦吧？电话里问。

怎么会？我说。

因为我的新小说讲的是1983年。严打。嫂子因为不小心看见小叔子手淫自杀，小叔子被拉出去枪毙的故事。是一个十几万字的长篇。故事是我编的。出版社以为会大卖。最好被查禁，查禁就能大卖。目前卖得并不理想。可是这个点太弱了。既不能因为色情也不能因为政治。他们安排了几场签售，希望柳暗花明，但是真的白费功夫。

短暂的空白之后，对方说，回酒店休息了吧。

我说嗯。

电话里说，好好休息。

我说嗯。

挂掉电话之后，我又等了两分钟，抽完烟，在酒吧外面的院子里，并没有新的电话打进来，外面正在下雪，空气中很冷，我夹了夹胳膊重新进入那片暖和的亮光里。我想，如果雪停了，我就给谭勇打电话。

我刚进去，马小军就抬起半个屁股，其实他并没有挡住我的座位，他只是在用抬起来的半个屁股欢迎我回来，因为我回来事情就明确了，然后他继续说，为什么鸡奸就是男男呢？然后又对于丽丽说，你知道什么是男男吧？

于丽丽把长发盖住的半边脸露出来，看了一眼马大军，又看了一眼马小军，也可以说，看马大军和马小军只用了一眼，然后举起杯子就和钱进喝了起来，竟然一口气喝掉了大半瓶，于是我跟服务生说，再来六瓶。

钱进对我说出再来六瓶这句话十分满意，反正他也是要说的，不就是几瓶酒吗？于是我看了他一眼，我看了他一眼的时候，他正在看我，这一眼给我吓了一跳，因为他是我非常惧怕的那种目光。

我现在生活得不错，除了找不到谭勇，我的新书出版了，虽然卖得不怎么样，可我得说，我生活得不差，于是很害怕看见这样的目光。不难想象，这样的目光很容易打动于丽丽，这样的目光代表了一种意义：只要你需要，我就可以给，真的。可怕，太可怕了。虽然和钱进认识的时间不短了，比谭勇还要早，从他还在执着于是否比喻开始，我们就认识了，但是这么多年，我们都是这样的距离，于是我将目光越过钱进，丢进他身后的墙壁上，墙壁上挂了一张画，世界名画，不过是假的，不用仔细看都能看出来是假的。并且我一定在什么地方见过，可能在另外一家酒吧，或者这个世界上的很多酒吧。于是我又把眼睛这么灰溜溜地缩回来了，重新和钱进的目光叠合在一起。

钱进看上去十分疲倦，于是连目光也是疲倦的。可能是偶尔的神经衰弱导致的。但是他不想去哪儿，哪儿也不想去，就想这么一直坐下去，只要你需要我就可以给，为了这句话，不管多疲倦，他都要这么一直坐下去。

坐下去的地方就是一个平原。我竟然想起这样一句诗。

此时此刻，钱进正把手搭于丽丽的肩膀上，这也是允许的。既然于丽丽允许，那别人有什么不允许的呢，就算马大军马小军并不乐意，可是他们管不着。真的，这种事，谁也管不着。何况马小军还在说鸡奸。他抓住鸡奸不放。

是啊，为什么是鸡呢，鸡是什么样的构造呢，是谁规定的呢，公鸡还是母鸡，从什么时候开始的，美国人民也这样吗，还有古代的中国人，以及为什么不是小鸭子小鱼其他的小动物，外星人会不会鸡奸呢？

于丽丽自然很享受钱进的胳膊，所以这也说明了她让马大军马小军过来并不是什么坐镇坐诊，炫耀，纯粹的炫耀，我想，于丽丽还真像一只鸡呢。

但为什么是鸡呢？马小军接着说。

钱进虽然搞了电视剧之后十分粗俗，但是偶尔也会说出一两句颇有心得的话。于是他说：对一个问题的追问就是对所有问题的追问。你问为什么是鸡就是在问我为什么会搞电视剧。

酒吧里很冷，所有人就都穿了很多，桌子上放了很多烟和很多酒。我们后来上的六瓶也快被喝掉了，马小军建议要不要换酒？马大军哼了一声，钱进说龙舌兰吧，另外还是再来六瓶。钱进又问有没有糖和咖啡，一定要是糖粒和咖啡粒。对于钱进来讲，这就是他的小菜。上来之后，他先用舌头舔了几口。

我看了一眼手机，已经快十点了。我并不知道谭勇回到南市之后找了工作没有，不管找了什么工作，都快休息了，也应该给我打电话了。

酒吧在一座酒店的一层，酒店一共只有一层，这个城市不允许高层建筑，但是这个建筑也太矮了，不知道开发商有没有考虑过成本。地方是钱进定的。酒吧地面铺了人造草坪，仔细看不难发现，全部刷了绿漆，可是谁会看得这么仔细呢。大家只是过来消磨一个日常的夜晚。

从窄小的门里不断地有人进来，同时有人出去，总是达到平衡。好像失去平衡这座酒吧就会倾斜坍塌。天越来越晚，对于城市的大多数人来说，一天的生活已经结束。音乐从四周墙壁飘过来。酒吧老板是一个已经解散的乐队主唱，这是钱进告诉大家的。这句话真是意义非凡。否则谁还能想到钱进在当年写诗的同时，还是一个摇滚青年呢？但是我敢保证，那个乐队一定不会有人听说过。或者听说过的人也都像钱进一样，回归主流社会了。对于钱进来说，不写诗的人群就是主流人群，这些人构成的社会就是主流社会。

当然，老板真像一个主唱，幸好他没问我主唱什么样，不然我准会说：就你这样吧，看上去傻乎乎的。

我感觉裤兜里有东西在震动，是小勇的电话，我重新走向屋外。我踹了两脚马小军，让他给我腾地儿，因为对于鸡奸的探讨，他整个人都不由自主地把椅子挪得离我更近了，挡住了我出去的路，马小军挪回自己的位置之后，说了一句意味深长的话：人可以通过鸡奸认识自己。

但是这句话到底有多意味深长呢？我也不知道。也许这句话是对他提出的这个问题的回答。但是这么意味深长应该钱进说出来才对。因为他太有钱了，至少和周围的朋友比起来，容易被普遍误解，于是更应该说些苦尽甘来的话折磨我们这些穷朋友。

是啊，我都想变成一个男人去爱男人了。我说，男人更懂鸡奸吧。说完这句之后我接了小勇电话，走了出去。

妈妈。电话里说。

小勇，我说。

妈妈，小勇说，我做梦了。

然后小勇给我讲了他的梦：梦里，有一个人在路上开车，然后轧死了很多人，可是，没有血，然后我的儿子小勇问梦里的人，为什么没有血呢。梦里的人哈哈大笑说，因为会流血的我都没有轧，然后又哈哈大笑。

小勇讲得很不连贯，他希望我回去抱他睡觉。我也想回去抱他睡觉，而不是在一个号称文学重镇的城市，做一场关于1983 年的狗屁不通的签售，然后找一个过气歌手开的酒吧，大聊特聊鸡奸。我跟小勇说，妈妈再过两天就回去了，然后让他上床睡觉。我跟他说，要是梦里的人再出现，你就跑到他身后，看见一个塞子，拔了，那个人就会撒气。

我为什么要给小勇编这种故事？我也不知道。我是怎么想到的塞子呢？如果再给我一个机会，我并不一定能想到。

谭勇的电话一直没有打过来，也许他真的心情不好，是啊，影响他心情的条件实在太多了。就算做了一个梦都要难过一整天，如果他的梦里我和别人好了，起床之后谭勇就要把失望挂在脸上，好像我真的和别人好了一样，虽然我并没有和什么人好，但是他那种表情我真是受够了，那种全世界，所有人，整个宇宙都可以伤害他的表情，我们就这么完蛋了。

谭勇身上有一种与生俱来的气质叫人害怕，就是总是突然的失落，然后用这种失落绑架我，就连他的梦境都让我觉得自己欠了他，欠了他很多，这一生都不可能还上的感觉，但，这并非我们离开彼此的真正原因。小勇越来越大了，他慢慢就会知道发生了什么。

只是，每次看到小勇的眉毛，眼睛，一切，尤其眉毛眼睛组合在一起的时候，高兴的时候，不高兴的时候，太像了，真的太像了。就连名字都是一样的，谭小勇，我总是管他叫小勇。他爸爸，我前夫，每月支付的两千五百元真的是太少了。在京市，两千五百元能做什么呢？小勇就要上一年级了，他继承了谭勇的音乐天分，难道我不应该给他买一架小钢琴吗？难道让我靠稿费给他买一架小钢琴吗？

可是我们分开快一年了，结婚就是一个错误，竟然坚持了这么久，现在是知错就改反而轻松了，可一个轻松的人，凭什么提出要求呢？难道还要得寸进尺？除了在钱上，我需要一点点帮助。我又不是要跟他寻找爱情。他怕什么呢？如果不怕我为什么不能回我电话呢？

我回来的时候，局面就散了，不知道为什么钱进坐在了我的位置上，我猜可能是去卫生间，然后就懒得坐进去了，万一一会儿还要去卫生间呢？男人到了一定年龄总是老要去卫生间。坐在我位置上的钱进，甚至喝起了我的啤酒。还喝得这样潇洒自如。我看了一眼他，但是这一眼并不强烈。只能说，我们朝着彼此的大致方向。在那个大致的方向上，有很多人，所以也可以说，谁也没有再看谁。

我只能坐到了他的位置上。

于丽丽正在玩手机。屏幕很亮，把他的小脸照得亮亮的，我说，你脸真小。她说，可是最近胖了。因为离她很近，就不难发现她灵巧的脚尖，正在桌子下方旋转。没有规律，有时候往左有时候往右。忽快忽慢。时不时还要停下来休息休息，地灯让桌子下面的光线十分温柔，于丽丽的脚尖就在这个温柔的情节里运动着。这让我的内心十分烦躁，奔涌着向四周弥漫。

抬起头来的时候，这种烦躁又正好碰见了钱进的那张脸。

突然一绺柔软的发丝顺着我脸颊慢慢滑落下来。于丽丽竟然把脑袋凑过来小声跟我说，我谈恋爱了。

雪越下越大，这是我猜的，因为不断地有人从窄小的门里进进出出，冷气吹进来，空气十分清凉，像初春的树叶，我却感觉身上爬满了虫。

我谈恋爱了——这五个字就像五条虫蠕动着。她是故意的吗，我想，于丽丽是故意的吗？但就算她是故意的，她错了吗？她一看就是那种总会不断谈恋爱的女人。

于丽丽说，你知道，我就是那种人，爱情会吃掉智商。不过你也知道，我是坚决不要智商的。

接着，她又问我是怎么走上搞创作这条道路的（好像她并不想关于爱情和我进行深入的探讨。是啊。我们又不熟，大概以后也不会熟起来。我又不是这方面的专家）。

但是我应该怎么告诉他呢？我应该告诉他——我不是搞创作的，我是卖淫的捡破烂的，这样她会不会停止对我的好奇，甚至产生某种同情。

后来她又说了自己是做什么的。但是我们不熟，所以说完之后她又问我是不是对这些不感兴趣，是不是那种喜欢对一个人马上做出评价的人。

我说什么？

她说是不是对她说的不感兴趣，我说有点儿。她又说那你觉得我是什么样的人呢。

我低头看了看她藏在桌子下面的脚尖，已经不见了，她给收了回去，我说，你是美女呀。

接下来，于丽丽低头呵呵地笑，笑得这样准确，正如一个美女应有的笑声那样（虽然她肯定是从小听着这种话长大的，就像有人跟我说是从小看着我的书长大的一样）。如果这个夜晚能用这样的笑声结束也不错，但是谭勇的电话还是没有来。

马小军和钱进正在互相碰杯。马大军一个人盯住空气中，如果空气中这会儿飞过来一只蚊子，他一定能分出公母。然后分出之后发出哼的一声。只是这会儿是一年之中的第一个月，去哪儿找一只蚊子给他呢？

这想必是一家通宵营业的酒吧，如果没有人想走，准会坐到天亮。所有的服务生穿着白色的衣服，心不在焉地瞧着四周的客人，有些客人十分惹眼，比如于丽丽。而于丽丽也同样心不在焉，她可不想聊什么鸡奸。

太无聊了。于是我跟马小军说，这么尖锐的问题你有没有跟学生提过？

因为马小军是大学老师，那是一所用了一家民办大学。马小军在里面教写作，有时候也教写诗。写诗和写作是两回事在他看来，如果混为一谈就是太变态了。

马小军说，我都两年没去学校了。

我自然没问学校怎么不给你开除。因为就算问了，对我又能有什么好处呢？

于是我跟马小军干了一杯，重新倒满之后我跟钱进说，咱俩也喝一杯吧，另外，你对鸡奸有没有研究？

我是故意这样问他的。

从屋外又进来的几个人，开始掸身上的雪，跺脚的声音很大。

钱进回头看了一眼说，下大了。

于丽丽突然把眼睛从手机屏幕里移出来，也不禁感慨了一句，下大了啊！可是没有雨伞。

是不是这会儿没有雨伞感觉自己是个穷人，我对她说，我给你吧，我不用。

太男人了，于丽丽说，接下来她又说了一句更叫我羞愧的话——她说，你不是搞女权的吧？

哈，哈哈，哈哈哈，我应该怎么回答呢？我看着钱进，看着大军小军兄弟，又看了看于丽丽，然后十分严肃地跟她说，可是世界上最著名的一个女权主义者，五十几岁突然嫁人了。

钱进也跟着哈哈哈，哈哈，哈起来，他说，是啊，尤其中国的女权，做的每一件事，都是在强调中国是一个男权社会。这个社会就是被女权啊，鸡奸啊，对，这个社会就是被这两件事搞坏的，对，还有电视剧，这个社会就是被这三件事搞坏的。搞得很坏很坏的。钱进因为财大气粗（至少在我们这帮朋友里），所以很容易得出这种鸡脑子里才有的结论。如果让我说，这个社会就是被女权、电视剧，还有我写的那几本书搞坏的。我甚至进一步想到，只有鸡才会写出那种书吧。1983 年。哈。有意思，非常有意思，我他妈了解 1983 年吗？

于是我说，钱进，别把鸡奸和你的电视剧放一起了。

我的电视剧。我的电视剧那是肯定不如鸡奸的啦。不是不如。是不能比喻。那完全就是两个领域。钱进说。

马大军哼了一声。

自然我也不便再说下去了。再说，钱进的电视剧我又没看过，万一，我只是说万一，也不是那么差呢？既然是朋友，我当然不希望他写得那么差了。

手机又响了，因为用的都是苹果，所有人都伸手去摸自己的裤兜，不是我的，也不是于丽丽的，不是钱进的，也不是马小军的，马大军哼了一声，就起身去接电话了。

直到两分钟之后他重新坐回来，摸出烟，点上，抽了一口说，先走了。他这句话并不清楚到底是和谁说。应该是和我说的，但是我太吃惊了，他竟然不是哼，我听了整整一个晚上的哼，就像他的嗓子了卡了一个庞然大物，于是只能哼个没完没了。但是他现在竟然没有不告而别，因为就算这个人突然走了，对我们来说也不会损失什么，反正他也没有贡献出惊人的结论，至少在"鸡奸"这个词上。我说，要不要一起走。我指的当然不是我和马大军，我是说所有人。

他可以走，你不能走。钱进就指着马大军说，你走，你快走。

马大军果然快步走了出去。就像被我们赶走了一样，马大军长得干瘪瘦小眼睛向外凸出，走路的时候腰板也挺得笔直。

他走了之后，所有人都觉得轻松了，他坐在旁边，如此沉默，如此孤独，就像独裁者一样。

马大军因为明天要飞上海出差，其实他说一句哼就够了，他的哼里包含着上下五千年古今中外全部的理由。

马大军走了之后我们就开始说最近总是有飞机从天上掉下来。

马小军说，死的人都是想死的人，我哥，可不想死。

你这话太没修养了，钱进说。

哼。马小军像马大军一样哼了一声。

只是"修养"两个字竟然是从钱进的嘴里说出来。钱进接着说，活到我这个年龄，社会关系太多，已经不会轻易死了。

这句话也可以理解成：他年纪轻轻的时候真的想过死。大概是他写诗的那几年。写诗的人没有不死的。或者说，不死得早都不写诗了。

钱进说，我以前就总觉得人生无意义，所以在找到意义之前不应该活着然后一直想死，但是后来想通了就是没意义，然后也不想死了。

钱进说这些的时候，我觉得眼前很不真实，如果他非要继续这么说下去的话，我敢保证，我一定能想到布鲁诺为了日心说而死，就是为了真理而实践，但是不值得，因为这根本不重要，或者是那些因思考生活而不肯踏入生活之河半步的人，因为不能在彻底弄清人生意义之前就妄加行动，因为要为行动寻找更为圆满的理由和根据于是耗尽了一生。

马大军就这么走了，于丽丽实在有些不开心，虽然还有这么多人陪着她，但她的不开心就这么降临了。她不开心的表示就是不停地晃动自己的脚尖。我真想给踩住。但是我只能不停

咽着口水，最后，拍了拍她的肩膀说，我去要点儿东西吃，我饿了。然后我起身，正好，钱进就可以换过来了

已经很晚了，我又看了手机，什么都没有，然后我顺便打开网页，输入了"鸡奸"，百度百科写的是……

钱进问我看什么。然后我找重点给他们念了一遍。看上去全部都是重点。所以我念了很久。不过这些重点很快也被酒吧的嘈杂稀释了。

虽然每一段生活都有意义，但是如果有人在三个月前告诉我，我会有一天，在一个飘雪的夜里，在一个小酒吧，和几个人谈论鸡奸，我一定会觉得生活太不可思议了。但事实上，真的发生了，如果在更早以前，比如三年前，有人告诉我，我会有一天，在一个飘雪的夜里，在一个小酒吧，和几个人谈论鸡奸，而我并不想谈论鸡奸，我只是在等待一个电话，或者一条短信，而等待的人是我朝夕相处的老公，我一定会觉得生活，不光是生活，连我自己都太不可思议了。但事实上，真的发生了。我简直不敢去想，三个月后，三年后，或者三秒钟之后，还会有什么倒霉事让我碰上。是啊，我也可以这样去想，一个迫不得已靠写作为生甚至还有一个活泼健康不乏音乐细胞的儿子要养的女人，谈论鸡奸又算得聊什么呢？谈论鸡奸就是谈论死亡就是谈论生活就是谈论神秘就是谈论永恒就是谈论他人……我们在一亿年前的远古时代就注定了此时此刻要去谈论鸡奸。我当然可以这样去安慰自己，我们五个人被限制在鸡奸和谈论鸡奸之中，但是没有答案，就像一列长长的火车穿过山

谷，两旁的风呼啸而过，几乎带来回声。

当我这样想的时候四周正不断地有人进进出出，太冷了。还有一些真的可以称之为鸡的人进来了。这种酒吧总是不乏这种特色节目，但是我对此兴趣全无。我朝天花板吐了个烟圈。天花板被烟熏得十分斑驳。

突然，于丽丽在我对面哈哈大笑。

她一边笑一边看着手机说，给你们出一道题，如果有一天起床之后你发现老公的脸变成了鸡怎么办？

我没有老公，我说，因为我的大脑中对"老公"两个字输入了敏感词。所以我回答得十分迅速。

我也没有，于丽丽说，可是她说的比我的现实情况要俏皮得多。

那先找个镜子看看自己的脸，我又说，如果、如果有一天起床之后你发现老公的脸变成了鸡，那我先找个镜子看看自己的脸。

我说完我的答案之后钱进哈哈大笑，就像我真的已经变成了一只鸡的脸一样，钱进哈哈大笑的时候十分自然地把手搭在于丽丽肩上，轻率的行动反而造成了一种美感。

马小军突然说，你们还真像天生一对，他说得这么自然，丝毫看不出醋意。对于这句话的直接反应，钱进微微皱眉，并不是不满，钱进有一张郁郁寡欢的脸，略带讥讽的嘴角习惯性的微微上翘。

他只是不习惯一个人说出"天生一对"这种只有电视剧里

才有的台词。还是三流电视剧。

于丽丽很满意天生一对，双手不停地摆弄着头发，也许是羞怯或者是希望自己变得羞怯，她不看钱进，她只是不停摆弄着头发。好像头发上面可以搭建出一个精巧的小鸟巢。于丽丽的眼睛一闪一闪亮晶晶的，笑的时候可以看见粉色的牙龈，是啊，谁会拒绝一个粉色的姑娘呢？她的眼睛就像小灯泡一样，我突然想：就算是谭勇，搞不好也会爱上她的。

我拿出手机，给谭勇发了一个问号。

所以你还没有说为什么是鸡。为——什——么——是——鸡？我发短信的时候，马小军一个字一个字地问，就像在做爆米花。

而我也真的想知道在他体内发生了什么，让他如此偏执。

你他妈到底是知道答案还是不知道？钱进问。像我一样厌倦的不止我一个。

于丽丽把小拇指上的一个戒指摘下来，在桌子上滚来滚去，但是都并没有滚远。

就在这个时候，我的手机响了，谭勇回了个一模一样的问号给我。我把手机扣在桌面上，又突然把于丽丽的戒指也扣在了桌面上，桌面摸上去非常凉。于丽丽被吓了一跳。

我拿着手机走了出去。

回来告诉你为什么。马小军冲空气中打了一个响指。

在这个夜晚，所有的事情都回来了。

再次走到室外，喝过的酒在脑子里越压越沉，像一条湿毛巾，我反复看着谭勇的问号，我从来没有这么仔细打量过一个问号，搞不好他是复制粘贴的呢，为什么发了和我一模一样的？

如果为了幽默，我是不是应该再发一个问号给他？

在我们共同生活的几年中，问号成了一种总结和纪念。我看了看这座酒吧的霓虹灯管，大部分已经残损了。

有一个穿了皮短裙的年轻女孩儿正好在我旁边夹着胳膊打手机，嘴里不时地蹦出"我操我操"的字眼儿，我看了她两眼，但是她并不看我，我只是好奇她是怎么把"我操我操"说得这么动听，我甚至想拨通谭勇的电话，然后把电话堵在女孩儿的嘴上，逼她对着电话说，说几个都行，说什么都行。只是女孩儿并不看我，所以我并没有机会。她不时地用余光瞟着酒吧老板，我觉得他们今天晚上就能操上，我是说真的。

我真的不知道谭勇为什么不能回我短信电话，或者见见我，我是坏人吗？他又不是大导演，他这么忙吗？

但是我跟自己说，别闹了。反正我也不想打给他。因为我担心一件事：我担心如果电话接通了呢，如果谭勇说了一句——你为什么打给我？并且用他那种一贯的语气，被侮辱的人和被损害的人才会拥有的语气，我是不是还会把准备的话说出口呢？

我当然说不出口。

太冷了，我只好走进屋里。

只好走进屋里，钱进刚好看了我一眼，他是刚好看了我一眼，还是一直这样盯住我并不知道。我也这样看了他一样，我猜我的失望一定都写在脸上了，沉默像一面墙，坐下之后我什么都不想说。我希望马小军也可以看见这面墙，千万不要再和我说什么鸡奸。我甚至想过，如果他还要继续说下去，这种屁大的事也要这么津津有味的话，我就会让他当众表演给我看。

马小军就像预料到了我会让他当众表演给我看，果然闭嘴了，憋着一脸的古怪表情跟我说，没赶上，没赶上，可惜了，可惜了。然后把双手在胸前的桌面上摊开，说，这回可好，钱进都知道了。

钱进此刻正给于丽丽点烟，我一点儿都不关心钱进到底知道了什么，真的，一点儿都不关心，他知道的不会是鸡奸吧？

那我出个题目吧。是不是所有鸡奸都是悲剧？于丽丽用两指夹着刚刚点燃的烟突然说。说得那么熟练，好像她自己就是一个悲剧的亲历者一样。

你怎么不说所有相爱的都是悲剧呢？马小军说。说得也是那么熟练，好像他自己也是另外一个悲剧的亲历者一样。

于丽丽的悲剧瞬间就不如马小军的悲剧有品质了。

接下来，马小军的悲剧突然获得了和悲剧相等的悲剧理论。他说，相爱的都是时间短的，时间短的都是悲剧，那相爱的都是悲剧。

行了。别背台词了。钱进说。

不难想象，钱进一定在那些三流电视剧里写过这种三流台词。

另外，在他们说这些的时候，我想到一件更三流的事，或者说是下流。其实鸡奸根本算不得什么悲剧，最多算一出肥皂剧。想到捡肥皂我自己竟然笑了起来。为了让自己不继续这么粗俗笑下去，我问马小军，那你说，那鸡奸算恶吗？

鸡奸不算恶，恶分七种：好色、暴食、贪婪、懒惰、愤怒、妒忌、傲慢。

马小军说这些的时候，谁还会怀疑他真的是一个大学老师呢。虽然那只是一所民营企业赞助的民办大学。

那鸡奸算重口味吗？我接着说。

有的人喜欢重口味，是因为重口味不够。但是很多人连重口味的条件都没有。我就是一个穷人，富人就不一样了。马小军一边说一边用酒瓶子指了指钱进，他的酒意上来了，所以才敢这么指着钱进。马小军说，富人做什么都行，连鸡奸都行。钱能满足空虚，富人不需要被救赎，富人的世界自成逻辑，如果不满足，是因为你还不够有钱。

我不鸡奸就是因为我还不够有钱？哈！钱进说，我是还不够有钱，我要有钱我还写什么破电视剧啊。每一个台词每一个情节每一个转场，每一个！都是没钱闹的。

我跟你说的不是一回事。马小军说，为了做一件事而去做一件事是世界上最纯真的。这跟恶和重口味都无关。有人就是为了鸡奸而鸡奸。有一种鸡奸是为了爽。有一种鸡奸是为了报仇，甚至有一种鸡奸是为了正义，但还有一种鸡奸，也可以叫鸡奸王，就是为了践行鸡奸哲学。

马小军一个人滔滔不绝。但是我们都不想再说下去了，到底什么是"鸡奸哲学"？

反正我分不清鸡奸、爱情和性。于丽丽说。

分不清挺好的，没不然就没底线了，不过没底线也挺好。马小军说。

没底线就不刺激了。我说。

最可惜的就是不能活两次然后去比较。马小军说。

你怎么知道你没有已经活了两次？我说，但是说出这句之后我突然感到一阵伤感。其实有一个问题我很想和马小军探讨，到底什么是恶呢？

如果恶不会得到惩罚，人会一直作恶吗？这种惩罚包括良心的。还是说恶本身是中性的，仅仅是教养的结果，仅仅是良心的一种投射。但是我并没有说出口，我已经没有精力了。

于是我说，来，为活了两次，干一个。我们的声音如此之大，以至于邻桌三三两两的人也把酒杯举起起来，就好像我们为上辈子干了一杯，干了一大杯。如此完整，一滴不剩。

各自喝掉杯中的酒后，钱进说，借着酒劲儿，我也说句实话吧！我是绝对不会让别人鸡奸我的，说完之后他自己突然哈哈大笑起来。

于丽丽问他，是吗？

于丽丽只是想听到一个更加满意的答案。

别证明了，你肯定是直的。我指着钱进说，虽然我不知道啦。但是别再说什么反正我是绝对不会让别人鸡奸我的。你知道为什么吗？钱进，知道为什么吗？因为，很简单：自恋是最大的傲慢。

说完之后，我看了一眼手机，我还是给谭勇发了短信，短信里我说，反正我是绝对不会让你羞辱我的。

我竟然发了出去，但是刚发出去，我就后悔了。

于是我掉进了继续等待的姿势里面。

羞辱，我竟然跟我的前夫说起了"羞辱"两个字，这两个字属于我吗？属于我们吗？属于过去的我们现在的我们未来的我们吗？

此时此刻，这两个字属于我。

他的失踪就是一种羞辱。

再后来，钱进出去上卫生间，又换到了我旁边的位置。

于丽丽喝多了，趴在桌子上。

钱进坐在我的旁边说，你得相信我。

什么？我差点儿以为自己听错了，相信你什么？相信你是绝对不会让别人鸡奸的？我相信，我太相信了。不相信你有什么价值呢？我怎么会怀疑你呢？于是我使劲拍了拍钱进的胸脯，我和他认识这么多年了，我第一次拍他，他的胸脯摸上去手感不错，我们到底认识多少年了，我也忘了，这么多年了吧。他了解我的一切，他们都了解我的一切，包括马小军，但是为什么，他们只字不提。

如果他们提了我会更好受吗？我不知道。

也许并不。

你也要相信你自己，钱进又说。

我相信啊，我说，马小军说的不对，其实罪不是只有七种，不相信才是一种罪，所以我怎么会任由自己走上犯罪的道路呢？

相信就好，钱进摸了摸我的脑袋，就像我只有二十岁一样，就像摸摸脑袋我就会真的相信一样。

是啊，我想，但是我并没有告诉他，我相信，我现在什么都相信，相信自己已经三十岁的事实，相信自己有一个孩子，相信他长大之后也不会有什么不一样，相信自己有过一个失败的婚姻，相信自己最终会在搞创作上一事无成，相信自己还会拥有很多像今天一样愉快的夜晚，相信这种愉快并不是真的。我也相信自己骗自己的那种心理就是人性。

我突然想起一句诗——相信未来。

可是那首诗太一般了，如果不是在一个特定的时间和空间里，甚至还不如钱进的早年作品。1880 年的时候，有人预测，人类会有两百年没有信仰，那么还有一百年，如果从我们在这个酒吧谈话的这一天算起，也还只有一百年。

我最近在系统地看中国内地的大案要案。关于鸡奸的还真是有几个。不光有关于中国内地的，还有外国的，马来西亚前副总理又因鸡奸罪被判九年监禁。马小军大脑里就像被安装了无法停止的软件一样继续说，一切都是政治问题，那么鸡奸也是政治问题。

他说这些的时候，我实在不想听下去，我担心他聊政治。

我终于播了谭勇的电话。（也许是厌恶政治给了我勇气呢？）

谭勇的铃声没有变过，是全世界苹果手机的那种铃声。以至于我怀疑是不是真的播了谭勇的电话，可是他不接电话。

马小军的声音在四周响彻，我的烦躁已经到达了一个顶点，此时此刻，"鸡奸"这两个字，这个词，不断地冲进我的耳朵，然后冲出来。

另外，佛教怎么看鸡奸，加缪怎么看鸡奸，那鸡奸是不是一种宗教？我又不需要鸡奸，也许做爱的时候需要。我觉得做爱的时候也不需要，我不需要别人，除了出生。也许有一天人连出生都不需要别人，但是那时候可能根本不需要人了，根本不需要人类了。

马小军洋洋洒洒地说了很多。并没有人回应他。他完全可以就鸡奸作一篇颇有成就的学术报告，甚至可以在国际上取得相应的地位。但是此时此刻，这一切都成了一种噪声。马小军早就喝多了。钱进酒量最好，就像没事儿一样。如果钱进也喝多了就好了，那样他一定会抢起一个酒瓶子，狠狠地砸过去，让马小军闭嘴。

几分钟之后，谭勇给我回了一条短信。

看过谭勇的短信之后，我整个人都轻松了，我关掉手机，喝了一口酒，又喝了一口酒，喝了好多口酒之后说，马小军同志。你就别为人类担心了，而且你为什么还在聊鸡奸！你他妈的为什么！为什么他妈的！他妈的！还在聊鸡奸！还在他妈的聊他妈的鸡奸！为什么啊！！

出门的时候，雪越下越大了。我们原本因为等雪停，才又在酒吧多坐了这么久，可是雪竟然越来越大了。黄昏路灯下，细碎的雪花从高架顶端洒下来，就像舞台上方洒的纸片。我想我们白等了，而且我们的话题这么没意思，鸡奸，有那么几次，也不是不可以聊其他的话题，但是都被我们错过了。我甚至愿意命名——这真是一个鸡奸之夜啊。就像我们已经鸡奸了或者被鸡奸了一样，神清气爽。路灯下是我们几个人的阴影，像狗也像鸟。

几个人里，只有钱进有车，这是自然的。钱进有了车之后，功能可真是太多了，比如可以接送于丽丽。

钱进开车之前又过来抱了抱我，然后突然在我的耳边说，我还不是每天都被电视剧鸡奸，相信？我相信个鸡巴啊。我也抱了抱他。抱得很紧。

而于丽丽呢，在钻进钱进的迷你小轿车之前，又和马小军挥了挥手。马小军因为被我的他妈的震惊了，所以反应得很迟钝，并没有向任何人挥手，一个人往路口走，可是我不担心他。

接下来，于丽丽又过来摸了摸我的外套，说真好看，于是我也摸了摸于丽丽的外套，我说，你刚才说恋爱了，你不会是追求爱情吧？

我的声音很低，她并没有回答我，也许是没有听见。

最好没有听见。另外还有下半句我没有告诉他，我想跟她说，人不应该为了生存去寻找爱情。可是她这么年轻，一定不会听我的。

雪地里，她的高跟鞋十分闪烁。四周有三三两两的人走动，从左往右从右往左，构成了十分动人的画面。越来越多的人为了避开这场大雪躲进了酒吧。我想，酒吧的生意一定差不了，虽然不是所有人都会喝五十几块钱的啤酒，另外，老板真应该想办法找点花生米，这样准能喝下更多的酒。夜晚很亮，很长，我们就此告别。

　　我是自己打了一辆车走的，我对一座城市的认识总是从这种时刻开始，总是一瞥而过，总是没有任何瞬间在记忆里静止，所以生活转瞬即逝。这些瞬间有自己的设定，每一片雪，很多片雪，路边走过的人，很多的人，不在乎并且也不知道，总之我正在一辆缓慢行驶的出租车里和他们擦肩而过。司机开得很慢，他说明早这个城市就会非常堵车了，雪将会变成冰。他又说不过政府有融雪的措施，我坐在后面听着政府到底有什么融雪措施。

　　在一个红灯的位置，我的出租车和钱进的车同时停了下来，并排停着，但我们都没有摇下车窗再说两句，哪怕挥挥手，这正是我希望的，我可不想再跟他们挥挥手了，钱进的车贴了漆黑的玻璃膜，所以我并不知道丽丽坐在了前面还是后面，这可是非常不一样的啊。如果坐在副驾，钱进就可以一边开车一边攥住她的手，这无疑会增进他们的感情。反正这样的天气，又开不快，他甚至可以攥住很长时间。

　　另外，路上，我突然收到马大军的短信，他一个晚上没说话，竟然还给我发了短信，我是不是应该感恩戴德呢？短信里，马大军问我什么时候回京市，他说他已经到家了。我说明天，他又问明天什么时候，我说一早，马大军问我要不要送，我说别送，千万别送，我说得很坚决，就好像真的不希望他送我一样。然后他竟然给我回了一个哼。马大军在一家颇有影响力的都市报做总编辑，可是总觉得他内心看不起都市报，看不起都市，甚至看不起"都市"这两个字，不然他为什么总是用"哼"表达对这个都市的理解呢。哼。但是他这个哼到底他妈的什么意思呢？

一晚的啤酒在体内翻滚，我摇下车窗冲空气中一口一口吐着浊气，司机从后视镜看了我几眼，问冷不冷。我看了看手机，我想已经没有必要再打给谭勇了，短信里说得很明白：冯英，我要再婚了。

并不是所有人都知道我叫冯英，我总是把自己当成女作家冯冯。时间长了，我真的以为自己是冯冯了。但是谭勇，说得这么轻松，这么自然，屏幕里的那些字就像从他的嘴里说出来一样，轻松自然极了。就像在我们共同生活的那些年里一样，我尽到对他好的责任，他也尽到了对我好的责任，是因为我们不想做一个坏人，而不是我们喜欢这样的生活。既然我们都不喜欢，所以总会走到头。虽然生活中还有这样那样种种的不如意，但是我竟然不敢跟他提出来了。他竟然再婚了。他说自己不适合婚姻，这下可好，他竟然再婚了。我以为因为孩子我们还会有千丝万缕的联系。

出租车开了很久，因为这是一家偏远的酒店，我甚至都不知道是不是已经开回了京市。我有过这样一秒钟的愿望，马上，连夜，回家，出现在小勇的面前，抱住他，紧紧地抱住他。两边，蛋黄颜色的街灯顺着白蒙蒙的砖墙扑向已经打烊的店铺，洇开一团光晕。

到了酒店，因为没有零钱，司机让我多付他几块钱不要找了好不好，但是我不想，就是不想，我也不知道为什么不想，我为什么不能满足他呢，我不知道。

回到房间，我衣服没脱趴在了床上，我太累了。我支撑了一个夜晚终于停止了。床头柜上的有一个瓶子，瓶子里插了几枝假花，假花旁边是糖渍过的杨梅，免费的，我吃了一颗，既然是免费的，于是又吃了一颗。我吃了三四颗，越吃越欢快，这一个夜晚毫无价值，我竟然把一小盘杨梅都吃掉了。

我的床前是面镜子，于是我突然开始像于丽丽一样，搔首弄姿，像于丽丽一样，用头发遮住半边脸，像于丽丽一样，说一些傻头傻脑的话，我无法解释这一切。我对着镜子说，冯英，你知道自己是谁吗？

我说，冯英，女作家？

我说，冯英，你是一个离婚的女人。

我说，冯英，这下好了，别人再婚了，你还好意思要这要那。

我说，我说了一大堆。

这些话在我嘴里就像杨梅一样轱辘轱辘乱转，我知道，就这样，感觉好极了。

于是我又说，冯英，你这下知道什么叫鸡奸了吧。你的收获真是大大的。我竟然开始说起了日本话。鸡奸思密达。还有韩国话。Chicken fuck。

时间被感觉拉长，我在语言里不断变换着姿势，还有镜子前那个搔首弄姿的女人，头发遮住了她的半边脸，房间的边角从四周开始褶皱起来。眼前就像结了一层薄冰。我连哭都不会了。

无意义之旅

1

李霞想象着自己的飞机一定就像黑白片一样，在迷雾里穿来穿去。她艰难地吃着飞机餐，机长正在广播里说，飞机遭遇不平稳气流，有颠簸，请大家不要离开座位，系好安全带，洗手间将暂时关闭，在洗手间的旅客请注意扶好，待天气转好，我们将继续为您服务。

安全带把她整个人绑在了座椅上，从窗口看到的微弱的光明从大团大团的迷雾里偶尔刺出来，就像一道眼白。吓了她一跳。也可以说她被自己吓了一跳。她这是在干吗？一团一团的迷雾被抛在后面，前面又是新的一团一团的迷雾，新的又被抛在后面。

时间是 2009 年的秋天。

2

从飞机上下来之后，她就直接坐进了一辆 2000 年产的沃尔
沃，吃剩的薯条和溢出来的咖啡被挤在沃尔沃皮椅的缝隙里。
公路在眼前缓缓延伸成一条直线。有轰隆隆的雷声从远处翻滚
过来，李霞想，这就是刚刚遭遇的不平稳气流吧。

王阳呆板地握着方向盘，李霞看了她一眼，勒了勒安全带，
那片轰隆隆的雷声从远方翻滚过来之后，就又一个跟头翻走了。
李霞把车窗按下来一部分，死死盯着那片远去的雷电，王阳突
然加快油门，这样一来，李霞那双鱼泡眼就被甩在了车后面。
如果说每个人都有一个显著特征的话，李霞最大的特征就是鱼
泡眼。这让她实在很难称得上漂亮，除非你偏偏喜欢鱼泡眼。
就像小马一样。总是喜欢一些稀奇古怪的东西，至少是喜欢过
一些稀奇古怪的东西，比如这双鱼泡眼。可爱点儿的说法叫鼓
鼓眼。但是李霞早就过了可爱的年纪。

没想到网上还挺靠谱儿的。她眨了眨自己的鱼泡眼突然说。

王阳看了李霞一眼，说真的，他根本不在乎她的评价。这
女人真丑，他想。尤其她的鱼泡眼。看上去就像一宿没睡。于
是他就说，你一宿没睡？

睡了啊。李霞说。她想，飞了九个小时，觉得自己睡了，又觉得自己没睡。那一定是睡了，虽然飞机一直在遭遇不平稳气流，但如果没睡，她又怎么会怀疑呢，只是睡得不好吧。

只是睡得不好吧，她说，然后她又自言自语，今天晚上可以好好睡了。

王阳从后面拿出一罐酒，并未理她。她就算下半生都失眠，也与自己无关，事实上，真的如此。

那瓶酒，一拉，就开了。声音很脆。

咕咚咕咚，王阳喝的声音很大。

李霞想，声音很大。

车内放着一首撕心裂肺的音乐，就像坐着第三个人在喊叫。

但与此同时，李霞又觉得没有什么比现在自己的处境更撕心裂肺了。虽然没有什么样的撕心裂肺可以写在脸上，没有人规定撕心裂肺应该什么样，比如这样，她冲着玻璃龇了龇牙，又比如那样，她又冲着窗户龇了龇另外一边的牙。接着，她用双手拍打脸颊，她觉得自己是浮肿的。

王阳一直往道路的深处开，李霞把啤酒罐拿过来贴在了脸上。王阳只能再打开一罐。咕咚咕咚。这个声音听上去真年轻，就像身体里有个洞，无论喝多少，吃多少，都永远填不满，活着就是为了给他填满的感觉。李霞突然羡慕起来，刚刚的飞机餐在她的胃里翻滚，时而上来，时而下去，为什么不干脆上来或者下去呢，她沮丧极了。她羡慕地，或者说是嫉妒地看着，王阳，他看上去不会超过二十岁。二十岁啊，这是什么概念，她已经不敢去想了。

但是她不禁脱口而出，你是不是才二十岁？进而她想到的是，网上没写年龄。要是这么小，也许自己应该预约另一个司机。

方向盘动了一下，接着开得更快了。阳光刚巧有一束照在王阳脸上。这让他的年轻具有了说服力。李霞甚至愿意相信，他连二十岁都不到……

不过，年轻真好，李霞发自内心地这样认为。当然，我也年轻过，就像你一样，你也会老，就像我一样，但是正年轻。这最难得。她竟然把这么傻的话都说出了口，你知道。我说这么多，不是想烦你，我就是想请你帮我，没错，你已经在帮我了。我就是想感谢你。

嗯，王阳说。

王阳想，你又不是没付我钱。

这句话说得没错，李霞反驳不了，开了这么久，感觉都开到了世界尽头。但她又不是二十岁，根本不相信什么世界尽头，她现在是一个没心的人，没心的人没有底线，没有底线的人哪儿能感觉什么世界尽头呢？当然也可以换种说法，世界上哪儿都是尽头。

王阳专心致志地开车，喝掉了一罐啤酒。

你能喝多少？李霞问。

李霞又问，你能这么一直喝下去？

是啊，他当然可以一直喝下去，他的身体里有个无底洞。

王阳觉得这句话是废话，于是他又开了一罐。他从后座多拿了一罐，李霞说，我帮你拿着吧。酒很凉。她是想给焐热吧，王阳想。不管她想或者不想，她这么傻乎乎地拿着，酒，一定会变热的。真是多此一举。

王阳长着一种听之任之的懈怠。无论李霞说什么，王阳就说啊。这让李霞不由得想到了很多语气助词。啊、啦、唉、呢、吧、了、哇、呀、吗、哦、噢、喔、呵、嘿、吁、吓、吖、吆、呜、咔、咚、呼、呶、嗨、哒、咯、咳、呗、咩、哪、哎……

最后她想到的是"哎"。当"哎"这个词从她心里升上来的时候，她被自己吓了一跳，她最近总是被自己吓一跳。她是多讨厌这个词啊。就像讨厌现在一样，就像讨厌过去一样，就像讨厌将来一样。

我就叫你王阳？李霞觉得总得说点儿什么。

随便。

你就没个外国名字？

我又不是外国人。

那你是中国人？我看不像。

王阳看都没看她说，网上你可没说非得雇个外国人。

你怎么能叫王阳呢？李霞不由得想，你知道中国有多少人叫王阳吗？但是她并没有这么说。就算有一亿个人叫王阳，他当然也可以是第一亿零一个王阳。虽然这一亿个人，别说一亿人，就算两亿人，也都没什么区别，全地球的人也都没什么区别，这样想想，她的心情又好了一些，虽然好了一些也不会写在脸上，他们的小汽车继续往前行驶。

四周十分清冷，一边是萦着烟气的湿漉山脉，一边是同样萦着烟气的深邃峡湾。前方朝着他们两个人走过来，但时空就像静止了。路过一个加油站，便利店已经关掉了，不然可以随便买点儿什么，哪怕什么都不买，就是下来，下来走走，走走也好，李霞想，但是她这么想的时候，便利店已经迅速地消失在了后视镜里。除他们之外，连一辆小汽车都没有行驶过来的痕迹。路面也死掉了。

一会儿是不是先去住下？李霞说。

嗯。王阳说。

李霞也只好发出"嗯"的一声，还远吗？

嗯。王阳说。

李霞并不确定应该如何理解他的"嗯"，那就是不远了。或者远，但现在自己只能听之任之。听之任之的好处是显而易见的。就像他的坏处一样。他们是在路上的一对陌生人，他们要赶往一个地方，住上一宿，以便李霞可以完成她接下来的事情。此时此刻，正像他们彼此命运中计划的一部分一样。连这些字都是被计划好的。比如这些无休无止的"嗯"。

她重新望向窗外，把椅背调整到舒适的角度。

两边树木光秃秃，总给人一种很短的感觉，李霞也不知道这种很短的感觉来自哪儿，她甚至猜测，可能来自自己的鱼泡儿眼。她看了看表，才五点二十分不到，路灯就凉了。天快黑了。

是不是这儿的人都活得长？李霞问。

呵。王阳发出了更加奇怪的笑声。他接着说，挪威四季不分明，四季不分明的地方，人都活不长。

王阳很嫌弃李霞没有这种常识。他的嫌弃写在脸上，李霞自然看出来了，她很羡慕或者说是嫉妒，嫉妒年轻真好，年轻就可以把表情写脸上。

李霞从新看向窗外，窗外有一些肮脏的色点，动来动去，是兔子，她想。兔子只是一些肮脏的色点而已。住宿的地方就这么到了。

3

王阳熄火，下车，看了李霞一眼，就快步往前走。李霞渐渐，只能看见他的后脑勺，他的整个后脑勺上也写着那种听之任之的懈怠，还加了一点儿嘲讽，自然，是那种无端的嘲讽，李霞想，也许他并不是嘲讽谁，就像他的那种懈怠一样，和一个陌生的女人，尤其是，这个女人并不年轻，也谈不上漂亮，他陪着她，他必须陪着她，因为他拿了钱。虽然只是很少的一点儿钱，但这也是他们商量好的。但是他们并没有十足的把握，在这间家庭旅馆睡一觉，第二天，就能找到他们各自需要的人吗？这是十足的荒诞，她这样想的时候，王阳回头看了她一眼，不想让她一个人落掉太远，落掉太远自己还要等，这无疑会耽误更多时间，李霞加快步伐，她冲王阳做了个奇怪的表情，王阳还是带着那种招牌的懈怠和嘲讽，他无意懈怠和嘲讽，正像在一些人身上，这是刻意的一样。他们走过一片有苹果的小树林。

不远处，屋顶上留下的雨水，滴在下边的瓦上。这就到了。

是不是，刚刚，下过雨？李霞问。

王阳哼了一声。

接下来他们要做的事情就很简单也很必须。他们一起吃了晚饭，有豆子，有烤肉，李霞一点儿也不饿，胃里的东西还在翻腾，感觉翻腾了一个世纪之久。她把豆子倒在烤肉上，在烤肉上摆起豆子，摆得很仔细。

王阳并不着急，他从餐桌前面走到窗户前面，开始拍打衣服。拿起一杯果汁，看上去正像用院子里那几颗烂苹果榨的。他往果汁里撒了点儿东西，粉末，李霞猜是胡椒。除非他是个奇怪的人，那也没准儿撒的是盐。李霞把烤肉上的豆子按着另外的顺序又摆了一遍。

李霞看着他，像看着一个有洁癖的人（虽然很难从他的车里看到这一点），王阳喝掉果汁之后开始拍打大衣，拍打得很隆重，甚至翻开衣兜，一下，两下，他甩了好几下，才重新坐回来，李霞面前的豆子烤肉就像一列小士兵。

王阳看了一眼，还是那种明确的懈怠和嘲讽，李霞突然觉得十分搞笑。

她拍了拍旁边的椅子，示意他坐过来。

旅馆只有一个北欧老太太，是那种家庭旅馆，很朴素，但是走廊很豪华，给人一种装修完走廊就再也没钱了的感觉。

就没别的地儿？老太太端了红茶和咖啡，李霞把两样东西倒在一起。她喝了一口之后说。

嗯。王阳吃烤肉豆子说，有，你付的钱不够。

老太太坐在不远的地方看着他们吃，她是个很老很老的老太太，人老了之后就会拥有比别人多一倍的时间，李霞想，或者两倍，她就一直那么看着，什么也不说，看着两个矮小的中国人。

王阳并不矮，但是胖，胖子总要显得更矮一点儿。一个不爱说话的矮胖子，或者说，只喜欢偶尔发出一些语气词。很多情况和钱有关。李霞在国内的网站上预约了这个司机。他在网站上的注册名字是 King。

四周十分安静，让空气中有了史诗感。李霞看着吃豆子烤肉的王阳和房间一角的老太太，不由这样想。也许他们早就认识，他一遍一遍地带人来这里吃什么烤肉豆子。

吃过之后，他们挪到房间一角，房间一角有两把可以前后摇晃的椅子，于是王阳坐上去没多久就真的前后摇晃起来。他越摇越用力，李霞一直欠着身子坐，必要的时候，她想，也许自己可以随时站起来。把即将摔倒的王阳扶起来。房间里有一个木造暖炉，三个人不知道接下来说什么，于是就听着柴火噼啪噼啪的声音，李霞想，这一定很贵吧。

王阳看了看李霞，想说什么，动了动嘴唇又没说。但这一切都被李霞捕捉到了，她现在十分敏感，但她也还是什么都没说，三个人继续听着柴火噼啪噼啪的声音，给人一种烧不到头儿的感觉。李霞的鱼泡眼被照得火红。

后面是一片墓地。王阳看着这双火红的鱼泡眼突然说，要不要我带你看看。就算免费赠送你的。

呵？必要的时候，李霞甚至愿意仰天长啸三声，就算免费赠送你的……她突然觉得全世界都在和自己作对。墓地通向的就是挪威松恩峡湾的一条支流。但是这个季节太冷了，只有你来。王阳冲李霞说，你不是就要这个吗？

王阳说得很轻佻，好像李霞不远万里是为了追寻一种感觉。或者说，一种 feel……

走了。王阳从摇摆的椅子上站了起来说，你也休息吧，明天还要早起。

他站起来的地方自然陷了下去。李霞把杯子里的水喝掉，用手把王阳刚刚坐过的地方抹平。她觉得自己到了那种眼里揉不了沙子的年龄。她看着自己抹平的地方，觉得这是一天中最满意的时刻。

老太太看了李霞一眼，又把刚刚抹平的地方抹得更平了。

李霞端详起老太太。喝酒也没有解放她。从他们进入开始，她就一直在旁边拿着一杯酒。她穿得非常精心，让人想到忧郁症。这正和这个时间地点相得益彰。她看上去大概有二百斤。所有的肉裹在衣服里。看上去就像来自恐龙时代一样衰败。一个得了忧郁症的恐龙，把抹平的地方重新抹平。她突然好想和老太太说点儿什么，比如和她谈谈过去的生活，对一个陌生人真情表露是什么感觉，她想象着。应该既不是哭的感觉，也不是笑的感觉。妈的。她脱口而出。然后她走到冰箱前面，她打开冰箱，冰箱里满满的，每一样都要收钱的感觉，但她觉得收钱也好，冰箱就应该是满满的。她突然很想哭。并且她还是什么都没说。

明天几点出发？李霞问王阳。

是你付钱给我，王阳说。

七点？李霞说，她又说，或者你说几点都行。

嗯。王阳说。

李霞又不知道该如何理解这个"嗯"了。是七点还是八点？七点半？

王阳具备这种的能力，或者说，是魔力，如果自己不说话，他也绝对不说话，他只说很少很少的话，这种处境让李霞觉得，自己花的钱太多了。

她走后，李霞又一个人在大堂溜达了一会儿。天花板看上去都很高，木头的，小酒吧、开放式的厨房和桌子椅子沙发，都是木头的，墙壁上贴满了旧照片，当然说大堂未免夸张，看上去有点儿像宜家。如果有一场大风，一切就会咯吱咯吱地响动。

她回到房间的时候已经十二点了。

4

房间里，她能闻到一股潮湿的气味，她想把窗户打开，打了很半天，都生锈了，就像一扇一百年都没有人打开过一样。

她这样想的时候，就把这句话说了出来。

也许真的已经一百年没人打了。

我怎么不说两百年。李霞在空旷的房间自己问自己。

那我可不可以说一千年？李霞好像突然从这个数字获得了一种前所未有的乐趣。一万年也没人管啊。

突然一下子，窗户打开了。

一股冷气吹进来。

李霞打了一个喷嚏。

接下来她把窗户打得更大。

到了她这个年纪，就什么都不怕了，还有两个月，她就三十七岁了，本命年啊，她想，虽然什么都不怕，但她越来越相信了。

她想，距离七点还有七个小时。她决定先去冲个澡。这样就能消磨半个小时。她已经失眠有一段时间了。卫生间很大。墙面上贴着白色的方形的瓷砖。看上去正像一个卫生间应有的样子。水很凉。砸在地上很响。一下子就碎了。李霞在水池里先洗了脸，然后用湿乎乎的手把头发帘压平，她不知道头发帘从什么时候开始翘起来的。她觉得自己此时此刻像一只淋湿了毛的鸭子。到她这个年龄还留着头发帘，已经越来越滑稽了。

至于为什么是鸭子，这一点儿都不重要。这仅仅是一个小小的比喻，必要的时候他甚至愿意把这次挪威之行比喻成一只鸭子，世界上的一切都可以是鸭子，这仅是命名的结果，可以是鸭子，可以是鸡，鸡也可以是鸭子，如果没有王阳，她是不是还有能力完成这场鸭子之行，虽然她对王阳实在称不上满意，但是这有什么关系呢，仅仅是她对自己的失望加重了一层。但，也仅仅是她对自己的失望加重了一层。

水还很凉。她打开电脑，想写点儿什么。很长时间，她都没有办法写下一个完整的句子，她会把写下的句子删掉，删得快，因为她写得也快，写和删都失去了意义，她甚至必须把一个句子重复写上几遍才觉得完整，有时候是七遍，七是特殊的数字，他想——这也是多此一举。离婚之后，她也辞掉了工作，靠给一些地方写稿子为生，有些艰难但并不是十分艰难，这就是一个人的好处，她想。

水已经不那么凉了，她把衣服解开，又哆嗦了两下才完全脱下来，这才叫冲凉，她想。她尽量睁着眼睛洗啊洗啊。她快速洗着，就像一只鸭子舔毛。

重新躺回床上之后，她盯着天花板，湿漉漉的头发贴在枕头上，她想起来白天一路上，他们几乎没有碰见什么人。她什么都不怕，但是她知道自己要做对的事情。

对的不一定是正确的。对是应该这样做，正确是经过论证的。人可以做错误的事，但不应该做不对的事。

这次来挪威，就是对的，但不是正确的。

一个即将更年期的女人，她被自己搞混了。

晚安。李霞最后干硬地对自己说，晚安，李霞，晚安，小马。

房间里最显著的是一个旋转吊灯，像地球仪，使得整个地方显得陈腐而萧条。

她觉得自己睡着了。

5

次日，继续赶路。

6

一路上，两个人偶尔说些话，都是李霞问王阳。

这么久你都不问我去哪儿？李霞说。

去哪儿都行啊，向前向后，东南西北，左边？右边？王阳就像换了一个人。一口气说了好多，最后又突然说，你不是说回家吗？

王阳的话不知道为什么多了起来，谢天谢地，这种时刻真不常遇到。李霞有种物超所值的感觉，但是提到回家。她又什么都不想聊了。

回家，他怎么不提灵魂呢？这更诗意。李霞想。

接下来，沉默。两个人漫无边际地往前开。

红灯的时候就停，绿灯的时候就走。

偶尔会有人从十字路口穿过，王阳喜欢盯着那些北欧女人行走的双腿看。有时候也看胸，或者从腿看到胸。这和小马真是两种人，小马什么都不喜欢看，很冷淡，也许只是对自己冷淡，他们结婚那么多年又离婚那么多年，就算他死了，她都搞不懂。

一路上，两个人连一个红灯都没有错过。

你知道，李霞说，你知道，这也太巧了。

嗯，王阳又恢复了那种方式。

这么想的时候，他们又赶上了一个红灯。

一个塑料袋在马路中央被吹来吹去。

看着塑料袋，李霞突然问，你谈过恋爱吗？话刚出口，她就觉得不妥，于是说，你谈过恋爱吧？

啊。王阳说。

我说的这个恋爱，也包括分手，是啊，恋爱本身也包括分手。李霞说。

为什么这么说？红灯变绿灯。王阳说。

李霞什么都没说，她想，是啊，为什么这么说，或者就是随便一说。她觉得这句挺美，但也许她不应该说出这种话，不应该说出这种句子，这种单词，这种字。他更不应该问一个陌生人，她觉得自己十分不体面。

为什么这么说？王阳看了他一眼又问，其实无论她嘴里说出什么，他都会继续开自己的车。另外，她真的不应该说出这种话，就像她自己说的，这种句子这种单词这种字，为什么？她都这么老了。

这下好了。这个女人不光烦，而且抒情。

他们一成不变地在红灯停下，绿灯继续走。

越往前走越空旷，亮度一层弱似一层。大风将更多的塑料袋吹远，越来越晚。他们就这么几乎开了一天。暮色像巨大铁块沉下。

王阳看了李霞一眼，他连这个女人叫什么都快想不起来了，有句话说得好，对拯救无能为力，只能陪对方一起痛苦。但是他连痛苦的能力都没有，更别提拯救了。他想尽快结束眼下的处境，然后往回开。

想到这些的时候，王阳感觉有一个豹子在自己的心上踩来踩去。这让他不适。但，他对自己失去的痛苦和拯救的能力十分满意。虽然他并不知道对方有什么需要拯救和痛苦的，何况整趟行程都是无稽之谈。难道是为了钱？他需要这点儿钱吗？他差点儿笑出声音来。他又看了一眼李霞，李霞正看向窗外。

他舔了舔嘴角想，这是一个有一点儿钱但也不是特别有钱的可怜的女人。他就此判断，因为他是一个敏锐的人，对于别人崩溃的生活，他总是十分敏锐。

看向窗外的李霞突然开始打嗝。也许这对王阳来讲，应该能再次找到不少乐子。

在这种国家生活，肯定还认为你的人生算成功吧，李霞一边打嗝一边说。

王阳从后面拿了啤酒给他。

他们的小汽车，对比这巨大的地面，就像太平洋里的一条鱼，或者月球上的一块石头。就连王阳自己也感觉到了正像悬挂在圣诞树上的一个小球。圣诞节就快到了，有时候希望自己缩小成一个球，悬挂在树上。李霞问得对，他没谈恋爱，他甚至没谈过恋爱，他是一个生活在发达世界的侏儒。

你有什么朋友吗？既然他不想回答爱情的问题，李霞问。当然，人也不是非有朋友不可。

王阳什么都没说，很久之后他问李霞，你来做什么？

这次轮到李霞不说话了，重新望向窗外。

她想，是啊，我来做什么？其实死者就是与世界失去联系了，我不应该再去寻找什么舅舅，一个北欧舅舅，一个挪威舅舅。我的挪威舅舅，小马的挪威舅舅，我死掉的丈夫的挪威舅舅，他都死了，还让我去找舅舅，这真可笑是不是，然后我就这么做了。人应该像大象一样死亡，回到自己的地方，安静，迟缓，不在任何时间不在任何地点不给任何人添麻烦。李霞翻出手机，又看了看那张照片。

王阳看了他一眼。

照片里，是小马在和舅舅打鼓。谁也不知道是哪一年，是很多年前。照片四周被剪成了锯齿形状。

小马都死了这么久，李霞第一次觉得孤独，只有死亡能将一个人打败，将一个人从另外一个人身边带走，这是不可以超越的。甚至超越了他们失败的婚姻。这样想的时候，李霞放大了手机里的照片，小马那会儿可真年轻啊。

7

路上并没有什么值得一说的。

那条窄窄的公路，有些地方有铁丝网围栏。

往左还是往右？

有什么区别？李霞问。

因为快到了，王阳点了一根烟说。

李霞想，他是在逗我吗，或者换句话说，他是在调戏我吗？而且"调戏"这个词，怎么会出现在自己身上，怎么会出现在他们两个人身上，她觉得更有意思了。

一边是小路，一边还是小路，王阳说。

那就走左边。

为什么？王阳说。

那就走右边。

李霞说，她实在是一点儿心情也没有。他觉得王阳尤其不应该在这个时候要自己。

王阳向左边拐过去，左边果然是一条小路。

是不是就是这儿？王阳问，好像到了。

但是看上去什么都没有，于是他只能继续往前开，又说，快到了吧？

王阳很不满意。GPS 显示这里了。

哦，差不多。

就这吧，李霞说。

李霞四周看了看，她也不确定。因为她无法确定。

你确定？王阳说。

两个人说到这些的时候，路面也变得坚硬了。

路上的车辙越来越少。很容易让人联想到漫漫岁月。这种地方怎么会有人住呢？但是小马活着的时候总说，就是这儿。那就是这儿吧。李霞想。小马怎么会骗人呢？他有智商骗人吗？他有这种运气吗？

会有人住在这种地方？李霞问。或者不如说，她在肯定自己的设想。

王阳没回答。

大概他也不想回答这么简单的问题。这个女人到底是想没话找话，还是想知道这个答案。

按地图上的显示，他的农场就在这条路的尽头，从很远处，就能看到，尽头有一个谷仓。看上去很破败。他们只需要再往前走一点儿就到了。

李霞想到一件事，很多人奋斗一生，就是想从一个中国农民变成一个美国农民，变不成美国农民，就变成一个挪威农民也不错。反正这个地球上到处都是农民。

王阳帮他把车门擩开说，不管你去哪儿，一个小时，一个小时我就得往回开。我们可以赶夜路。有一句话王阳没说出口，其实他最想说的是——最好我们明天就分开。

远处有牛（大概是），看上去就像一些奇怪的肿块或者一些移动的箱子。

她这样想的时候，自己先笑了。她答应王阳，用不了一个小时，她也不知道自己哪儿来的这种喜感。

王阳干硬地笑了两声。李霞想起来：小马说过，牛有时候看上去就像移动的棕色皮质箱子。一些笨重的农场器械已经腐蚀生锈。地上看上去全是牛粪，王阳说，那你肯定没见过牛粪。

太湿太泥，他们只是看上去像牛粪。

反而是这些牛粪上的青苔闪闪发光。

那你等我一下。李霞说。她下车，披上外套。就像下车去买瓶矿泉水一样，简单轻松，她走了这么久，坐了这么久的飞机，坐了这么久的汽车，就为了像现在一样，简单轻松，买一瓶举世无双的矿泉水？

到底多久？王阳又问。

李霞没有回答。只是回头打了个手势。王阳把车熄了火儿。

他四周看了看，他知道，不会太久。

8

当然不会太久，因为出现在李霞前面的什么都没有。

她四周看了看，她不知道什么人会住在这儿。她往前走，可前面还是什么都没有。她只是想这么随便走走。

只有几个孤零零的房子，移动的棕色皮质箱子。有一个老头儿，正在用铲刀掀起一勺一勺的自家门前花圃的土，11月份的泥土，干硬，需要一定的技巧才可以让它松动起来，虽然这对一个老人来讲是必要的生活经验。

这会儿已经不那么冷了，开始有阳光。

但是李霞想起王阳顺口说的，天气是一个相对的概念，随时可能下雪。她突然想逃跑，而且她有了逃跑的理由。她感觉小马骗了自己，而自己竟然心甘情愿地受骗。根本没有什么会打鼓的舅舅，甚至连小马都不会打鼓，那只是一张老照片，破照片，又老又破的照片。在这么多年，这么多次的搬家，他们结婚离婚都没有丢掉的照片。没有人会打鼓，也没有人需要打鼓。小马已经死了，他到死都是一个小职员，他死于可怕的疾病，甚至经历了可怕的婚姻，这是他必须经历的，而和打鼓没有一分钱的关系，想到自己花了这么多的钱，对自己来说，这是很多的一笔钱，来到这个地方，她感觉彻彻底底地受骗了，或者说，不是受骗，她满足了，忽然之间，她没有什么对不起自己的，更不用说对不起小马了，在他们相爱的那些年，他们吹嘘过自己的过去，小马是一个终止了打鼓的小职员，舅舅可以证明这一切，她使劲看太阳。如果那是舅舅，舅舅只是在弄那块干硬的土地。那可能不是舅舅，这不重要了，舅舅为什么要一个人生活在这样的地方？李霞觉得不真实，她从一开始就错了。突然，她想不起来小马是哪天死的了。有人说，人生出河流，河流生出集镇，集镇生出世界，世界生出虫子，虫子再生出河流。一切有因有果周而复始。去年的今天，前年的今天，明年的今天或者他们离婚那天，对，离婚的那天他就去世了，甚至可以说，他们见面的那天他就去世了，他从出生他就去世了，他出生他们就会遇见，遇见，相爱，结婚，分手，离婚，小马死，或者随便打乱顺序。而此时此刻，她更不知道了，自己为什么要来，出现在这儿。

风有时候朝一个方向吹，有时候朝另一个方向吹，风很大，树枝摇曳，人像走在海底，天是大块大块的蓝色，可李霞觉得自己灰溜溜的。整个人都沉了下去，路上没有人，李霞想尿尿，或者说，她想找个地方蹲下来。

他为什么不去做一个打鼓的人呢？蹲下来之后，李霞不禁这样去想，他要去做了打鼓的人，也许就不会死了。当然，但这是不可能的，小马非死不可，如果他不死，自己不会想这个问题，就像现在一样。他不会在这个时间，这个地点，想这个。

接着，她站起来，她往回跑，很快，跑回到车里。她蹲在轮胎旁边，粗重地喘气。她并不胖，但是她感觉自己的身体已经无法承担自己了。

王阳点火，很快带她逃离这里。那人家的草坪、车库、谷仓，可以看见河水闪着微光，都渐渐远去。

人在年轻的时候，总是对这种东西感到兴奋，但是现在不了。李霞把头转向道路的另一边想到。

河在右边，与公路的距离忽远忽近，有时候看上去，和路面齐平。有时候也会高些，有时候也会低些。

但她观察这些的时候，都要越过王阳的脸，肥大的斜纹软呢大衣搭配柔软的头发，整个人看上去还是那种招牌的懒倦。但，不知道为什么，还有一种坚定，就是那种生活在发达国家的坚定。

李霞突然觉得好笑，所有的都好笑。她就这么一出溜儿，从舅舅的门前划过去了，好笑。幸好自己没有诱惑力，她进而想到，不然王阳一定觉得自己被利用了。

9

这么快？车开了很久之后，王阳才想到这么一句话。

走吧。李霞说。

虽然他们已经在往前走了。

啊？

走吧，她使劲扣上安全带又说，你不是一直想问我来做什么？

啊？王阳说着，掉了一个头。

我老公的舅舅。李霞说。

这你都没有提过。

我也没有机会。

他死了。李霞说。

谁？王阳问。

他死了，李霞又说，我老公死了。

哦。王阳突然觉得浑身不舒服，可也只是不舒服而已，这个世界上每天都在死人，这个女人太倒霉了，他想。这样想的时候，他甚至都不愿意和这个倒霉的女人相处更久。他打开一点车窗，他们回去的路开得很快，厌恶超出了好奇，也不是纯粹的厌恶，夹杂着一点怜悯和羡慕。而至于为什么有羡慕，他也说不清。至于怜悯，那是一种不重要的东西，她当然会有。

照片里的小马，他现在已经度过了自己的一生。

人死了就撒这里也不错哦，李霞看着说。

王阳没想到她会发出"哦"这个词。

于是他自己也哦了一声。哦。不错。

李霞知道，选择海葬还是人的可怜的一点儿意识，和自由无关，倒是和不自由有关。但我也愿意保留这一点点不自由，正是人和动物的区别所在。

你要死了撒哪儿？这句话问出口，李霞又觉得不妥。两个人有这么熟了吗？自然没有这么熟。

与此同时，一架飞机在他们头顶飞过，声音越来越小，飞机飞远了，这个地方有机场？李霞问。

有吧？

王阳说得很迟疑，但不难听出有的意思。

所以我应该可以飞到这个地方是吗？李霞想到这儿的时候笑了起来。

她知道自己很久没笑了。几秒钟？几分钟？几个小时，或者……她使劲笑了笑，天气太冷，整个人都僵硬了，她又想到那个关于鸭子的比喻，她摸了摸自己的头发帘。

那我就挣不了你的钱了。王阳突然说，所以不会告诉你有飞机场。

天气很冷，他们说出的话都蒸发在了车窗上。

回去的路还长。

10

他是什么样的人？很半天开了几公里之后，王阳问。

啊？李霞说，谁？

嗯，随便谁。

外面突然有只鸟怪叫了一声。但是没看清是什么鸟。

他是什么样的人呢？李霞自言自语的想，是啊，他是什么样的人呢？

也许他怕自己缺少魅力吧。她进一步想到，反正就是那种会在不必要的时候又突然紧张的那种人。她这样想的时候，就不由自主地说了出来。

有时候？王阳问。

不，是全部时候，但是很奇怪，当时我爱的就是他的那种紧张。李霞想，这种东西迟早会削弱的。当时我们那么热情都不知道那是一种迟早会削弱的东西。

嗯。王阳又恢复了那种惯常的语气。

他和你最大的不一样，就是总是喜欢说话，还常常是那些很有哲理的话，其实那种话谁都会说。但是只有他说了出来。也许他是因为紧张吧。

但是紧张的人就应该死掉吗？李霞想，我们毕竟做过夫妻。

嗯。王阳说。

那之后，他们什么都没再说，很晚很晚，两个人就重新开到了昨天的家庭旅馆。大概夜里一两点钟。或者更晚一些。

今天和昨天没什么两样。但已经没有烤肉豆子。

甚至可以说，时间在他们的生命中消失了一段都是合理的。李霞只是做了一件可以不做的事。

回到旅馆，李霞躺回床上。整个人像融化在被子里。她太累了，连同昨天的累，变成了一种东西，这种东西黏在了身上，她甚至感觉，白床单比昨天看上去宽大了很多，她想跳进去，她警告自己，真不应该辜负这么好的夜晚，一个结束的夜晚。虽然并不意味着开始。眼前是白天开过的公路和四周数亿年的冰川积雪。连她自己都不能相信，她就这么睡着了。

直到她被楼下传来鼓点儿的声音吵醒。

11

越来越密集。

李霞用床单捂住心脏，鼓点声很清脆，就像用木槌敲打自己滑嫩的心脏，她觉得十分不舒服。

很多年都是如此，夜里醒来，她总是用手捂住胸，或者脑袋，她担心，胸或者脑袋里面的什么东西突然坏掉。她经常想死亡这件事，尤其是在小马离开之后，离婚都没有将两个人分开，只有死亡。想到死亡并不可怕，有时候是好奇。捂住就可以不死，她也不知道自己哪儿来的这些奇谈怪论，小马就是因为这个死的。不知道是胸还是脑袋，反正就这么死掉了。

事实上，她正在写一本书，一个旅行者、陌生的城市和饱经沧桑的一些细节。小马死了很多年，这个故事一直在写，怎么都没写完。李霞觉得，她已经不想给他写完了。死亡和面对死亡，有时候是面对别人的死亡。她想写这样一个主题，但是她写不下去了。疼痛减弱了一些，鼓声还是在继续。她打开电脑，她什么都写不了，但就是想打上两行，她觉得死亡就是这种感觉。如果这种感受不记录下来，就会很快消失，就像生活中的很多时刻一样。

但是写过之后，她又很快删掉了。准确地说，这个写了无数年的故事，甚至连一个开头都还没有。她写了删掉，删掉再写。她没办法说服自己因为这次出行她想到了更好的开头。她打算从最远的地方写起，比如现在，现在就足够远。她觉得过去的那种生活，对于那种生活的寻找，已经离开自己了。她也不应该寻找什么小马，他们早就离婚了，这并不简单是因为不爱，但只有死亡将他们真正分开。

只是关于过去的记忆和小马反复袭来无法抹去，突然又在这样一个陌生的城市的夜里出现了。

她合上电脑，起身，在房间走来走去，她走成了一个"之"字形。外套的银色扣子闪闪发光。这是夜里她身上唯一亮的东西。

她再次从书包里拿着那张照片，捂住自己的心脏，连去卫生间都拿着，动作粗暴地捂住，她打开热水，但是不想洗澡，她很怕夜里醒来，这样就再也无法睡去，虽然对于有过睡去她已经感恩戴德，但是楼下的鼓点越来越密集，李霞一次一次地查看门有没有锁好，她怕这种鼓声从门里溜进来，她反复看着，她很想号啕大哭，这样就什么都听不见了，但是哭不出来。她哽咽着，把照片塞在嘴里，小马死都和自己无关，她这样想着。房间里的表，嘀嗒嘀嗒的声音，五点零二分，李霞看了一眼之后，把窗户打开，声音就是从那传过来的。院子里有一个汽油桶，一个人影正用双手拍打。她想自己一定是在做梦。小马不会打鼓，何况小马死了，他的灵魂会漂洋过海吗？她知道。这样想着，她披上外衣，冲到楼下，一阵混合的味道扑鼻而来，王阳突然停止了。

四周河水流经河谷，非常热闹。

这些鼓点儿像风吹的纸球一样，错落有致地滚向墓地。

现在交通方式使这一切变得方便，但是，她感觉自己无处可去。她有一种预感，这个国家她再也不会来了，不管出于什么目的，但，这是一件好事。

总之，死人有福了，李霞感觉很多人在墓地穿梭，他们长着永生的面庞，穿着永生的衣服，不管是中国人还是外国人，都一个样儿。

生就是死，死就是生。

地球正常的运转。

12

啊？王阳停止下来突然问，你怎么下来了？

接着王阳又问，几点了？

李霞看了看手腕。手腕没有表。她只是那么看着。她看着自己的脉搏，突、突、突，跳着。

是不是把你吵醒了？王阳说。但是他并没有停止，又轻轻地敲击起来……

很半天之后，李霞才平静下来，她的鱼泡眼更肿了，但是看久了，也会习惯。

她熟练地从后备厢里拿出一瓶啤酒——她已经和这辆车待了两天两夜——递给王阳，王阳用牙撬开，又递给李霞，李霞又拿了一瓶，王阳又用牙撬开，这瓶是他自己的。李霞一口气喝了半瓶下去。

王阳没有喝。他只是觉得自己搞不懂一个这种年纪的女人。他也不想做出什么过分的事儿。

真没想到你会打鼓，李霞说。

我不会，王阳说，我下来抽根烟。

半夜就为了烟？

难道我为了打鼓？这对王阳来讲，真的是无稽之谈。

你打得挺好。你让我想起了自己的问题。

你的问题还真多。王阳说，我就没什么问题，因为我什么都不做，人只要什么都不做，问题自然就会消失。

你说得真有道理，李霞说，那是因为你还年轻。

王阳又用手拍了两下汽油桶说，你管这个叫打鼓。

接着，他又突然剧烈地拍了起来，很快，又戛然而止。他只是想做做样子，吓唬吓唬这个女人。

李霞也试着拍了两下，但是她觉得自己不会。

此时此刻，寒风吹过屋顶，两个人突然觉得没意思了。至少是比刚才更没意思了。于是只能坐进车里。

他们打开暖气，四周很黑，什么都看不见，但是可以想象，更远处是延绵起伏的丘陵和草地，*丝丝金色的阳光从暗灰的云*

层穿透而下，寒冷的地平线，天很快就会亮了。这是一天中最冷的时候，很多东西都会冻成冰柱，风轻轻卷过大街。

明天早点送我去机场吧，李霞不知道说什么，于是说。她早就喝光了瓶子里的酒。

现在走就行，王阳说，你看，天快亮了。或者说，天已经亮了。

才几秒钟，天空就有了新的变化。云层下侧在升起的旭日下染成枣红色。

李霞看着天空，看着眼前的石头，有时候是这样，看着一块石头，你就知道多安静。

抽烟吗？王阳拿出一根问。

李霞并没有回应他。王阳十分无趣地点上烟，抽了两口，掐灭，又拿出了一根，抽了三四口又掐灭了。

李霞看着他问，给我抽。

很快，车里，燃灭的香烟的味道，慢慢浮上来。

李霞把照片从兜里拿出来，用没有燃灭的烟头照亮。小马可真年轻啊，她想，但是，突然，发生了一件有趣的事情——照片锯齿的边角很快就蜷缩起来。

表妹、刘典和外星飞船

1

所有的令人窒息的隆隆声都划过夜空，集中在渐渐昏暗的天空中，方小华排在了几十个印度人后面，这件事让她下定决心以后再也不要排在印度人后面，几十个人像几百个人一样，造成了几百个人的规模和效果，最重要的是速度，谢天谢地，移民官还嚼着口香糖，津津有味，就这样，她误了航班。事实上是这样的：方小华贪图便宜，她从京市飞往纽约在芝加哥转机，她没有想过一点，就算不排在印度人后面，就算把移民官嘴里的口香糖抠出来让他像机器人手臂一样地盖章，她还是有可能错过航班。两段廉价航班之间的时间太少了。但方小华是一个不愿意承认错误的人，承认错误比让她死还难，她可以承担责任但绝不承认错误，她把这视为自己身上不多的优势之一，她不想承认自己错了，她只是觉得太倒霉了。这种感觉就像眼看着自己的飞机飞走一样（但她并不可能具备那样的视角），此时此刻，如果兜里能有一块手绢的话，她甚至愿意拿出来朝着天空中的随便什么地方挥一挥，然后再擦擦自己的眼角，可是，她挤不出一滴泪，而天空中也什么都没有。她什么也看不见，她看见的只是像糖葫芦一样串在一起的印度人，干脆，她想像个真正的纽约人一样对着墙角骂一声"fuck"。她说了一句"操"，用脚端了一下自己的行李箱。行李箱摇摇晃晃并没有倒，就这样去服务台询问一番之后，确定今晚已经没有去纽约的航班了，最早的是早晨七点，就是说，她还要在这个地方待上十个小时，她甚至连这个机场叫什么都不知道。

一天和另一天紧密相连，在旅行中总是感觉不到这一点，新鲜早就意识。要不是这种意外，此时此刻就像方小华生命中的很多时刻一样浑然不觉。既然已经有所察觉，她开始一个人坐在候机厅里，看着周围的一切。电视机里放着本·阿弗莱克那个小白脸一部矫揉造作的电影，她并没有听那些矫揉造作的对白，很多问题塞进她狭小的锁骨里让她根本没时间介意矫揉造作。她用手拉了拉很低的衣领。虽然天气很冷，但她还是穿了一件很低的衣领（因为她没有胸所以这件事情一点儿也不性感，甚至让人觉得可惜）。方小华最近又瘦了，她想自己就会这么一直瘦下去了，脖子只是一个细轴，脑袋什么时候转出去说不好，这让她变成了一个干巴巴的女人。她想起一部苏联电影，里面的女人干巴巴的，男人湿乎乎的。他们产生了一种介于干巴巴和湿乎乎之间的爱情。

虽然这个夜晚只是地球百万亿夜晚中的一个，但是她觉得煎熬极了。她的四周坐了几个和她一样的中国人，像浮躁的鸭子。

就在这个时候，表妹的短信来了。叮的一声。

表妹问，你在哪儿呢？

方小华说，别提了，我还在芝加哥，之后她又发了一个"fuck"，但她觉得这样不过瘾，又自言自语说，我他妈还在他妈芝加哥他妈的。

表妹说，我以为你都快在纽约了。

是啊，方小华想。

短信里，表妹扮演了自己的角色。

而自己扮演了自己刚刚的角色。

她把事情的前因后果，没有赶上飞机，又重复了一遍。这让她的心情再次陷入不佳。肯尼迪，纽瓦克，拉瓜地，随便哪一个，但是这会儿自己在奥黑尔，听听，奥黑尔，她想，像一个贫民窟独立领袖的名字。

后来她又和表妹在短信里随便说了点儿什么，她说到纽约第一件事是想剪头发帘，长途飞行之后已经开始挡眼睛了，表妹说，我有手术剪。方小华说，不会我剪完了你再拿它拉肚子吧？表妹说，你以为呢？这句话其实还有下半句没说，方小华想，表妹大概想说，你以为人是什么？

一个人当医生久了总是会铁石心肠。

接着，方小华说，真恶心，想吐（其实想吐只是一种形容词，但是表妹以为她真的想吐）。

表妹说，你有喜了？

方小华只能说，有了。

表妹的口头禅是 really？三声。所以她的短信发 really 的时候，方小华想一定是三声。有点儿把什么都当回事儿的意思，傻乎乎的。

方小华说，我有喜怒哀乐了。

表妹发了个"哈哈"。

常年在纽约，她一定是第一次听到这么搞笑的段子。

方小华来纽约就是为了看表妹，他们很多年没见了，2001年表妹去了纽约，她刚去纽约，就有一架飞机撞上了大楼，同一天，又有另外一架飞机撞上了大楼，死了很多人，当时的方小华想过一件事——战争来临，表妹该怎么办？但是压根儿没有什么战争。反而京市爆发了一场流感，方小华很庆幸自己没死。2008年，表妹打算回京市看奥运会，方小华以为自己听错了，她说，你别来，你来不来我都走，全是人。于是表妹真的没来，但是那一年，方小华哪儿都没去，她很后悔自己跟表妹说了那样的话，或者说，她以为表妹真的是听了自己的话不来的呢。她错过了看"全是人"的机会。

但是现在，她坐在惨白的椅子上感受着四周的寒冷的气流，落地窗里映出来的是来来往往的暗淡人性以及他们各自前往的方向，她想自己所有的生活要是都可以被整除该有多好。她越来越讨厌意外，这是一个人衰老的标志，但是她越来越愿意接受衰老。这是一个人衰老的第二个标志。

飞机像巨大的怪鸟一样在她眼前起起落落。地勤走走停停。她深吸了一口气，空气真是好东西，她想，但是谁愿意为此停留呢？时间像一块儿塑料泡沫被空气膨胀着。

这个时候，表妹的短信又过来了，那你明天才能来了？明天就周日了哦。表妹说。

是啊，本来周六和周日表妹可以陪自己两天，现在无缘无故地，只剩下一天了，方小华觉得这不见得是一件坏事。她们已经很多年没见了，真不知道见面的时候不知道该说点儿什么但是又非说不可该怎么办。

表妹短信里说周一一早要做手术，这就意味着，周日他们也不会像小时候一样彻夜玩耍了。

她想象，表妹很像一部热门美剧《实习医生格蕾》里面的某种小角色。小时候，表妹就喜欢昆虫和家禽之类的东西，而不是洋娃娃。她总是把昆虫和家禽切碎。或者说，她们视对方为各自的洋娃娃，研究身体构造互相抚摩。方小华感觉自己是表妹最早的医学模特。另外，学医的好处显而易见，比如在方小华还不知道男人是怎么回事儿的时候，表妹已经通过解剖经验获得了很多具体的知识。这让方小华在很长一段时间觉得落后了不少。

接下来，表妹把到底周一给什么样的人做手术给她在短信里讲了一遍。

因为她就是这样的人，她的坦率直接给方小华造成了一种痛苦，她根本不知道表妹在说什么，以及为什么要浪费电话费说这些。为什么不说说他们共同的经历呢，而是谈论一个身体里长出异物的倒霉蛋。

方小华突然想起了小时候两个人家门口的那条河。有时候，方小华知道，自己身体里住着一个小方小华，没有血管肌肉脂肪，只有一些记忆，这些记忆有一部分是和表妹紧密相连的。但是记忆并不像血管肌肉只放一样总是确定的。

她把衣服裹了裹，寒气从脚底往上升，电视机里的本·阿弗莱克已经变成了天气预报，一场百年罕见的暴风雪正在袭击芝加哥。机场里看上去并不明显，但是电视机里的市区就像在经历一场灾难一样。方小华希望明天的飞机不要有问题，眼下，机场里所有的人都有了共同的目标或者说是命运，虽然语言不通，但是一定所有的人都希望自己的飞机不要有问题，因为一场袭击了城市的暴风雪，甚至是全球，方小华想，灾难会使每一件事情都变得高尚起来，她的心情略微好转。她短信里问表妹，芝加哥经常下雪吗？

表妹说，经常，可你来得也太不巧了。

这句话让方小华很失望。也许自己不该来。

同时，这种地球末日的天气让她想到了自己眼下正在写一部科幻小说，小说的内容是一艘来自 2032 年的太空飞船收到了整整六十年前的广播声音，广播的时间是 1972 年，以及掺杂了某些庸俗不堪的爱恨情仇（那些爱恨情仇比飞船本身更让她不敢相信）。她看着天空想，她自己根本说服不了自己写下的东西，她只是完成着一部合同里理所当然的项目而已。天上的星星越来越多，颜色越来越亮，就像数学里的小数点儿。方小华想自己写的都是屎啊，怎么会有收到了六十年前的广播这种事情呢？别骗人了。

天上的星星在她的眼前越来越模糊，她找了个时间把隐形眼镜摘下来，看着手里薄薄的一片，她打算吃片药先睡觉。方小华一边吃一边念叨着药一定要自己留好。大厅的料理台上有牛奶、咖啡、茶，她通通倒进肚子里，现在已经不是为自己喝了，她不渴，她觉得这些混合的颜色冲进肚子，直抵肺叶，让药片很快得到了溶解。她给表妹发了条短信说，我睡了，明天见。睡醒了就是明天了。

如今，新世纪的第一个十年就快来了，掐指一算，她们竟然八九年没有见过了，也不知道表妹都发育成什么样了，方小华不禁这样想。虽然她们会打电话发短信，但是因为她们都在对方相反的时间里，所以这种交流并不频繁，方小华想，也许表妹已经像那些纽约女人一样，丰满了。一个丰满的表妹一定有更多条件找到一个男人，再说，她也不小了。方小华进一步想到，自己会不会有一个纽约妹夫呢，这不禁让她忧心忡忡起来，她担心的事情可真多，这是她常常失眠的主要原因。

在这八九年间，对于方小华来说，男人，她找过几个，她喜欢跟朋友说，自己没爱过什么人。但其实呢，都是骗人的，男人，她爱过很多。而还有更多的男人，她很遗憾，竟然没有爱过。运气都不太好，她至今单身。在京市，单身的人总是被叫作"单身狗"，方小华觉得此时此刻，自己就是一只流浪狗，必要的时候，她甚至可以汪汪叫上两声。

药效迟迟没有发挥作用。

她坐在铁椅子上，看着四周，她以为是没戴隐形眼镜的缘故，简直不相信自己看见的。她看见一个人正在装假肢，假肢上面有袜子和平底鞋，但她现在更想知道他是怎么摘下来的而不是怎么装上去。毕竟，她更愿意看一个展示的全过程。她无聊得很呢。装上假肢之后，那个人就坐在了轮椅上，方小华突然感到很奇怪，她想起很多次的飞行经历，不知道为什么总是可以在候机楼碰见一两个需要安装假肢的人，她不知道这个世界上还有多少人没有腿，他们还有一些共同的特点，比如或者极度肥胖或者极度瘦弱，方小华不敢冲他们笑一笑。她害怕怜悯任何人。

有时候出门就是寻求水土不服，方小华摸了摸兜发现护照竟然还没有被弄丢之后不由得出这种结论。

也许是刚才喝下的东西已经产生了化学反应，让药片完全失效了，方小华站起来打算四处走走，她从候机楼的这头走到那头又从那头走到这头，两点之间线段最短，于是她绕开直线，她有的是时间，她一边走一边想，她想起和刘典最后一次散步也是这样：

当时，两个人专门绕着小区里那些最难走的路。在那很长的一段距离里，他们尝试最后一次抱在一起，但是没有热情，而且更糟糕的是，两个人都坚信以后也不会有热情了。在他们分开之前的几个月，他们甚至不再做爱，她不知道刘典是否也像自己一样，总是幻想和别的什么人认认真真地干一次。别的人，就是刘典之外的任何人。那段时间，他们的争吵不断升级，方小华知道自己已经掌握了激怒刘典的秘诀，她经常想把从自己嘴里说出来的话塞进去。她并不是故意的，她不喜欢自己是个狠角色。她甚至想过一种可能：如果自己是个男人，宁愿和妓女待在一起也不和自己待在一起。

记得那天从起点重新走回起点之后，刘典说，原谅我。

方小华说，原谅什么？原谅你操过我？

如今回忆起来，她很遗憾自己没有更温柔的表达。她找个地方抽了一根烟。烟雾沿着手臂攀升，模糊着这个世界和其中的万物，方小华以为自己身处某个原始时刻，机场是现代文明的产物，但是她完全没有心情看一看这座建筑，她感觉自己这会儿看上去无论如何不像一个靠写作为生的人，她看上去像一个寡妇，靠卖医疗器械为生，她只是随便想到了这样一种职业，她之所以想到，只是因为自己对这种职业一无所知，但是她坚信，这个世界上一定有一些卖医疗器械的寡妇。

眼下，她需要做的是去吃点儿什么，她想吃宫保鸡丁，想吃鱼香肉丝，想吃一碗白花花、热喷喷的大米饭，但最终，她拿在手上的只有一个 9.99 美元的汉堡包，她把手张开，是让小贩自己拿走的硬币。她现在连数硬币的耐心都没有。她想起表妹小的时候总是管汉堡包叫"汉宝宝"，她报复性地咬了一大口，里面的汁水全部顺着塑料纸流了出来，汉堡很大，方小华咬下去的一大口也只是其中很小的一部分，如果接下来的一口咬不好的话，整个汉堡就会散掉，像刚刚的汁水一样摊在手上，方小华突然有一种大难临头的感觉，她把剩下的部分攥在手里，捏碎，她并不饿，她只是无聊，因为无聊产生了破坏的冲动，并且获得了和这种冲动相应的审美。她用衣袖抹了抹嘴，重新涂上唇膏。因为寒冷造成了彻底的干燥。而刚刚长时间的飞行又让她的脚脖子持续肿胀着，四周到处布满了铁椅子，方小华坐下去，又躺下去，头向左向右向上，又站起来，换了几个姿势都不舒服。她用手颠了颠自己的屁股，她觉得自己屁股上的肉实在太少了，不然铁椅子就能变成肉椅子了，那样，她就会把这一宿熬过去。她脑袋里想着水饺、绵羊，水饺和绵羊的画面轮番出现，造成了某种奇异的情景，甚至是恐怖的。她又想起来那部很难完成的叫人懊恼的科幻小说，但是离出版社的 deadline 只有两三个月。这让她更加睡不着。她凶猛地咬了一口手里捏碎的汉堡。她想起一件事，在她很小的时候，就是说，在她表妹更小的时候，1987 年，北京有了第一家肯德基，前门大街上的一座三层小楼，当时供应的食品有原味鸡、鸡汁土豆泥、菜丝沙拉和面包。

某些事已经发生了根本性的变化。

她听着四周的声音，如果一个人一直这样下去，会拥有精准的听觉，她感觉很多张无忧无虑的脸从自己眼前溜走。虽然这种感觉如果被证明的话，极有可能是错的。但她依然睡不着。

　　于是又咬了几口之后，方小华再次从铁椅子上面坐起来，她隔着落地窗看了很久，她觉得应该有一架属于她。带她离开这里，但是她必须等到早晨七点钟，她感觉表停止了，她甚至感觉整个地球的自转都停止了。她去卫生间，把剩下的汉堡扔掉了，她只吃掉了四周的部分，汉堡只整体缩小了一个边儿。看上去像一个名副其实的"汉宝宝"。

　　她把手上的汁水洗净，又抬头看了看盥洗台镜子里的自己，长途的飞行，让这张脸看上去就像一块第三世界出产的发皱的橘子皮。她想到有一次自己和刘典对着镜子做爱，刘典虽然是个写小说的，可是在这件事儿上却十分先进。方小华不知道是不是写作害了他，每一次的满足都带来更多的不满足。但这也是很久以前的事情了，一周前，她已经和刘典分开了，这也促成了她突然决定来美国看什么表妹。他们在一起七年，虽然这七年中，方小华也爱过别的人，或者被别的人爱过（至少她自己这样以为），但她和刘典毕竟在一起七年，甚至方小华搞不清楚，自己是来看表妹的还是来疗伤的，但是她有伤吗？她仔细想了想，她觉得有必要得出这样一个结论，就是自己怎么会有伤呢？

　　是她抛弃的刘典。是啊，我——抛弃的——他啊。方小华想。这样想过之后，她用凉水擦了擦镜子里的橘子皮，发皱的部分逐渐变得饱满了起来，她还是很怀念和刘典对着镜子做爱的部分，当然她也清楚，这只是她怀念的很多部分中的一小部分，如果不是在这样的时间和地点，一切并没有重要的需要被记起来，何况，她又没有需要疗伤的必要。走出洗手间之后，她找了个地方，就这么不久之后，睡着了。

醒来的时候，是因为听见一个声音在脑袋下面轰轰作响，她看见一个黑色的女人正在拿着吸尘器拖地。她的屁股上刚好可以放一杯水。方小华很想喝水，睁开眼，四周看了看，她以为是在自己家，但是她又想，自己的家怎么会这么大呢？之后，她才完全醒过来，黑色的女人并不是很黑，她只是穿了一套宽松的黑色的工装，整个人看上去像一个黑色圆柱体。方小华想，自己竟然睡着了，她又在铁椅子上颠了颠，她觉得自己屁股还不错，竟然熬过了一宿。

外面的雪还很大。

手机里有表妹新的短信，问她在哪儿。

方小华说，快飞了。

你这次也太无知了，表妹说。

方小华想，无知是倒霉的意思吗？她没有这么问。

表妹除了喜欢说 really（三声），还喜欢说的就是无知。她看过各种各样的身体，于是让她对世界产生了某种结论，认为所有的身体问题都是无知。

新的阳光滚过窗外的天空，极度地刺眼，也限制了方小华的视野，离七点钟还有不到一个小时，她打开笔记本，希望能写上两个字，通常来讲，只要写下第一个句子第二个句子就会出现，但是她现在连一个句子都写不出来，她在笔记本上重复地敲了几个标点符号，又删掉，又敲，又删掉。旁边坐着一对夫妻，好像是昨天那群像鸭子叽叽喳喳中国人中的一对（这并没有看不起的意思，因为方小华压根儿连自己都看不起）。这对夫妻不知道发生了什么开始争吵，也许因为一个孩子，或者说是婴儿，婴儿一直在哭，年轻的父母无能为力，但是婴儿不就是应该哭吗？方小华想，虽然她并不打算生出一个孩子，难道让他像现在一样哭，哭个没完没了吗？还有那些无知无觉地为一些鸡毛蒜皮的破烂事争强好胜的岁月，她想到这些把笔记本合上，发出很干脆的啪的声音。

没事儿干的人真多，方小华想。这样也好，没费什么劲就老了。

2

她刚刚度过自己三十一岁的生日，过了三十岁，也就没什么感觉了，她总是碰见一些人四十岁或者五十岁，对于四五十岁来说，三十岁是黄金时代，但是不会有一个三十岁的人这样想。

天色越来越亮，前台挤满了旅客行李箱子，方小华拿了几张五颜六色的单子，她只是为了五颜六色才拿，这些单子里面有一个竟然是莫迪利安尼的展览，在芝加哥。

这差不多是方小华最喜欢的画家了，他笔下的人物，面长、鼻窄、眼细，人物自身没什么力量，也不需要力量。有点儿心事重重但也没有痛苦不堪，充满肉欲又有点儿天真无邪。但是她知道自己根本都没有机会看，她并不打算在芝加哥停留，她只是突然想到一点，打算让自己小说里的主人公也爱上莫迪利安尼，这种喜欢甚至可以变成她笔下的人本身。除了这些碎片的意识，她依然对自己到底要写出一部什么作品还是觉得模糊。一个喜欢莫迪利安尼的又可以听见六十年前广播的人，怎么还不疯？

机场里，有一两家通宵的商店没有关门，方小华决定再逛几次打发时间。在一家卖纪念品的小商店，她看上了一个绕着单杠旋转的小人。男性，可是身体像女性一样，软弱灵巧，总是能一跃而起，产生美妙的弧线依靠惯性，绕着单杠翻腾而过。事实上，这种蒙人的玩意儿引起她的注意并不奇怪，因为她在小时候，和表妹有过一个一模一样的。玻璃的，有一次转得太用力，小人掉下来摔掉了胳膊的一块儿，此时此刻，它成了一个对照物，方小华意识到这点之后把它放回了货架上。小脸儿上挂着某种奇异而痛苦的表情。

她重新走回落地窗，跑道上的大雪被快速铲平，只需要再有两三个小时。她就可以和表妹见面。

起飞了。

飞机上，坐在她左边的男人看上去像一个彻彻底底的美国人，方小华想，如果表妹嫁给一个美国人，大概也就是这样了。于是她甚至像美国人展示了那种很久没有过的卖弄风情的笑，但是美国人说自己并不来自美国，而是来自一个热带国家。方小华很喜欢热带，尤其对比正在远离的正在下雪的芝加哥。她想着热带鱼和热带雨林还有那些缠绕在珊瑚礁上的生物焦躁不安，开始不停捻手里的一张纸，这之后他们没有再交谈，方小华悲观地想，如果自己真有一个美国妹夫，那也就不过如此了。于是她把目光转向了飞机上的卫星地图，她正以每小时八百到九百的速度向表妹飞去。就像在星际旅行。但她觉得自己根本没有机会听到六十年前的广播。她头脑中的那部科幻小说总是在她心情稍有好转的时候冒出来。

　　比科幻小说更奇妙的是，方小华的右边坐着那个戴假肢的人。他正在用舌头一下一下舔着黄油，方小华揉了揉眼睛，她以为自己看错了，她不明白一个男人为什么不把黄油一勺一勺地抹在小圆面包上。

　　她想，也许不同的身体造就了不同的心情，以及因为心情带来的行为方式。她什么都不想吃了。方小华摊开了手里那本关于纽约的书。

　　她又读了几页，直到强烈的空中颠簸把橙汁洒在上面，她才合上。过道里一个小孩儿跑来跑去还冲方小华笑，真是叫人烦躁。小孩儿的牙没长齐，方小华想，真是一嘴烂牙，于是笑都复杂了，方小华简直想把这个小孩儿塞进自己虚构的外星飞船里送回六十年前。

　　到了。

　　下了飞机之后，方小华才感觉到纽约很冷，没有下雪的地方比下雪的地方更冷。所有的地方都写着室内禁烟，她想抽根烟取暖，所有的烟民全部站在街角，背风用手拢住火机，互相凑得很近，看不出来谁和谁在交谈，这座城市除了浮华就是无比的深沉，行人的衣角被风卷起来。

　　抽烟的时候她给表妹发了一条短信，表妹没有回。她打算先回宾馆。一路上，很多商场都关门了，她想自己希望通过购物换来好心情的设想也许会不顺利（是啊，如果不购物，她写那些烂小说做什么？心情不好正是烂小说制造的），一路上，只有一家卖衣服的商店叫 forever21 开着。方小华想起表妹跟自己说过的一件小事，表妹说，初来美国，觉得二十一岁离自己好远，如今都快三十一了，再过几年，就到了那种可以打肉毒素的年龄了。她想，这就是学医的第二个的好处，知道打多少肉毒素合适。

　　另外，这一路上，更让她吃惊的是，坟地竟然遍布在这个城市每一个日常的角落，就像普通的石头躺在普通的土地上。吹着普通的风，冬天的太阳普通地挂在天上照着这些已经弯曲的而曾经异常普通的身体。

　　她的酒店定在了新泽西，表妹从长岛开车过来，她们在酒店见面。她一路看着四周变换的景色，城市生活一秒钟就可以产生一万种光彩，让人看不过来，她不理解刘典为什么痴迷对城市的描写，以及如何捕捉这种瞬间的感受，而不是像自己一样写写太空飞船。六十年也只是弹指一挥间。

于是她把车窗打开，认真听这些密集的杂音。她并不希望理解刘典，因为理解或者不理解都没有意义了，但是她需要理解自己。只是，她感觉眼前的纽约和自己一路上那本书中读到的纽约可真不一样。也许刘典写的都是错觉，难怪他默默无闻，通俗地来说就是——一直没火。

转眼间宾馆就到了，表妹的短信还是没有来。

这是一所老式房间，看上去已经有些年了，也许比自己还老，方小华想，在京市，看见比自己老的房间并不普遍。京市所有活着的或者死着的东西都只有三十年的寿命，三十年之后都算凑合。

墙上已经有裂缝了，方小华用手划着裂缝，也许在寻找某种线索。

时间还早。

她打算去酒店的外面走了走，不远处有一个人工池塘。风吹着，树影摇动着，把水声送过来。仔细聆听就会有光投射到水面的声音，声音加深并拓展着寂静的区域。但是她并不知道这个池塘有多深。水上面还有几只鸟，看上去呆头呆脑。方小华就这样什么都不用想也什么都不去想地站在那里，看着，她突然不知道自己为什么要来纽约。她用从房间里拿出来的漱口杯一边儿喝了点儿水，一边儿找了个台阶坐下来，短信叮的一声过来了，并不是表妹的。

是出版社的人问她回来没有。她把手机扣过来听着自己均匀的呼吸声，她用手掌迎着破碎的阳光，张开五指，就像数字"5"。接着，又把"5"变成了中指，隔着几千公里，出版社的人当然不会看到这么意味深长的手势。

被割裂的阳光顺着指尖蔓延至各个方向。

呆鸟掠过草坪，远处的长椅上坐着一对老年夫妇，方小华把他们想象成一对老年夫妇（因为看上去他们会一起活到老年），他们拿着报纸看着前面的小狗，小狗在晒自己的肚皮。更远处还有秋千和滑梯，光照的面积不断增大，秋千越来越高，滑梯上不断有人掉下来，但是从方小华的角度看过去，掉下来的人根本不知道去哪儿了。这让她感到十分奇妙。

本来是表妹等她，现在变成了她等表妹，等待的角色变换了，也许心情是一样的，也许是不一样的。她无从辨别。混合着逐渐加深的恐惧。

在芝加哥的时候，短信里，表妹说，带她去第五大道吃冻酸奶（方小华搞不懂她为什么把第五大道说得就像小时候两个人住过的那条马路一样廉价），表妹的车也许正堵在路上。其实一路上，方小华看见了很多冻酸奶店，她也并不是没吃过，她觉得表妹真是夸张，简直到了浮夸的地步，为什么要去第五大道吃呢，随便什么地方就有，再说，难吃得很，但是她并不打算告诉表妹，如果必要的话，她甚至愿意再陪她去吃一次。只要她能立刻出现的话，就去她说的第五大道也没问题。

但是表妹还没有来。

她不由得开始担心起来，会不会路上出事？于是发了一条短信问，你在哪儿？

没有回复。方小华看了几次手机，都没有回复。她再次返回房间。

房间里，百叶窗被吹得哗啦哗啦响。特别的光线给房间赋予了某种色调，宾馆准备了水果，水果擦得像蜡烛一样，水果形状的蜡烛，方小华觉得整个世界都疯了。她想，要是在芝加哥的时候，买了那个小人就好了。这会儿可以转着它玩儿。

她躺在床上，这张床虽然不够大，但表妹过来之后两个人还是可以躺在上面聊聊天，甚至抚摩对方，就像小时候一样，直到一个人先睡着为止。

记得小时候，方小华总是最先睡着的那个人，但她每次都喜欢说，你不要睡着啊，睡着了一定告诉我，如今，她都不相信自己拥有过这种优质睡眠。她还以为那是六十年前的事呢。

躺在床上的方小华，想继续读完刘典写的那本关于纽约的书，书因为被果汁泡过已经变硬变黄了，有几页黏在一起几乎翻不开，想翻开的时候被哗的一声撕破。方小华突然十分钦佩自己，她想，刘典一定猜不到，自己会带着一本他写过的关于纽约的小说真的来到纽约，虽然那本书并没有带给她期望的声誉。但刘典仍然把这视为自己最重要的一部作品，甚至不是之一，是啊，在京市，谁会关心一部纽约的爱情故事呢？在那本书的扉页上写着一句话：这座城市除了浮华就是无比的深沉。虽然她和刘典完了，但是这句话她打算一直记住，因为到现在为止，她实在找不到忘记的理由。所有的事情都是如此，除了浮华就是无比的深沉。她知道自己会爱上这句话，或者说已经爱上这句话。读不读已经不重要了。她把撕破的书页重新塞进去放在枕头下面，这样枕头的高度正好合适。她把飞机上的眼罩戴上，她没有力气完全拉开床单了，只是把能拉开的部分盖在身上，就像昨天晚上一样，她打算睡一会儿。这间她在网上订的廉价酒店客房，不夸张地说，就像一个小牢房。也许，牢房都比这儿强，她想。美国是福利国家啊。就算是犯人也有福利。

　　高福利的反面是高税收。表妹一定为这个国家缴了不少税，她进一步想到。躺在床上她好像看见一幅画面，表妹正在大步迈向美国梦，这就是美国梦吧，方小华猜测。缴税。住在长岛。像这个世界上很多奔波的人一样堵在路上。就算浪费了别人的时间也是可以被原谅的，这个世界应该赞美富人，还是个医生，拥有掌握别人生死的能力，这一切，说真的，对方小华来讲，都离自己的生活有些遥远。

　　她又睡着了。甚至可以说，是不无醋意地睡着的。

3

　　就在这时候，

　　她听见，有人敲门，虽然她记得门锁上了，但是却被推开了，她想睁开眼睛，拼命睁啊，睁啊，但怎么都睁不开，只能眯出一条窄窄的缝。她意识到有人走过来，外套被脱下沙沙的声音，就在这会儿，叫人吃惊的一幕发生了，刘典出现在房间的一道光里，光从窗帘没拉严的地方射进来。刘典旁边还跟着一个像莫迪利安尼笔下的女人。

方小华还是睁不开眼，她不想让刘典看见自己这个样子，她又重新变成了一块发皱的橘子皮，她使劲想发出声音，就像要用整个声带拖动一辆卡车。

你来了？方小华说。

她很惊讶自己为什么说错了话，这三个字而不是那三个字，就像他注定要来一样。而自己也知道他一定回来一样，没有责备也没有期待。只要人来了就好那样的感觉，风和日丽的感觉。

刘典站在光里，既不往前多走一步，也不往后多走一步，好像他发现了这个房间中最精确的一个角度和位置，他脱了外套，就像两个人在一起生活的七年中的每一天一样，他回家总是脱掉外套，他并不像一般的男人一样把懒惰视为洒脱，刘典总是恭恭敬敬地把外套挂在门后的钩子上，今天，现在，刘典竟然戴了领带，他只是不停用手摆弄了领带的一角。她为他的体面感到伤心，并且让她伤心了很长一段时间，在这个房间里，时间变成了宇宙中的时间，她都不知道刘典从哪儿弄来了这么一条领带，在他们在一起的七年中，这七年中的每一分每一秒，她都不知道刘典还会系领带，又不是开会，他为什么要系领带，他又没会可开。谁会无聊到找他开会呢？而跟在他身后的女人就像一张纸片，正像画里面一样一样的。

这似曾相识的一幕，差点儿让方小华哭出来，或者说，她以为，哭会让刘典也变得软弱，而软弱是两个人关系中重要的部分。但，她还是发不出强烈的声音，更别说哭了，她无法起身，眼前的一切处在一种朦胧的意识里，床头柜上的花已经黑了，看上去像玫瑰，玫瑰死了就会变成黑色。花旁边的玻璃碗里放着一条金鱼，也是黑色的，游动的时候，鳍把水分开，方小华看着游动的鱼，酝酿着眼泪，水越分越深，后来，竟然在玻璃碗里变成了两条泾渭分明的水柱，摆脱了地球的引力朝各自的方向流去，方小华啊地怪叫了一声，就醒了。

眼前什么都没有，没有鱼，没有花，没有水柱，没有纸片人，没有刘典。

她马上起身冲了一杯咖啡，她把速溶咖啡包装袋沿着虚线撕开，撕得很不整齐，有一部分洒在了桌面上，她加了几块方糖。她想起刘典曾经很扬扬得意的一句比喻：方糖融化在咖啡里就像一场雪崩。

她难过极了。

咖啡被一饮而尽。方小华想，如果自己和刘典生活在这样一座城市里，又会是什么样？她不禁联想起来，甚至想给刘典发一条短信，她一直没有删掉刘典的电话，也许就是为了现在做准备。但她什么都没做。

她不知道为什么，自己都做了一场梦，可表妹还是没有来。

生活是梦，使本身的梦得到了加强和延长，她不确定现在是不是醒了过来。和梦相比，全部的生活像一片暖意和一束光芒，显得轻微，不值一提。

她把窗帘完全打开了，这样就算刘典再来，也没有他可以站立的位置和角度了，是啊，不要再做梦了，方小华告诫自己，两个写作的人怎么可能生活在一起呢？除了偶尔给方糖融化在咖啡里命名成就像一场雪崩一样，剩下的都是艰难的部分，或者说危险的部分。虽然他们在一起七年的同居生活并不容易被忘记。怎么能被忘记？但这只能证明，方小华并没有做出更多忘记的努力，她首先应该做的是承认，承认自己错了，承认自己做出过错误的选择，但这对她来说，比什么都难，他们已经分开了，但感觉就像没有离婚一样，虽然从来没有结过婚。这真是一种奇异的体会的过程，也许等表妹过来的时候可以和她聊聊这全部的过程。那么她现在需要的，只是一个等待的时间。她打给表妹，手机嘟嘟嘟三声就挂断了。

她打开电视，正在放 *discovery*。说：南极的冰山正以每秒三毫米的速度向我们移动，她想起了昨夜芝加哥的那场大雪。她又拿起了刘典的那本小说，他想起刘典在自己小说中写过的一句话：一切都会消失，除了我们曾经有过的欲望。因为他是最早消失的。就像南极每秒钟融化掉的三毫米。或者说，就像她小说中那些突然被特定的时间和空间混淆掉的距离。六十年酿成了一秒钟的感觉也不是不可以。反正，一切都会消失。

而刘典，恐怕还不知道方小华读了自己写的那些书，在刘典看来，方小华只是一个科幻作家，就像一个儿童作家一样，只是大脑发育不健全的一种体现而已。

因为全世界都看不起科幻小说，所以方小华感觉只有自己被这本小说折磨时常陷入心碎，甚至整个太空，工业的声音里夹杂着人类渴望永生的愿望，她知道自己写的是屎一样的东西，只能给读者带来绝望，如果还有读者的话，方小华知道自己运气不差，碰见了一个屎一样的出版商，但她不愿意承认，其实自己更希望把这点儿可怜巴巴的运气用在别的地方，比如刘典可以正视两个人的关系，这样就算自己离开他，他也不会被别的女人欺负（虽然方小华觉得这种神圣的想法未免叫人作呕），比如表妹什么时候来，比如是否可以预测芝加哥的第一片雪从什么时候开始。

她真的开始担心起来了。

不停地在房间中踱步。

方小华想，表妹是不是临时去做了一场手术，也许周一的手术提前了，也许那个人已经死了，毕竟，做手术这种事从表妹嘴里说出来就像回家洗一条手绢一样。她想什么时候洗就什么时候洗。因为方小华并不了解纽约，所以会觉得在这座大都市无论发生什么都是对的。错的也是对的。不然为什么她就这样失踪了呢？必要的时候，她甚至愿意报警，但她又觉得，也许是自己胡思乱想罢了。

表妹曾经说过，方小华从事的职业是很危险的一件事情，因为胡思乱想是很危险的一件事情，如果表妹知道，刘典也是常年从事一件危险的事情，会不会很庆幸他们终于分开了？这样一来，方小华知道，自己只能一个人走到歧路上去了，因为歧路太窄，她和刘典只能过去一个人，她希望这个人是刘典，因为那正是刘典希望的。

虽然方小华还在被头脑中的那部科幻小说折磨，但她并不觉得自己是个危险人物，甚至她觉得对于一个人来讲一生中最危险的一件事她都还没有做呢，那就是结一次婚，她真搞不明白，为什么在和刘典的七年中，他竟然一次都没有提出来过，是方小华提出分手的，这都是刘典逼的。她把枕头下面的书拿出来，橙汁浸湿的几页被她揉成一团，朝房间的随便什么角落扔了过去。

脑袋里就像有个死苍蝇转来转去。不断地响着，她打算先冲个澡。她把手机也拿了进去。

无论住在哪儿，方小华总是喜欢把盥洗台上的东西检查一遍，这些瓶瓶罐罐成了对日常生活的一种纪念。她看了看避孕套，她知道自己用不上了，至少这次用不上了，她想起出国前刚刚发生的一条新闻，京市查获了数以万计的假避孕套，她打算把这件事告诉表妹，如果她能来的话。当然，她一定会来的。她是《实习医生格蕾》里面的某种角色，一定忙极了，并且，方小华想到，和这种新闻比，自己写的科幻真是儿童文学，这种新闻才真是科幻呢，简直称得上魔幻。也许人类就是因为无法忍受现实的魔幻才愿意去往平静的太空。

但是此时此刻，方小华哪儿都去不了，她坐在浴缸里，人就是这样，每天死掉一点点。而那些死掉的部分沉没在水底，她用下面的水龙头不停地冲洗着肥皂，方小华有一个理论：不停地冲洗肥皂，用肥皂洗出来的东西才干净。虽然她并不知道有什么东西非洗不可。但是，尤其在这段时间，这个动作变得越来越频繁，小小的肥皂变得更小更小了，挥之不去的泡沫使这个动作是一个很实际的策略，自从和刘典分手之后，她的洁癖加重了，她把这视为自己要开始新感情的准备阶段。她已经足够铁石心肠，她认为这正适合谈恋爱。昨夜的汉堡在胃液的侵蚀下正在分解着。

她从来不敢闭上眼睛洗澡。她怕被谋杀，她不知道被谁，为什么，以及成功与否。这并不重要，因为没有什么人会谋杀她，犯不着，她只是小角色，谋杀只是一种概念，她不想再经历任何的意外了。甚至刘典本身，也会逐渐变成只在梦中出现的一个人物。想到这些，她想哭，这儿没人，她觉得，这并不过分。胸在热水的冲洗下微妙地膨胀。她想起自己第一次来纽约的时刻。

方小华第一次来纽约是 2003 年，那一年京市场正在爆发一场巨大的感冒，处在热恋中的方小华并不知道刘典为什么非要带他来纽约，因为表妹那一年的那一个月正好外出度假，所以他们就没有了亲戚可以投奔。

那一年，他们一路看了自由女神而且进去了。方小华觉得自由女神比中国的南海观音小多了，南海观音还是四面的，刘典说，但他正在进入一个女人的身体，可是谁愿意进入一个观音的身体？（也不礼貌啊）他们还看见了一片工地，就是飞机撞大楼的地方，刘典说这种废墟中国满处都是（这更加重了他变成一个美国人的愿望，好像中国的大楼每天都在被飞机撞来撞去），方小华和工地拍了很多照片，看上去就像没出国。

那之后，他们还在河面上坐船，岸上的城市像一座座积木。炎热的阳光，很像细碎的云母片。方小华一路担心自己的发型有没有被风吹乱，当时，她还以为自己会是未来的美女作家（毕竟，当时确实很难想象如今沦为了靠编点儿科幻故事打发时间的"作家"）。和刘典在一起游览美国的那一年，那一年夏天，那一年夏天的那一条船，从船上望向的四周，是啊，鱼像飞行器。甚至还能看见海龟在交配，海是地变成的。地也会变成海。白云苍狗。看着这一切，很难不让人想到了似水流年，似水流年是一个人所能拥有的一切。

想到这些遥远的记忆，方小华在浴缸里调整了一下自己的姿势，又放了一些热水，手机里没有任何来电提醒。她都想放弃了，她继续沉入浴缸中，她想，"所谓似水流年就是一个人中了邪躺在河底，眼看潺潺流水、粼粼流光，落叶、浮木、空玻璃瓶，一样一样从身上流过去。这个似水流年是一个人所有的一切，只有这个东西才真正归你所有。其余的一切都是片刻的欢愉和不幸，转眼间就跑到那似水流年里去了。但是所有的人都不珍视自己的这个。反正似水流年就是一切都已经发生过了，连一点儿改变的余地都没有。当然，这也没什么可抱怨的。另外，人活在世界上就像一些海绵，生活在海底，海底还漂荡着各种各样的事件，遇上了就会被吸附到海绵里"。

方小华想，回忆为什么是一个一个的点，如同粼粼波光。而不是一条线，虚实之间，没有断点。她有太多断点了，比如她无法连接起到底是某年某月的某一天，她和刘典完了。

那次和刘典的旅行一路向西，正像书中写的，他们领略着工业化的荒凉和焦躁不安的大萧条之美，真是让人心碎。路上连绵起伏的山脉只有轮廓，玻璃上映出晃动人脸，天上飞机飞过，很多城市，在地图上被命名为飞机飞过的城市，哪些城市的人，吃汉堡，嚼薯片，最后自己本身变成沙发里的薯片，看洋基队红袜队水手队，穿 XXL 的衣服，羽毛和亮片、脸蛋和胸脯，住在大房子里，于是哪儿也不去，他们生活的城市只是被飞机飞过的。如果不是附加了刘典对美国的想象，方小华觉得这一切无非就是中国的甘肃，一片黄沙。一路上走几百米就会有灯箱广告牌。都是垃圾食品和兔女郎。还有史蒂芬·金的新书。

方小华很喜欢史蒂芬，她并不像一般作家蔑视活人的作品，甚至她更愿意读活人的东西，她觉得读死人的东西不吉利。并且以此知道自己到底和什么人生活在这个地球上而已。

但是那次旅行他们也发生了两件倒霉的事，一次是刘典因为卧室抽烟，被罚了一千美金（一千美元对他们来说可不是小数，相当于一本书的版税）。于是刘典把那根烟屁股像纽约土特产品一样带回中国。但是带回中国之后并没有得到特殊照顾，于是很快就像其他的生活用品一样不知所终。虽然损失的一千美金让他觉得这个国家糟透了。但是方小华无比清楚，刘典的愿望正是移民到这个糟透了的国家。不然他为什么要写那本关于纽约的爱情故事，刘典喜欢说，连中国农民都想变成纽约农民（谢天谢地他没有说到政治）。但是方小华觉得，中国农民能有这样的意识吗？

还有一次倒霉的事发生在海上，两个人在海上钓鱼，风逐云动，刚把钓竿甩出去，一只海鸥就掉了下来。

方小华一直把这视为他们二人关系中的某种不祥之兆。

4

想到这些不愉快和愉快掺杂的事情，她把身体从水里拿了出来，就像再拿出一条被弄湿的塑料袋。塑料袋是刘典的比喻，他这个人如果有什么为人称道的地方，就是在性上面的方式方法，比如喜欢对着镜子，比如把方小华想成可以容纳自己的塑料袋（简直就是巨型避孕套啊）。如果他可以在这方面下定决心的话，也许真的会比写小说有前途，甚至可以说不可限量，方小华想。但是如今，他只是一个微不足道的小说家，方小华甚至觉得自己从来都没有尊重过他，但是她被刘典吸引过，如今她努力克服的就是这种地球引力，她以及愿意跑到地球的另外一边克服这种引力。

方小华知道，和表妹比起来，自己有过爱情经验也有过爱情失败经验。他们应该像一对真正的姐妹那样，促膝长谈。但，她突然对是否还可以见到表妹毫无把握。

除了表妹，方小华在纽约，甚至在美国，就再也没有什么朋友了，如果有的话，也是刘典的朋友，她压根儿没想过把刘典的朋友变成自己的朋友，虽然那都是一些挺不错的朋友，比如总是在纽约电影里演中国劳工的 Mr. 黄。方小华并不打算把和刘典分手的事告诉什么人，而且她有一种信任，至少在这件事情上刘典也不会告诉什么人（也许别人根本不关心呢？）。如果两个人谁都不说，那他们是不是就算没有分开呢？方小华不禁得出这样的结论。

就在这个时候，她听见有人敲门了。

她隔着浴帘说，来了。（但是她自己都意识到根本没有人会听见）

方小华把水放掉，走出来，在镜子前面侧身跳了跳，让耳朵里的水空出来，头发帘洗过之后更长了，她真的需要一把剪刀。

她听见门向一边滑开的声音，她又说来了。她这次依然不确定是不是有人听见了，于是她又喊了一声来了。她听见门撞击门框的声音，她没有十足的把握证明是谁，但是她并不担心，她把浴巾拿过来，很大，她裹了两圈，她把门锁打开。

卫生间外，条纹状的阳光横落在房间里，木板上纹理熠熠生辉。

酒　店

1

　　两个人常来这家酒店，常是同一个房间。对余虹来说，酒店只是两个人世界的固定场景。何况房间还十分宽敞呢。宽敞到让她感到一种巨大压力，这种压力主要来自空虚。

　　刘明去卫生间把自己洗干净。余虹就自己躺在床上用遥控器拨电视。遥控器放在什么位置她一下子就摸到了。随着电视在她眼前闪烁，她想到刘明的一句口头禅——只有和女人开房的时候我才想看会儿电视。

　　对于这句话可以有很多解释，一种是刘明不喜欢看电视，一种是只有女人这种"低等动物"才喜欢看电视，而为了和一个"低等动物"在一起，"高等动物"必须陪着看电视。

想到这些，她觉得刘明活得太累了。

这会儿，她调到北京台。以为这座城市正是北京。电视里正好播放名人座谈，所谓座谈，就是大家坐在一起，但是也可以什么都不必谈。有意思的是，她竟然还看见一个熟人。真是不敢相信。熟人在北京这座城市总是有新的理解，比如一起吃过饭，或者一起睡过觉。或者一起吃过饭之后又一起睡过觉。虽然一起吃饭的人并不一定一起睡觉。

电视里，这些名人在一起大谈宏图，可真像一群傻瓜在开会呢。余虹想到"沐猴而冠"这个成语之后哼了一声。

不过女主持人还是貌美如花，肯定是刘明喜欢的那种。余虹想，他们要是有机会认识，肯定会被彼此诱惑，然后一起吃饭一起睡觉。正这样想的时候，她听见卫生间的水停了，他也就顺便把电视的声音关了。再看这些名人的嘴，一张一合，有点儿像自由市场上卖的小金鱼吐泡泡。

接着，余虹很自觉地脱去外衣，把鞋踢得极远，好像是为了证明自己有能力把鞋踢得极远一样，然后乖乖趴在床上。看着电视里的这些金鱼，余虹大脑里一片空白，她并不真的知道他们在座谈什么。她什么都没有想，因为也没有什么事情需要她想。脱了外衣，她的连衣裙还整整齐齐地裹在身上，甚至在刘明出来之前，他还抻了抻裙摆。虽然还是电视里的女主持人更貌美如花一些，他想。

刘明就这样，裹着浴巾出来了，说，你去吧。

这句话的意思就是——你怎么还没脱衣服？

刘明四十几岁了，但是到底四十几这成了一个谜。既然他不说，就没有人会去问。裹在浴巾里的刘明看上去十分挺拔，竟然一点小肚子都没有，甚至连迹象也没有，每次看到眼前的这一切，余虹就知道他一定是个抢手货。

余虹并没有起身去洗澡，因为在她准备见面之前，她已经把自己洗得干干净净了，如果有必要的话，甚至可以闪闪发光。余虹是那种十分丰满的女人，如果吃多了小腹就会鼓起来，她现在就吃多了。软趴趴地黏在床上，她觉得自己本质上还是一个没有力量的人。

刘明重新系了浴巾的带子，然后拿遥控器把空调打开。余虹听到"叮叮"几声。她无法判断这是在把温度弄高还是弄低。放下遥控器之后，床上就变成了两个人。

不洗了？刘明又问。

床单一下褶皱了。余虹于是也进了卫生间。她不知道自己为什么还要再洗一遍，但是再洗一遍也没什么。再洗几遍都行。

出来之后，刘明已经把房间的灯调到了合适的亮度，十分有气氛，想到"气氛"这两个字，余虹被自己吓坏了。她不希望自己还是一个浪漫的人。在这个时间，在这个城市，他们只是做了所有人都在做的一件事，不管是出于什么原因。就是这样。

就是这样，两个人开始彼此寻找乐子。

……

刘明完全抑制不住自己的冲动，虽然他每次都是这样，但余虹还是被吓坏了，也可以说，她每次都被吓坏了，但是她感动的就是这种被吓坏了，甚至可以说是感激。她差点儿就感恩戴德了。她每一次都被需要，她是冰川融化之后的水，被太阳照射几千年。

几次之后，她感觉刘明才完全软下来，从体内滑出，就像电视上的那几条鱼。那几条鱼还在，目光痴迷，就像刚刚观赏了一场精彩绝伦的交合。而女主角正是自己啊，余虹想。而且确实精彩绝伦。这样想的时候，她突然把疲惫的刘明搂得紧紧的。银幕在他们眼前忽明忽暗。空调里的风呼呼往外吹着，她还是无法分辨冷的还是热的，但是刘明是热的，自己也是热的、汗涔涔的，黏在一起，她怀抱里的男人粗重地喘着气，很半天之后才均匀下来。而她一直紧紧地搂着，心无旁骛，因为她一直在寻找一个开口的机会。

她必须寻找这个机会。

就像电视里的那些鱼一样，开口，是的，无论说什么，必须开口，她已经打算放弃一些东西了。甚至可以说，当她这么打算的时候，她就已经放弃了。那她还有什么不敢开口的呢？虽然她还是沉迷于和刘明在床上的感觉，但她不能这么活一辈子。一辈子，她就像一个良家妇女一样想到了一辈子。

她知道，刘明像很多中年男人一样，充满欲望的同时充满童稚，还有生活的压力。所以她对于向一个充满压力的男人寻求安慰、理解以及一个承诺，并没有十足把握。

不太想睡？刘明问。余虹没有说话，起身，往窗边走去。

你要睡了？她整个人变成了一个细长而饱和的轮廓，说。

过来。刘明朝虚空中伸了伸手，意义不明，让人无法判断是一种命令还是请求。如果是命令反而简单了，余虹想。这样我也获得了同样行使命令的权力。

虽然事实上并不。

过来啊。刘明听上去十分疲惫，这种疲惫很快就会变成一种不耐烦。

于是余虹十分知趣地说，我抽一根烟。她觉得没错，自己是一个没有力量的人，于是她抽了一根烟。而这根烟的三分之一又都给了刘明，刘明就这样躺着，吞云吐雾，十分潇洒。余虹把烟蒂弹在刚刚撕掉的避孕套包装上。如果他们再多抽几根，那他们就只能再撕开一个避孕套了。也是在这个避孕套包装上，余虹把烟捻灭，捻得十分彻底，正像残忍对待刘明十几分钟之前刚刚失去的身体的一部分一样。

你觉得就这么一直下去吗？余虹说。

什么？刘明抽了事后烟之后，竟然神清气爽了。

你为什么一次都没让我去过你家？余虹说，接着又说，如果你也有家的话。她很为自己的这句补充扬扬自得。好像证明了刘明真的是一个没家的人一样，而自己正是可以给她一个家的人啊。

我从不带女人回家。刘明把双臂展开，双腿展开，整个人变成了一个"太"字。阳物准确地瘫在床的正中央。成了伸出去的四肢的圆心。

你不会从家里给我变出一个老婆来吧？余虹在窗边来回踱步，一边观察着刘明的姿势一边说。与其说是观察，倒不如说是欣赏。余虹甚至想，如果这样一直欣赏下去，自己会不会重新变得软弱起来？

　　我不是给自己找麻烦的人。刘明说，表达得十分坚决，余虹不知道是不是自己的幻觉，每次当刘明坚决的时候，"太"字中间的一点就抽动一次，她怕的就是这种抽动，因为她知道自己不是一个狠心的人。

　　算了，每回你都这么说。

　　我们是愉快的关系，谁也不给谁提要求，你别把事儿给弄复杂。刘明继续自己的坚决，如果这时候他勾一勾小拇指，余虹肯定会重新爬到床上去的。

　　你真自私。

　　刘明没说话，只是点了点头。这正像是对于"自私"两个字的完全肯定。他甚至想，自己能混成今天的人模狗样，靠的就是自私呗。

　　可是我喜欢你操我。余虹接着说，你能理解吗？算了，别说什么理解不理解了。这种事儿，我说不说，你都是要这么做的。

　　别毁了现在。刘明再次朝虚空之中伸了一下手，再次意义不明。

　　别管我。余虹说，你睡吧。

我明天要早走，九点飞。刘明说，因为他是一个成功人士，所以总是在天上飞来飞去，不在天上的时候，就尽量找时间来这个酒店，于是每一次，都像对于飞行的一种纪念。虽然飞机并不经常从天上掉下来，但是当轮子稳稳当当急速滑进跑道的时候，刘明想到的确实是尽快在余虹身体上完成一次飞行，他并不打算娶余虹，并不打算白头偕老，他们在一起的未来日子甚至可以用天来计算，但是在那样的时刻，他想到的人又只是余虹。

你走你的吧。

等我回来为你服务。

嗯。余虹点了点头，为你服务。两个人的关系就是为你服务吗？她想。

大概就是这样，刘明甚至都忘了问余虹，要不要给她带个包呢？也许带个包就好了，带个包就可以缓解她的紧张情绪，而重新摆明两个人关系的本质。一个四十岁的男人，如果还无法看清世间万物的本质，那他有什么资格不给别人爱情呢？

想到这样深刻的问题，刘明就真的困了。他不愿意在这种事情上浪费时间，所以时间里，目前只剩下一个余虹了。

她一个人站在窗边，就像十几分钟之前一样，从落地窗的左边踱步到右边，或者从右边踱步到左边，如果并不充分了解她的话，看上去还十分闲情逸致呢。披着酒店的浴衣。你喜欢过我吗？走了几个来回之后，余虹突然还是问出了口。

如果她不问得这么傻，刘明就已经睡着了。但是她不能让一个傻女人看着自己睡。这样十分不体面。

别说这些没用的。

我就是想听听。像我这样的，你有多少？

你是什么样的？

你说？

我在意你。

哈，哈哈。真的，刘明，你真搞笑，当然了我知道，这么问也是多余，可我还是想问，你一个人，一直都是一个人吗？

刘明也哈，哈哈地笑了一两声。（十分有默契）

有这么可笑吗？我就是想坦诚一点儿。

坦诚什么？刘明打了一个哈欠说。

你知道。

我不知道。

算了吧。

那就算了吧。刘明说，其实你也不是那么想知道。我第一次见你就知道你不是那种女的。

哪种？

就是你这种，哎。说不清楚，你不会折磨我的对吧。刘明对自己说出的这最后半句十分有把握，余虹被他这种有把握搞得十分被动，而且惊讶。如果有一面镜子可以看见自己的话，她想自己的嘴一定是张开的。而她竟然说不出一个字，甚至一个标点。

是啊，我不会折磨你的，我怎么会折磨你呢？我折磨谁也不能折磨你啊，我还可以折磨我自己呀。余虹想。但是她什么都没有说，她只是觉得悲哀极了。城市在窗外变换着颜色，颜色就是这个城市的节奏，十分不稳定，就像一个精神病患者。她用手紧了紧睡衣想，如果，只是说如果，万一，只是说万一，自己是那种女的呢？

　　当她这么想的时候觉得浑身冷得要命，像片树叶一样，不由自主地抖动起来。

　　刘明伸手把空调的温度调了一下，她竟然还没有睡着。余虹十分感动，仅仅前一秒，她还只是为自己的大公无私感动，但是现在，这种感动又变成了对别人的，搞不好自己还真是大公无私。虽然她并不确定，在爱情里，大公无私是不是一种善良的美德还是懦弱。爱情。她竟然想到了爱情。她知道自己真的疯了。疯得不轻。于是余虹从窗边扭过脸来，意味深长地看了刘明一眼，刘明说，过来吧。这句话的温柔十分恰到好处。但是余虹没动，摇了摇头，她再也没有力量走过去了。

2

　　后来什么时候重新回到床上，余虹记不清了。

　　清晨，她只是感觉有人摇她，她翻了个身，又重新睡过去。于是她和刘明可能的告别也只能变成下次见面的开始。她太困了，但是这一夜睡得并不好，已经连续一个礼拜了总是恍恍惚惚，每天都做很多梦，有时候会梦见自己年轻的时候，她已经三十岁了，留给爱情的时间不多了。

直到阳光从窗帘的缝隙里照进来，她突然醒了，醒得十分突然，但是她并没有离开床，她就这样躺着，也把自己摆成了一个"大"字。她伸展得十分彻底，脖子拼命后仰，盯住天花板，天花板上的吊灯十分粗俗，而这种粗俗正是刘明喜欢的。粗俗的东西都不会让人爱上，刘明喜欢的就是这种感觉。她明白。如果这样一直看下去，她想自己也许会升到天花板上，身体的重量亟待释放，这样想着，她就开始扇动胳膊，当然，什么都没有，她的胳膊也感觉十分酸胀。她只是不知道自己为什么在这里，为什么又在这里，就像这两年中的很多天一样，以及第一次来这里的场景。两年，这没什么的。

想到那些发生过的时间，她竟然开始认真对待期自己的身体了，躺在柔软的席梦思上，余虹不由自主地抚摩起自己来，也可以说是玩味。先是小腿，大腿，很深，然后是眼睛，她把眼线都给抹花，她哭了。

阳光越来越刺眼，她把头转过去，不看，于是泪水流过耳朵，滴在枕头上，把枕头也弄湿了。而且是黑色的泪水。她越想停止就越无法停止，声音越来越大，反正在这家高级的五星酒店，隔壁也不会听到，搞不好隔壁也有人哭呢。她知道，刘明这会儿正在天上，她哭得十分彻底，就好像飞机已经从天上掉下来了一样。然后她开始尖叫，双手紧紧夹在大腿深处，混合着抽泣，这一切，终归意义难言。

很久之后，余虹才停下来，她并没有非停不可的理由，同样也没有一直哭下去的理由。这个世界上的所有事情都应该适可而止，或者说，好自为之，她想到"好自为之"这个词的时候，觉得十分准确，自己还要求什么呢？她昨天应该让刘明再给她买一个包的。自己有什么资格不知足呢？

　　她用床单擦了擦眼角，伸手把内裤从床边扯过来，起身下地，走到沙发上，坐下，手边是骆驼牌烟盒。如果有一个东西在手边，那你就一定没有拒绝它的理由。余虹很喜欢骆驼牌黄色的烟盒，她还用手抠了抠骆驼的眼睛，她希望有一天可以真的到沙漠，看看骆驼到底长什么样呢。

　　因为找不到可以弹烟灰的地方，昨天的包装袋已经饱和，于是她只能让烟灰一直增长着，最后变成十分长一截，她用手平平夹着不叫它落下，她感觉自己正在创造一项纪录，虽然这项纪录毫无价值。而用另外一只手，她重新拿起了遥控器，她竟然想不起来昨天两个人什么时候关掉了电视，也可能是刘明偷偷关掉的，就在自己说出那些话的时候。

　　电视里还是昨天的北京台。开会的段落正在重播，这十分让人倒胃口。她开始换台，一个台一个台……调了几十下，速度奇快。她觉得自己又在创造另外一项纪录。终于，她停在一个电视剧上，声音昨天晚上就给调没了。她看见电视机里一男一女在深情对望，大概是在做什么永不反悔的承诺吧。傻×。她本来只是想在心里骂一句，可是竟然骂出了声，于是她又骂了一句，这一次更大声了。烟灰也终于全部掉了下来。掉在地毯上，很快就出现了一个均匀的斑块。

　　余虹无视斑块，重新走到窗边，他们的房间在这座酒店的
二十九层，也是酒店的顶层，无论刘明住什么地方，总是要顶
层，余虹想这个男人也怪有意思的，可是又突然觉得十分不
吉利。

　　太阳就在窗外，房间内的一切被它照得恍恍惚惚、朦朦胧
胧，但是酒店的玻璃擦得也太干净了，就像没有玻璃一样，余
虹并没有喝多，她十分清醒，虽然这是二十九层，但她也没打
算就这样一览无余下去，这样想的时候，她已经开始在套昨天
的那条裙子了。匆匆套上裙子之后，她匆匆下楼，她不想在这
间屋子停留一分钟。

　　酒店楼下是一片草地，并未修剪。余虹突然打算往这里走，
她想的是，这是第一次来，也是最后一次来。她希望不再来这
家酒店，至于理由，没有理由，手机被她紧紧攥住，她很快就
要给刘明发一条短信了。她已经不需要什么答案了，她要的只
是一个决定。如果顺利的话，刘明飞机降落的第一时间，就会
看到，反正他这么忙，一定不会被这种事情败坏心情。所以余
虹并未觉得不妥。

　　越往里走越荒芜，对比富丽堂皇的酒店，这还真是一片无
人之境呢。居然想在地球表面找到一片无人之境，实在可笑。
已经秋天了。

青草十分稀疏，地面裸露出大面积黄褐色土块儿，就像长了雀斑，但是十分可爱。而余虹觉得自己正像一只丧家之犬，她不知道自己要去哪儿、该去哪儿。如果这样一直走下去，会不会走到另外一家酒店呢？地球的表面就是由一座又一座酒店组成的，她十分清楚，她甚至清楚，搞不好每家酒店里上演的故事都差不多呢。也许在什么地方还有一个余虹，还有一个刘明，虚情假意，或者是彻彻底底的实力派。

　　风吹过来，所剩不多的草尖就全部倒在一边，余虹紧了紧风衣，就像昨天夜里她紧了紧睡衣的动作一样，简直太一样了，她一个人踢着脚下的石头子儿。

　　漫无边际。

　　天上的云厚厚堆积着，要下雨了。余虹想。下一场雨吧。在刘明的飞机穿越三万英尺云霄的时候，她竟然等来的只是一场雨。但，除非雨真的下起来，否则她是不会回到自己车里的。

　　直到雨真的下了起来。

　　她开始一路小跑，来时的路比想的更难走，他的小腿上溅起了一串泥，但这让她觉得自己还活着，她是脏的，还可以变得干净，车是昨天晚上停过来的，还离得很远的时候，她就用声控钥匙叮了一声，她知道，这下安全了。

　　整个人钻进车里之后，车里并不是很暖和，至少比她想的要冷，余虹打着发动机拧开暖风，CD也自动开了，她把声音调到零。仰头靠在车椅上，似乎是在想什么也或者什么都没想，但她也已经不打算再比较了。她就那么靠着，抬头的时候把天窗打开了一条缝，让雨溅进来。从这个角度看上去，天空非常高，就像二十九层一样高。因为盯得太久，余虹再次流出眼泪。她把 CD 的声音拧到最大。她并没有打开雨刷，所以眼前的世界十分不清楚。手机还是被她紧紧攥着，淋湿的部分她已经擦干了，刘明是飞去上海开会，大概再有不到一个小时就会落地了，如果他的飞机可以平安落地的话，就会第一时间接到余虹的电话，并不是一条短信，她已经转变主意了，事情还是亲口说出来更好，万一是最后一次呢？虽然也许这会让刘明的上海之行十分困扰。